长篇小说

# 厚　街

王新军　著

新疆美术摄影出版社

新疆电子音像出版社

**图书在版编目(CIP)数据**

厚街 / 王新军著. 乌鲁木齐：新疆美术摄影出版社：新
疆电子音像出版社，2010.3

ISBN 978-7-5469-0395-8

Ⅰ.①厚…　Ⅱ.①王…　Ⅲ.①长篇小说 – 中国 – 当代
Ⅳ.① I247.5

中国版本图书馆 CIP 数据核字(2010)第 034129 号

| 书　　名 | 厚　街 |
| --- | --- |
| 作　　者 | 王新军 |
| 责任编辑 | 武夫安 |
| 责任校对 | 王峪台 |
| 书籍设计 | 党　红 |
| 版式设计 | 田军辉 |
| 出　　版 | 新疆美术摄影出版社<br>新疆电子音像出版社 |
| 地　　址 | 乌鲁木齐市西虹西路 36 号 |
| 邮　　编 | 830000　　电话：0991-4690106 |
| 发　　行 | 新华书店 |
| 印　　刷 | 三河市华晨印务有限公司 |
| 开　　本 | 700 mm×1000 mm　　1/16 |
| 印　　张 | 12 |
| 字　　数 | 168 千字 |
| 版　　次 | 2010 年 7 月第 1 版 |
| 印　　次 | 2010 年 9 月第 1 次印刷 |
| 书　　号 | ISBN 978-7-5469-0395-8 |
| 定　　价 | 22.00 元 |

# 目 录

*MuLu*

第一部　尘与土 …………………………………………… 1

  第一章 ……………………………………………… 3

  第二章 ……………………………………………… 16

  第三章 ……………………………………………… 27

  第四章 ……………………………………………… 41

  第五章 ……………………………………………… 57

  第六章 ……………………………………………… 72

  第七章 ……………………………………………… 86

第二部　困与斗 …………………………………………… 91

  第八章 ……………………………………………… 93

  第九章 ……………………………………………… 104

  第十章 ……………………………………………… 110

  第十一章 …………………………………………… 121

  第十二章 …………………………………………… 132

  第十三章 …………………………………………… 139

  第十四章 …………………………………………… 153

  第十五章 …………………………………………… 165

  第十六章 …………………………………………… 173

尾　声 …………………………………………………… 185

# 引 子

很多时候，面前的路——我们已经走上去的路，并非是唯一正确的。因为我们当中，始终没有人知道终点。

数千年来，无论是谁的思想和哲学，都在印证着一个不断重复的事实——也许我们从来没有改变过——或者我们比以往任何时候都变得更糟糕了。

这样的想法来自我对一些经典著述的阅读，它们在给了我思想的同时，也给了我思考的启发——我们不同时代的人，很多时候在做着同样的事情。就像我们不相信轮回，而又无法证明轮回不存在。

然而我们必须要走，就像风必须刮过来一样。

# 第一部

## 尘 与 土

# 第 一 章

一

　　大地从天边汹涌而来，明晃晃的太阳在阔大的天宇间撒了一圈，到了这会儿，已经露出疲惫的模样了。平展展的黑戈壁，正将吸进去的太阳的威力反射回去，远处近处的地面上，金光如箭雨迸溅，目力所及之处，一股股气流噗噗往上蹿。更远处的山坡上，下山风遇着了卷地龙，旋起来一根连天接地的"土柱子"。"土柱子"像是长了腿，生了脚，在崖洼里呼呼呼游荡了半日，随着太阳偏移，也显出将要倒塌的势子了。若不是西南方向一架横亘的老山挡住视线，真不知道这眼睛还能看到哪里去。

　　眼下这般空旷粗砺的世界，看上去似乎万籁俱发，却又岑寂异常。汽车的轰轰声仿佛被厚厚的棉花包着，怎么也挤不出来。那远处地上漂移的蜃景流岚，与太阳的光芒在半空中交错，幻化为一根根圆形的光柱，在白刺刺的空中浮游不定。

　　汽车马达声由近而远，一疙瘩一疙瘩地传开去，那时松时紧的嗯嗯声，蓦然之间像刀子刺破了荒原的寂静。仿佛这荒蛮的世界，又回到了洪荒时代创世之初。那些被渐行渐近的隆隆声不断震碎的金色光环，应该就是上天洒下来哺育万物生灵的露珠吧！

一台有皮没毛油漆斑驳的老解放，沿着干涸多年的疏勒河古道，一路向西颠簸而来，进入了一片闪着油亮黑光的大戈壁。

到了预定地方，年轻的司机抱着方向盘向左一拧，车咔嚓一声，跌下一道凸起的沙梁坎，哼哧又撅出一声喘息，哧——地放了个闷闷的响屁，老解放就给撂下了——撂在了这片被日头烤干又焙焦了的戈壁上；更远处，戈壁滩与山峦的交汇处，不知何时旋卷起的那与天齐高的"土柱子"，依旧顶天立地地慢慢移动着，仿佛村庄里吃醉了酒的苕光棍，一步三晃地游荡在村头巷尾，像是要倒了，却又迟迟地不倒。又仿佛平地生出的一股炊烟，袅袅婷婷，且柔且曼，向蓝盈盈的九霄里浪浪地耸去；更似一个秦腔戏里的风骚女人，杨柳风拂金摇步，一身都是媚骨骚肉。但对于这"土柱子"最为有名的描述，却莫过于"大漠孤烟直"这句了。这唐诗里的"孤烟"，定是前面那擎天的"土柱子"无疑。这似乎是有人已经考证过了的，窝在汽车后槽子里的马石头，注意这奇特的一幕已经很久了，当他确定了这"土柱子"就是那"孤烟"的时候，恍惚间竟然有了些睡意。

"下来，快下来，他妈的都给我赶紧下来，工地到了。"

黄老板从驾驶室里跳下来，象征性地弹了弹裤角，有几根草屑和落上去的灰尘落下又腾起。他放眼朝四下里望了一圈，又收回目光，朝早已经瘫在大厢里的马石头他们喊了一嗓子。他的嗓门已经没有早上出门时那么清脆了，显然是这一路干焦的空气造成的。这种地方，就是你不停地喝水，出不了半个小时，嗓门也会变沙变哑的。声音吼得高了，嗓子必定成破锣。

隐没在车槽子里的十来条汉子，以为黄老板的老解放又趴下了，正准备好好缓一下，将颠乱了的五脏六腑归置归置，美美喘两口透一透胸中憋着的那团闷气哩！没想到黄老板这次跳下车，说到了，工地到了。话音里还有几分兴高采烈的意思，更有几分大难不死的侥幸和志在必得的快慰。

是老板都得这个相，没有点霸气，大小当不成老板。

老板说工地到了，汉子们自然不敢怠慢，纷纷从早就掉了绿漆的车帮上伸出被摇得晕乎乎的脑袋，眯眼向老板瞅一瞅，表示自己已经听到了。

一路上，黄老板的老爷车不是这儿给颠出了毛病，就是那里给摇出了问题，已经趴了五六次了。一趴下，黄老板就要跳下来冲着远天远地骂一通。有时候他骂妈拉个巴子的，有时候他骂爹了个毯的。每骂完一次，就朝眼前的空旷处啐一口。有时候啐得远，有时候啐得就不怎么远。有一次不知从哪里偷偷来了一股子斜风，把他刚刚啐出去的东西卷到了他笔直的裤角上，弄得他不得不又重骂了一次妈拉个巴子。

司机小林每一次都给黄老板的骂声弄得手忙脚乱的。幸好小林手艺不错，虽然是个年轻娃子，打开车盖，拿出起子钳子，或深或浅那么一倒腾，总能手到病除。

每次弄好了，司机小林都要很谦卑地报怨一句："这路太他妈的不是玩艺儿了，天下再没有比这更烂的路了。"

每当这时候，黄老板就笑了，什么也不说，上了车，开路。其实，在这寂静了千百年的黑戈壁上，根本没有路，要不是有这条刚刚贯通的通讯光缆沟像道长长的伤疤直直地朝前爬着，老解放怕连个方向也没有。

"老王——老王，你他妈该没给颠死吧，快卸车，你看，都啥时候啦！"

黄老板又向大厢里的民工头儿老王吼了几句，说着，他又用握手机的手指了指西垂下去的那颗橘黄色的圆太阳，话后面的意思分明是说时候不早啦，你们手脚都他奶奶的给我放麻利点。

工头老王这时候也没有一点工头的样子了，早上还油光可鉴的头发，这会儿已经给尘土弄得灰毯倒炉的，早已分不清颜色了。听见黄老板喊，老王才从麦草堆里爬起来，甩着头上的麦草，用脚去蹬另外几条还在长吁短叹的汉子。他一边蹬一边说：

"快下车卸东西，快，快，时候已经不早了，得把帐篷赶紧搭起来，迟了这鬼地方说不定会起风，搭不起帐篷，晚上咋睡？"

老王这样说完了，又小声咕哝了一句："就没见过这号毬车，还叫汽车哩，还他妈是大老板哩，毬——"

看着汉子们都动弹起来了，黄老板才揭开手机盖，走到前面的一道沙楞坎上喂——喂——喂——地去打电话。

很显然，老王那些话是说给大厢里的民工汉子们听的，并不想让黄老板听到，事实上已经走到远处的黄老板也不可能听得到。

马石头用手揉了揉眼睛，才轻轻扒拉掉身上的麦草站起来。汉子们像一群刚刚败下阵来的残兵，慢腾腾地开始卸车了。

西边的天际，残阳如血，地平线连绵起伏，被染成了美丽的金色。不经意间，那"孤烟"早已不见了，无垠的戈壁看上去却成了一道坦荡而美丽的风景，它寂静、安详，像一个沉睡中的美女。单就这样看，谁也不会相信这里就是亘古不变的布隆吉尔荒原。

## 二

一开春马石头就上来了，他本来在另外一个建筑工地上。那时候口外的天气还有些冷，大概就是书上说的春寒料峭的那种样子。老板的新合同一直拿不到手，他们几个民工就只能住在工棚里干耗着。民工们抛家舍业地出门，说到底就是为了多挣几个钱。工程开不了工，又要吃又要喝的，咋弄？

工地在河西走廊西端一个正在新建中的镇子上，这里除了大工程多，零碎活儿也不少。于是，民工堆里有人身上的劲儿憋不住了，悄悄出去找了点零活儿干。工头知道了，一天夜里把其中两个带头的叫出去揍了一顿。回来的时候，大家都看见那俩人鼻青脸肿的，问他们话，他们也不说。问急了，那个年纪小些的就一头砸到铺盖上哭开了。就是哭，声音也不是太大，唉唉唉唉的。好一阵子，年纪大些的沉默着抹掉脸上的一块血渍，青着脸"叭叭叭"狠抽着出门时带来自家种的旱烟叶子，一口一口"嘭——嘭——"地往外吐。吐着怨愤，也吐着一个半棵子男人超负荷的苦焦心境。吐够了，自言自语般说："毬，我看咱出外做活的人，活得连个牲口都不如。"他的话，自然在那间大屋里引来一片潮水般的叹息声。

但片刻之后，工棚里又是死一般的静。

工头能揽下三五十号民工不容易，人少了弄不下大工程。工程开不了工，工头怕的就是民工流失。但光下黑手喋一顿喋一顿的，终究也不是个办法，所以第二天一大早，大工头就来到工棚宣布，开工之前，大家的伙食费全免。说完，大工头的手下又给工棚里撂下十几付扑克牌，没好气地说："可别再吃着碗里还看着锅里的，吃里又扒外，小心老子一个一个废了狗日的。"说完，又给头天挨打的一老一少一人撂了一包两块钱的兰州烟，然后扬长而去。

马石头不爱玩扑克，就整天猫在被窝里想事情。

他想的事情比较单一，就是咋能把王春麦尽快弄到自己被窝里。

王春麦比马石头小一岁，或者半岁，看上去个头却要高出他一些，这使马石头很有一些自卑感。当然，也不是高出许多，只是高出一点点而已，但马石头因此已经感到很自卑了。说实在的，要是高出很多的话，马石头也就不敢在王春麦身上打主意了——他不喜欢那种牛高马大的女人。

王春麦和马石头是一个村的。马石头初中毕业一年以后，王春麦也初中毕业了。王春麦本来一门心思想出去接着再上个学，可她爹王大平死活不出钱供。还说现在大学生都比驴多了，你上个中专啥的，能顶屁用。其实村里人谁都知道，王大平就是存心不想让丫头王春麦再上学了。一个丫头家，学上得再多，也是给别人家上下的——等她出学了，年龄也到了，毬——，咋算都划不来。

王大平所说的年龄到了，其实就是该到出嫁的时候了。上学的时候把家里的钱花上个一溜疲塌，出了学就要嫁人，即使狠心收上些彩礼，也填不了上学挖下的窟窿。还不如一手就算了，死了丫头再上学的心。他要把钱攒下来，让王春麦的弟弟王春杨好赖上个大学。儿子上了大学，就能把更好的丫头给婆回来，即使不拿这个当事的话，至少他当爹的脸上也要光鲜一些。在王大平的观念里，重男轻女男尊女卑的思想时刻都能十分具体地体现在他的行动上。

马石头连高中也没有上，不是因为家里日月过得不如人。他爹马文革倒是想供他，想让他为老马家增光添彩，光宗耀祖，可他没钱。他妈曹桂花也想供，可她也没钱。他们厚街村家家户户都没多少钱，娃娃上学能上到初中的，已经相当不错了。在厚街，赶头把娃娃供到初中毕业的人家，就像一支空了的牙膏皮，已经被完全彻底给挤瘪了，有钱再接着往前供的人家实在不多。没钱你还想上高中上大学？如今这种想法，几乎等于零。况且，马石头也不是十分愿意继续上学的那种人，九年学不歇气儿地一路读下来，他已经有些累了，见了书本也有些烦了，止不住就头愣眼花。

马石头不上学了，家里有钱供他也不愿意再上了。老实说，初中毕业的马石头天天想时时想的不是书本子，而是丫头——像王春麦那样的漂亮丫头。在他看来，一个漂亮丫头远比一堆书耐看得多。

有那么一阵子，马石头总是有事没事就往王春麦家跑，不是借故来借架子车，就是借钳子借扳手啥的。有些东西明明家里有，他也要去借。借了他总想等只有王春麦一个人在家的时候去还，但每一次去了，还没说上两句话，王大平就会像一条训练有素的老狗一样，吭——地叫出一声，突然不知道从什么地方就冒出来了。马石头只能红着脸悻悻地走出来，走出王春麦家的白木板街门，走向更加空寂的村巷。其实，他的心思王大平早就看穿了，小公狗后脚蹬墙撒尿是个啥心思，王大平这么一条经验丰富的老狗心里能不清楚呵！

这样的日子没过多久，王大平就在厚街放出话来，谁娶他的丫头，得备好彩礼一万元。在厚街村，这明摆着是个吓死人的价，明明是句要挟人的话嘛！这不是明目张胆地借着丫头有几分姿色欺负人哩嘛！能有谁尿？但马石头听到了，暗暗一喜，恶狠狠地在心里说：

"妈的，一万就一万。"

一次，马石头从西梁上背柴回家，碰上了正拉着两只羊回家的王春麦，就脸红脖子粗地对她说："我会弄够一万块的，你爹说谁要娶你，他就要一万块彩礼哩，我会弄够一万的。"王春麦扬起头看着他，没说话，两只会说话的眼睛又大又黑，她的嘴那么小，嘴唇那么润——而且看上去总是那么润，鼻头也那么光那么滑——而且总是那么光那么滑。马石头说完那句话，用肩膀把肩上的柴禾颠了颠，做出用力背负的样子，勾着头不再看王春麦的脸，也不再说话了。他们就那么并排走，一直无声地往前走。倒是王春麦家的羊看出了什么似的，不时"咩——咩——"地叫出一两声来。

快到村口的时候，王春麦突然说：

"我爹他说了可不算，我还要三金哩！"

说完，王春麦就用力拉着羊，快步超过马石头，前头走掉了，把目瞪口呆的马石头给撂在了后面。马石头知道，"三金"就是金项链金戒指和金耳环这三样。马石头把背上滑下去的柴捆又往上颠了颠，"哼，三金就三金！"那时候他心里其实是无比高兴的，王春麦对他说她自己还要"三金"，那不等于是答应他马石头可以娶她了嘛！

哈——哈——

哈哈——

哈哈——哈——

马石头心里笑着，不由得一个蹦子跳了起来。

说完这句话不久，厚街的春天就扯趄子跑来了。马石头帮他爹牵牛播完种的第三天，有人来厚街招募民工，说好一天除去吃喝，一个小工开整二十个元。马石头暗暗算了一笔账，就去做了小工。要走的前一天晚上，马石头犹豫了半天，最后还是低三下四地去王大平家借钳子。那时候，王春麦正和爹妈一起看电视哩，他一开口，王大平就从鼻子里吭了一声说：

"这么晚了，借钳子去干啥？"

"叫我爹赶紧弄一把新锨哩，我要跟邻村的刘师去口外干活。"

其实，新锨早上他爹就已经按好了，马石头给王大平说了个白话。王春麦肯定已经听出来了，她装着不看他的样子，眼睛盯着巴掌大的电视，但马石头分明能够感到有一束温热的目光正绕着弯子看自己。王大平猫在破沙发里的身子动了动，嗓子眼里呼呼了两声，冷笑着说："能了，老马家的石头真日能了，也能当个人外头挣钱了。"

虽然王大平的话里有着几分嘲弄，还有着些许讥消，但马石头听了心里还是热乎乎的。他不想叫人小看自己，尤其不想叫王大平小看他。

马石头是借故来看一眼王春麦的，第二天天不亮，他就要和邻村几个打算外出干活的农民跟刘师一同赶往乡上，然后集中坐汽车去口外。马石头怕自己再看不到王春麦，而王春麦又不知道他到哪儿去了，那可就麻烦大了。他坚信王春麦对他也是有那么些意思的，要不然，她就不会用那种偷偷摸摸的眼神来斜乜自己了。他知道这种斜乜的目光是啥意思——她的心里也有他。

快入冬的时候，马石头从外面回来了。马石头多半年挣了近三千，老板又扣下五百，说明年开工报到再给。幸好这个工头是刘师邻村的，他出面做了个担保，他们才算放了心，就回来准备过年了。回来的时候，马石头偷偷给王春麦买了一双羊皮手套和一块女式电子表。送给她的时候，她一再地说我不稀罕，我才不稀罕哩！推辞归推辞，可她最后还是收下了。马石头拉着她的手腕要给她把电子表戴上，王春麦死活不让戴。那是一个没有月亮的夜晚，天很冷，他们只在村口的小树林边站了一小会儿就分开了。

王春麦说："天太黑，出来工夫太大了我爹要骂哩！"

马石头说不出个啥,就拉住了她的手。

王春麦轻声地说:"你松开,你松开嘛!"

马石头心里忐忑,也没有别的想法,手拉得本来不紧,王春麦一甩,就挣脱跑掉了。

到了过年的时候,马石头和王春麦的关系,在偏僻狭小的厚街村差不多就已经明朗化了。有一回,马文革忍不住问儿子马石头:"你是真看上王大平的丫头啦?"马石头红着一张脸,坚持不说话,他用沉默回答了他爹马文革。

马文革想了想,说:"既然这样,那爹就跟你妈说一说,这就给王大平拜个年去。"

马石头说:"想拜你就拜去。"

马文革又一蹙眉说:"那——爹可就拜去了?"

"想拜你就拜去。"

马石头说完这句的时候,已经从脸一直红到脖子根上了,连看也不敢看他爹马文革的脸了。

马石头不知道他爹马文革和他妈曹桂花咋么个商量的,反正马文革当天就扛了一条猪腿去王大平家拜年了。王大平不但收下了马文革扛来的猪腿,还留马文革喝了几盅马场灌来的散装青稞酒。马文革知道自己扛一条猪腿拜年,在他们厚街算是厚礼,便有恃无恐地多贪了数盅。回来的时候,身子就有些飘了。改天,王大平打发丫头王春麦拎了包油馃子送了过来,算是回了礼。那几天马石头心里说不出的兴奋,这差不多是长大成人之后王春麦第一次正儿八经地到他家来走动,一高兴马石头竟连五官都跟着挪了位,走了样。马文革却不怎么高兴,那意思是虽然他王家把娃娃的事没有一口回绝,但王大平也太牛皮了,想做亲家,自己却连个腿都不肯前迈一步,打发个丫头过来,不是明明差着辈份么,这算啥事?

曹桂花在这个问题上却比较开明,她认为一家有女百家求,人家养下个好丫头,这会儿就是当爷的时候到啦!想娶人家一口子人哩,哪里能不低三下四几回?女人这样一说,马文革才慢慢把憋在心里的那口窝心气吐出来。话虽这么说,但两口子心里仍然觉得有一缕莫名的馊气在身体的某处卡着,咋也吐不出来。

马石头却不管他爹他妈心里乌七八糟那一套,只要王春麦来了,他就脸上一百个高兴,心里一千个自在。

那年冬天,有了马石头挣回来的两千多块,马文革差不多半辈子都没有直起来过的腰杆子,直挺得差一点向后倒了去。四十多奔五十的人了,个子本来就矮,身子又渐渐粗了,这一挺,肚子明显就凸了出来。远远看上去,如果身子再壮实点儿,长度再续上一截,完全有可能被外人错看成是村长这样一类的乡村角色。如果再换一身像样子的穿戴,基本上就是乡政府干部的姿势了。女人曹桂花总是会在没有人的时候对男人说:"哟,看不出来呀马文革,你也是个有尿性的男人。"

马文革就在她耳边大声说:"他妈的,我娃子都大了嘛,我还有啥可说的哩!"

刚刚过完年,曹桂花就叫马文革把娃子挣来的两千块钱送到了王大平家里。这一次,王大平的婆姨刘兰香炒了一盘猪腿上的挑出来的精瘦肉,王大平跟马文革喝了一斤瓶装的高粱小烧锅。马石头和王春麦的事,就这样正式定下来了。曹桂花还上乡里给王春麦扯了两身料子,买了一双半高跟皮鞋,为王大平两口子和他们的儿子王春杨一人挂了一身。订婚那天,王大平在家摆了一桌酒席。喝酒的当口,王大平朝马文革竖起一根指头,笑嘻嘻地在他眼前晃了晃说:

"这个数儿,可不能变。"

马文革打着酒嗝说:"毬,不变就不变。"

王大平说:"一万,要的就是这个整数。"

马文革:"一万就一万,给一万,我娶你嫁,谁说话不算数,谁就拨根毬毛自己把自己勒死。"

王大平听了,乐呵呵地说:"就这话,来——来,老马,咱一言为定,你出够一万我出嫁丫头,谁说话不算数,谁就拨根毬毛自个勒死算毬——咱再干一个。"

马文革也附和着说:"一言即出,驷马难追,咱都是站着尿尿的,来——老王,咱再干一下。"

## 三

厚街这地方,尽是丘陵慢坡地,水浇地不多,基本上靠天吃饭,单靠种地弄个口粮容易,挣个活钱委实难畅得很。厚街成了家的男人,一般都不出门,他们的理论有很多,譬如好出门不如赖在家呀,挣一个不如省一个呀,远跑不如近磨呀这些,一说就是一大滩。长久以来,厚街人已经习惯了这种富不起来也饿不死的晃晃悠悠的日子。他们像棋摊子上老实观棋的局外人一样,似乎永远也不想参与到世事变迁的洪流中去。所以他们把走出漫无边际的土岭永远说成——那是他们的事。马石头对这样的理论很不上眼,更不上心。所以一打春,马石头就又跟着邻村的工头刘师出来了。

眼看在工棚里睡了快半月了,马石头心里就发起虚泡来。这样睡下去可不行,啥时候才能挣够把王春麦娶回家的钱哩!他知道,多挣一块钱,他就能早一天把王春麦搂在自己的被窝里。工程迟迟开不了工,自然不会有工钱。想跑出去另找活干,又跑不成,也不敢跑。大老板脸上笑眯眯的,手却黑得吓人,听刘师说手下养着几个打手哩!那个圈连胡子的家伙对民工下手狠是出了名的,基本上是想日踏谁就日踏谁。

民工们躲在四壁透风的工棚里,手里玩着扑克,嘴里吼吼喊喊的。听起来热闹,其实心里一个比一个酸。马石头心里当然也酸,酸到第十六天傍晚,马石头逮准了一个机会,卷上行李,爬上了刚刚出站的一列西去的运煤车。半夜的时候又在一个小站上下了车。他在车站的一个角落里睡了一觉,醒来出去吃牛肉面的时候,碰上了现在的工头老王。那时候,老王刚刚集结完自己手下的十来个民工,有一个去年说好的要来,却因为女人五六月里要生娃娃来不成了。人手不够,老王怕挨黄老板的挫,正苦着一张脸在饭馆门前犯难,像个国家干部一样叼着烟背着手转悠。一见有人扛着个行李卷儿过来,老王眼睛就亮了,急忙上前跟马石头搭上了腔。

结果,马石头就跟上了工头老王。

这几年,老王专门跟黄老板给中国移动干活。老王对初来乍到的马石头说:"活都在野外,苦是苦了点,但一天除去吃喝,能开二十五个元,加班……还另算哩!"

在塞上新城玉门住了两天,他们就被黄老板的老解放拉到了无边无际的戈壁上。

于是,便有了小说开头时的那一番广阔情景。

## 四

西天最后一抹红云快要褪去的时候,帐篷终于搭起来了。远远看去,就像一马平川的戈壁上突兀地生出了一只硕大的怪蘑菇。工头老王的铺盖被两个民工给搬到了最里面,然后,大家依次地把自己的行李都扔在了铺平的麦草上,马石头也把自己的行李放在了帐篷的最中间。这时候,一个叫李玉山的汉子不愿意了,将马石头的行李抱起来,一伸脖子从帐篷门口撂了出去。马石头二话没说,往前一蹿就钳住了李玉山的脖领子。牛高马大的李玉山伸出一只手来,脸上露出一些笑说:"小叫驴还挺冲哩嘛!"说着话,他又开五指一攥,就捏住了石头的脖子,一用劲,马石头的身子就被软软地撂倒在麦草上。帐篷里,正在整理各自铺盖的其他民工哗地一声哄笑了。

老王笑着过来主持公道,象征性地捣了李玉山一捶,马石头眼睛里的眼泪就骨碌骨碌滚下来了。老王蹲下身说:"小马,你不知道,新来的一般都住门口,这是野外干活民工们自己定下的规矩。再说你年轻,在门口吹吹风也没啥。你还是只童子鸡吧!那就更没啥了,不像他们,搂着婆姨睡了整整一个冬天的热被窝,刚上工地,半夜里吹了风,那可着不住。闹不好,鸡巴就硬不起来了,他们婆姨下半辈子不定跟谁去过哩!"

说完,老王就过去干自己的事情了,马石头只有自己翻身出去,把行李拿回来,铺在了紧靠门边的地方。

黄老板对着手机喂喂了半天,也没叫通。后来又到汽车上叫,还是不通。这才跳下来拍着脑袋说:"这里是盲区呵,嘿——我咋忘他妈的了,我以为这是在城里哩!"说完,很沮丧地朝四周看了一圈,除了那一抹被夕阳染红的云彩和光秃秃的远山,他什么也没有看到。他们此行的目的,就是帮中国移动在这个盲区中间竖一座通讯信号发射塔,把这个盲区给消灭掉。

工头老王已经跟黄老板干了两年了,去年他们就干起了三座塔,全在河西走廊,从地图上看是一溜儿。活虽说是苦点,但干好了,一个人大半年时间就能拿回八千多块。老王说过,黄老板不坑人,现在这样不坑人的老板已经不多了。马石头心里就想,今年这个老板算是跟对了,要不是他冒险跑出来,止不定还在哪里猫着哩,一天到底能挣几个猴尕,也说不上。临完了,大工头剥一层,二工头还要剥一层,年底还要扣几百,猴年马月才能要回来。幸亏他马石头跑出来啦,跑出来他就感觉世界其实挺大的。

来到工地上的第一顿饭是米汤泡大饼,马石头一气儿整了两大碗。吃完晚饭,他跟李玉山的气基本上就消了。荒野上的天黑得特别快,黄老板和司机弄着了发电机,挑在木杆上的照明灯一下子就把一片天地照亮了。老王叫马石头过去帮着拉尺子钉橛,马石头看看大家都躺在铺上不动弹,就有些不愿意去。李玉山坐起来小声说:

"你快去小马,这要算半个工哩!今天走路算一个工,拉尺子再算半个,你小子今天就挣了快四十个元了。"

老王在外面又喊了声小马,马石头感激似的瞅了老李一眼,哎哎两声跑出去了。

戈壁滩上天黑得快,灯一亮,再从灯光里看远处,就有些黑得怕人了。灯光下的这坨光亮,仿佛深而黑的大海上漂着的一只亮汽球,他们则是汽球里乱跑的蚂蚁。黄老板嘴上叼着纸烟,叫住马石头问:"你上过学没?"马石头说:"多的没上,初中反正毕业了。"黄老板听了,把自己手里的尺子本子圆珠笔全扔给马石头说:"那这活就由你干了。"

黄老板是要马石头把相关的数据记下来。工程的主要任务是先挖一个塔基基础,然后用水泥浇起来。塔高六十米,几十吨钢材哩,又在常年大风的戈壁滩上,所以基础马虎不得。

黄老板拿着图纸铺在灯光下,现在的任务就是把这个图纸上的基坑落实到事先选好的地块上,天亮就可以开工了。图纸上的坑是个"田"字形,由四个八米见方的坑组成,坑深也是八米,中间有一米五的间隔。地上有甲方提供的中心点,"田"字的四个角必须是垂直的九十度,黄老板和老王弄了几次都不行。以前这些活都是甲方技术员弄，黄老板和老王都不操这份心。今年来的时候，人家甲方技术员嫌远，又嫌风沙大，就私下里嘱咐叫黄老板自己端祥着弄，只要不出大的偏差就可以了。黄老板也觉得一个鸡巴坑基，弄就弄呗，还能难得了自己？这会儿，却咋也把个放大的"田"字摆弄不正了。

老王想了一阵，抱怨黄老板说："为啥不弄一把大号的角尺来哩？"

折腾了半天，黄老板也一筹莫展了，就说："日他妈，不行就等明天，看甲方技术员能到不能到。"

马石头琢磨了一阵，突然想起几何课上学过的勾股定理，就说："咋不用勾股定理？"

老王和黄老板仍然是大眼瞪小眼儿。老王说："小马，你能把这个弄方不？"

马石头说："不就是几个直角么，我试一下。"

老王和司机小林帮着拉尺子，马石头操弄，勾三股四弦五，很快一个四方四正的"田"字就被放大在了被电灯照亮的地面上。——钉完橛，黄老板又要马石头把土方算出来，石头接过计算器，嘴里念叨着八乘八乘八再乘四，手指头在软软的橡胶键上按了一阵，土石方数就出来了。

"日他妈，我也初中毕业，我咋就不知道这个啥定理？"黄老板拍了马石头一巴掌，说着又笑呵呵地对老王说，"老王你他妈贼笨，还说要什么大号角尺，猪八戒咋死的，你比猪八戒还笨哇——呵呵呵！"说完，黄老板就一脸高兴地掏出烟来散，马石头不抽，老王腆着脸说："给，一根八毛多哩，抽上。"石头还是不抽。黄老板笑着说："不抽好，不抽好哇！"转而对老王说，"今晚这阵子，给小马算上一个工，要不是他这个啥定理，我们还不知道折腾到几时哩！明天能不能开工都还两当一哩——这就是知识的价值。"

老王一听，看了眼马石头，兴奋地哎了一声。

小林关了发电机，浓稠的黑暗一下子就把世界浸透了，天地间黑得又瓷又实。马石头进帐篷之前，听见黄老板被啥绊了一下，因此胡乱骂了一声。老王已经摸进帐篷去了，在这瞬间浓缩了的黑暗中，无论活的还是死的，谁也看不清谁。发电机的轰鸣熄灭以后，一种沉甸甸的寂静猛兽一样扑过来，马石头蓦地有了一种将要晕倒的感觉。但就在片刻之间，星光又在他的眼前明澈地浮现出来。他的目光仿佛嗖地一下变得不是自己的了，成了一根细丝，向着远空荡去，好像要荡向这黑夜里浮动着亮光的顶端。甚至那种划动水的声音马石头都清楚地听到了，在他的目光上浮的同时，他的耳边就是一片水声。希翼和空茫，一起走进了马石头的心怀。

半夜里，戈壁上起风了。是那种矮脚低风，擦着地面呼呼地吼，极像什么野兽在叫。马石头咋也睡不着，今天才一天，他就挣到五十个元了，他从来没有一天挣过这么多的钱，今年回去的时候，他应该给王春麦卖些啥东西才好呢？帐篷里粗浅不一的鼾声在风声中此起彼落,不知道谁在磨牙,还有谁说了一句胡话,太快了,没听清。

黄老板本来是要赶回城里去的,路不好,车况又差,走夜路怕撂在路上出危险,就住下了。他不愿跟民工们挤,只好在老解放的驾驶室里猫了一夜。听老王说,黄老板还有一处工地也要开工了,今年活特多。马石头觉得他这次冒险一跑,真是跑对了。他们外出,一怕没活干,二怕干了活工钱要不回来。看来在黄老板这里,两样都没啥问题。尽管风从帐篷缝里吹进来冷嗖嗖的,但马石头一点也感觉不到。一想到王春麦,他甚至觉得身上在一阵一阵发热。要是挣好了,他今年冬天的时候,就可以把王春麦娶回来了。一想到王春麦以后就要和自己睡在一个被窝里了,他的身子就一涌一涌地发烫,一些地方也开始膨胀,发紧,接着便挺了起来,硬得他又是兴奋又是难受。他不想这样,就偷偷用手去制止那个不听话的小家伙。结果却是欲盖弥彰,事与愿违。他就像一个蹩脚的乡村警察,想要平息一场小小的民事风波,却因为方法不当而使整个场面更加骚乱不堪了。

## 五

戈壁上的天说亮就亮了,仿佛就在眨眼之间,一把无形的大手嚯地拉开了天地间那道垂挂的大幕。老王就像过去的生产队长,牛哄哄地把十来个人分成几个组,开始挖基础。李玉山和马石头给分在了一组,专门负责把装满沙土的架子车推到五十米开外的地方倒掉。马石头觉得老王这是故意的,明明知道他和老李昨天傍晚有过不愉快,还硬把他们拴到一个槽上。虽然他觉得跟老李的气大部分已经消了,但马石头还是自己干自己的,赌气不先和李玉山搭话。

伙夫吕光发是个大胖子,这会儿也忙活开了,露天铁灶上已经蒸上了一笼馍馍。长案上的洋芋片子,也当当叮叮切了快有半脸盆了。

老王再一次从帐篷里出来的时候,头发又变得光溜溜的,能看见太阳花子在他脑袋上一闪一闪的。李玉山人高马大,身子像块结实的门板,第一车子几乎是单手推过去的,马石头看见了以为他是故意做给自己看的,就悄悄哼了一声。第二车子的时候,马石头竟然单手推着车子跑了起来。四辆架子车他们轮着推,就难有个歇脚停点儿的时候。谁都能看得出来,马石头是跟李玉山较上劲儿了。推到第十几车子的时候,老李快走几步从后面撵上来,小声对马石头说:"小马子,可着些劲来,这活可是长年累月要干的,小心挣着了。"马石头没跟他搭话,快走了几步把他撂在了后面,但心里已经分明有了胜利的感觉。按他们厚街那地方的规矩,两个人有了芥蒂或者发生了磨擦,第二天或者第三天,谁先开口跟对方说话,谁就算认输了。

九点钟，老王开始吆喝大伙吃腰食，面对碗大的白面馍，马石头却怎么也提不起胃口。吕光发还烧了半铁锅洋芋菜酸汤，马石头端着碗，只觉得身上到处都是向外冒汗的口子，两片嘴唇咋也不想张开。老王过来问："咋不吃？"马石头说："吃不下。"老王说："吃吃吃，非吃下去不可，要不然咋干活哩！"说着自己呼呼喝了两口汤，接上说："年轻人，活要干，命也要保，还是童子鸡哩，还没碰过女人哩吧，世上的美事都还没做过哩，不吃粮食咋行。"几句话把大家都给惹笑了。

马石头有些想不通，这些人，咋一说起女人就乐不滋滋的，又不是发情的牙狗。

吃过饭，黄老板把老王叫过去安顿了一番就坐着老解放走了。卸掉了东西的老解放，就像一头缓足了劲的乏牛，吐哧吐哧一阵子就跑远了。马石头强压着胃里的泛涌，勉强吃了一个馍，喝了半碗汤，就再也咽不下去了。但干了不多会工夫，他又觉得口渴。

太阳光哄一下就把全世界烤烫了，马石头把上衣脱了还嫌热，又把衬衣也给脱了，上身只留个小背心，露出两条有点儿单薄的膀子。别人没在意，老王从帐篷里出来看见了，就朝马石头吼："马石头，你个驴日的想把皮往焦里烤哩是不是，快把衬衣穿上。"李玉山一回头看见了，追过来把衬衣搭到马石头肩上说："快穿上，这戈壁上太阳不比别处，石头都能晒焦，把你个光板子人皮，说烤就烤掉了。"

马石头虽然表面上一脸不以为然，心里还是有点感激，嘴里嘟哝着，把衬衣重又穿上了。

来到工地没几天，一到晚上马石头早早就睡了，而且睡得特别死特别香。往往是直到老王喊着出工了，他才发现天已经大亮。

# 第 二 章

## 六

在河西走廊的许多地方,越是地名里带水或者是地名与水有关的地方,越是旱得叫人害怕。天旱的时候,人呵,野禽呵,牲口呵,都挤在一个水窝窝里争水喝的事儿并不少见。越是叫这个树呵,那个湾呵这样名字的地方,越是风沙不断,荒凉无比。地处河西走廊西段沙漠与丘陵相接之处的厚街村,就是这么一个小地方。但它的名字,却是例外地与水呵树呵没有多少关系。

厚街,乍一听这个名字,俨然是个热热闹闹的好地方。可是,那热闹情形已经是一个称得上十分遥远的过去了。传说在老早的时候,也许就是厚街的第一批居住者来到这里的时候,这里的一片洼地里不仅有一条常年不断的溪水,而且长着绿洼洼一片胡杨白杨树。小苗子不算,几个人合抱不住的都有好些哩!至于什么时候厚街的这些树没有了,没有人能说得清。

时过境迁,到了现如今,厚街就只有稀哩嘎啷那么不多几棵瘦得要死要活的杂树了。现在的厚街,树比人还经不得岁月的熬煎。

家住厚街东梁上的姑娘王春麦,已经过了十七交上十八了。更多的时候,她总是一个人走出家门,走上村街,走出村子,翻过几块高低不平的沙坡地,去南梁坡上那片瘦脊麻杆但还有几片绿叶的胡杨树林走一走,静静地想一些与自己年龄十分相称的心事。所有人想的事情都一模一样,总是事出有因。王春麦的心事也是一样的,她的心事缘于那个已经没有多少记忆的黄昏。

那时候,她刚刚初中毕业,她本来信誓旦旦地准备去一家市里的卫生学校继续读中专。报名的事情,都由她的好同班好友罗海燕帮着联系好了,学费也不是太贵,一年才两千三。可事到临头了,父亲王大平却背着手走过来,对前来送通知的罗海燕说:"丫头,咱们王春麦嘛,那个啥,就不上去了,咱们家没有那个经济条件,再说哩嘛,我也老了,供她上学哩,也供不动了,哈——你看,就这,春麦上学的事就不用再麻烦你了。"

那时候,王春麦把两只手夹在膝盖处,使劲地相互揉搓着。她肚子里憋着一股子劲,却一句话也说不出来,眼泪扑簌簌洒了一地。罗海燕不想就这么甘拜下风,又苦口婆心地劝了一阵,可人过中年的王大平并没有被一个小丫头的诳语所打动,他扔掉已经泛起烟灰的烟把子,狠狠地朝脚地上吐了一口带着烟臭味的黑痰,又用宽大的脚掌盖上去蹭了几蹭,才对罗海燕说:"我们家不比你们家呀,虽然在厚街咱们日子还算过得去,但跟你们比就差得远喽!你们在乡上,你爹是大老板,我们只是个背朝天啃土的老农民。丫头,你走吧,你去好好上你的学吧!"

说完,王大平慢悠悠地抽出一支烟,熟练地塞进已经发黄的玉石烟嘴里,然后叼到嘴上,哧地点着,紧忙咂了两口,然后起身背着双手去村头的老杨树下谝闲传去了。

那天,王春麦送罗海燕出了村口,她才呜呜地小声哭出来。告别的时候,罗海燕握着她的一只手,用电视上那些大人物一样的口吻说:"其实农村也是一片广阔的天地,同样会大有作为的。"

王春麦含泪点着头,无可奈何地表示同意了她的说法。但她知道,罗海燕的这些话不过是用来安慰一下自己而已。在她们厚街这种土包山洼里,大人们累死累活也不过刚刚能混饱个肚子,一个刚刚走出学校门的小丫头,能有个啥大作为?她点头的时候,连她自己也是不相信自己的。但她还是接受了罗海燕的安慰,她必须接受,说到底人家罗海燕除了能给自己一些表面上的安慰,又能为她做些什么呢?

那段时间,在内心的想法最终被认定无法实现的时候,王春麦只能选择放弃,原先坚持的那些东西一旦放弃了,她也就彻底看开了。她们乡中学初三一个年级出来一二百人哩,不是百分之八九十都没有再去上学么?不是还有这么多人和自己一样留在了农村广阔的天地间了么?只要这样横向地一比,王春麦的心里也就没有什么不平衡的了。家住后梁上的刘玉芬、她同村的小学同学,才多大呀,不是去年冬天就已经嫁人了么?就是后来知道了父亲王大平不叫她上学的真实目的,是为了省下钱将来让弟弟王春杨上大学之后,王春麦也认为父亲的选择是对的。

作为一个农村家庭里经济状况非常拮据父亲,他这样的决定是没有错的。

后来,罗海燕如愿去了市里读卫校,王春麦就留在了农村广阔的天地之间。但她始终没有在这里找到能有大作为的机会,甚至连在后院里种一块花的梦想也不能实现——那里必须种上茄子和黄瓜。有一段日子,王春麦都快绝望了,她每天都要那样呆呆地在自己那间小屋里坐上几个小时,茶不思,饭不想,她根本什么都不去理会,就那样干坐着,脑子里空空如也。时间风一样从她身边飞快地溜走,不留一点痕迹。

<h1 style="text-align:center">七</h1>

也就是从那段时间开始,同村比王春麦早一年中学毕业的马石头,总是有事没事地往她家跑。刚开始的时候,她还有点烦他。因为,她讨厌他们厚街村几乎所有的男人和女人。大约过了一个月以后,有几天如果马石头不到她们家里来趄磨,王春麦自己心里却显得有些惶然了,总要一天十几、几十次地走出街门,朝马石头家所在的前梁方向瞅一瞅,期望能偶然地在那个村街通往前梁的小路上看见他的影子。那段日子,她和他虽然总共也没有说上十句话,但她依然固执地认为,她心里正悄悄起着一些小变化的原因,的确是因为马石头。

比对着家住后梁上的刘玉芬这个童年少年的伙伴,在没有人的时候,王春麦便十分自然地想到了嫁人。像她这个岁数的乡里丫头,要不了几年就要找婆家生孩子了。在广大的西北农村,在他们厚街这样的地方,这是没有办法的事情。那些日子,马石头在她眼前晃来晃去的,她心里就只能以他作为选择的标准了。再怎么说,马石头这个人她自己是熟悉的,又和自己一样中学毕业了,年龄上也差不多。最起码不像刘玉芬,没上过几天学不说,去年底,她爹为了还赌债,硬逼她嫁给了大她十多岁的二楞子货三元子,窝在后梁一圈破院落里熬日月。一句话不对了,又是打又是骂的。

上中学的时候,班里也有许多男同学,很不错的当然也有。但毕业这不多会工夫,王春麦脑海里对他们本来就粗枝大叶的印象,已经变得相当模糊了。本来,有几个男生王春麦对他们还是很有好感的,比如那个瘦小的达平娃,他虽然学习不咋样,可总是愿意把自己的学习用品借给她用。圆规啦,尺子啦啥的,有时候借了竟然好长时间都忘了要回去。再比如高个子王刚吧,总喜欢把自己的复习书借给她,他自己不咋爱学习,但他却认为王春麦看这种书比谁都很有必要。一年不到,王春麦却连他们的面容都一时记不起来了。她闭上眼睛想,可眼睛一闭上,满脑子都飘着马石头那张一说话就红的憨愣愣的圆脸。由此王春麦断定,达平娃和王刚他们的身影是被马石头的这张憨脸从她脑子里挤出去了。她又努力了几次,还是想不起来,她就更加相信了自己的判断。

想不起来,她也就不想了,好在现在已经没有了那么多作业,没有了那么多考试,那么多的复习题对她已经没有用处了。她王春麦已经永远地离开学校了,她原以为这样她的心里就会空阔一些,她甚至都在担心如果心里空下来,她应该怎么办才好?可事实上她的心还没有来得及空下来就被另外一些东西填满了,并且比以前那些书本上的东西填得更紧更密。

在王春麦的眼里,厚街的太阳总是乏塌塌地升起来,在高远的天空绕上一圈,然后又百无聊赖地一头栽下西边的沙梁深处。甚至那些光芒也是没有热力的,虽然射在人身上针扎一样疼,但却显不出她想象中应该具有的那般威力。有时候,她站在远处凝视散落在沙梁沟凹里的厚街时,她竟然想着能从太阳上突兀地滚下一只燃烧的大火球,将这个令她憎恨的偏远的村庄烧成一片灰烬,然后再来一场透雨,把这里冲个干干净净,让传说中厚街一望无际的绿草重新在这片土地上生长起来。

有那么一段时间,王春麦感觉马石头变得像一团气流一样,充满了她全身的每一个角落。这种感觉弄得她心尖尖上出汗,手指头奇怪地发痒。她时常会情不自禁地在心里,自己对自己说一些连她都感到十分吃惊的蠢话。虽然没有声音,但她却能听见她是在一遍遍认真地诉说。说着说着,连她自己都会在不经意间被那些蠢话弄得忍俊不禁,抿嘴傻笑。

在她被自己的疯话惹得笑逐颜开的时候,她又会在心里猛然啪啪抽自己两个大嘴巴,然后忍着脸上火烧火燎的感觉问自己:马石头到底算个什么东西,难道他真是一颗石头砸在我的身上了吗?我这辈子如果嫁人,难道说非得嫁给他不行?如果他不是一个厚街的小伙子该多好!

这样的自问,答案总是扑朔迷离。她越是这样问,自己心里反而更加糊涂起来,整天没精打采地耷拉着脑袋,仿佛有想不完的心事。

那天后晌,她第一次拉着自家的两头羊去后梁下的泉边饮水,回来的时候,马石头远远就迎上来了。她想对他说些什么,但她又努力地克制着自己,让自己的眼睛平视着那条石子路的正前方。村口的那棵老白杨树都被她的眼睛放大了,她远远就能看清它伸向空中的虬枝,甚至每张叶片上的脉络,她都能够看得一清二楚。她昂着头,像一头走在草原上的高傲的长颈鹿那样从马石头身边掠过。她表面镇定,心里却慌乱不堪,一种奇怪的声音在胸腔里嗡嗡作响。

从远处一眼看见马石头的时候,她已经怦然心动了,但在就要走近他的时候,她却忽然决定不再正眼看他。然而令她没有想到的是,马石头却抢上前几步,横在眼前挡住了她的去路。她的神情立马就恍惚了,只感觉到强烈的心跳,整个人却不知所措。她听到了马石头迎面而来的同样慌乱如牛的呼吸声,他张着嘴,语无伦次地嗯嗯了半天才说："你爹说了，谁要想娶你……就拿一万元彩礼……我会弄够一万块的。"马石头说这些话的时候，她的脚步只是稍稍有所停顿，却没有完全停住。她拉着她的羊绕过横在面前的马石头，加快步伐继续往前走。马石头肩上扛着一小捆柴禾伫在那里，见她并没有理他的意思，愣了几秒钟，又从后面撵了上来。

快进村的时候，王春麦故意放慢脚步，让马石头跟上来之后，她才对他说："我爹说了可不算，他是他，我是我，是我嫁人又不是他嫁人，我还要三金哩！"说完她就快步走了，喝足了水的羊，走路又着四条腿，步伐跟不上，她就使劲拽。结果羊脖子给拽得长夯夯的，它们几乎是被她拖着进了村的。到了回家转弯的那个路口，她回头看见马石头还傻傻地站在那里，像块真石头一样一动不动。

要知道，"三金"可是前几年城里姑娘出嫁时男方必备的新三大件。这些年，乡下只要长相不是很丑的姑娘，金项链，金戒指，金耳环这三样，也是一个都不能少的。否则，就大有宁死不嫁的意思。

王春麦知道自己不是丑丫头，每一次对着镜子的时候，她都横挑鼻子竖挑眼地拿几张美人挂历和明星招贴画与自己作比较，越比她就越觉得自己的长相应该是在漂亮这个档次上的。有时候她甚至想，自己是不是《红楼梦》里那个纤弱似水的林黛玉？她这样一张小鼻子小嘴巴的标致的俊脸，嫁给马石头，永远窝在贫瘠苦焦风沙不断的厚街，这该有多亏哇！如果再没有"三金"相伴，那会是一种什么样的日子呢？她想都不敢想。尽管她对"三金"的认识也是蒙昧的，甚至一无所知，但既然它已经成了现在乡下姑娘出嫁最时髦的三大件，自己又不是太丑的，自然不能少了其中一样。王春麦对马石头明示了"除了她爹王大平要一万元彩礼她自己还要三金"的意思之后，一连三天她都没好意思出门。她觉得心里羞得很，咋会亲口对马石头说出那样的话哩！但她心里还是有另外一个意思的——马石头也许会被她说的"三金"给吓趴下。一万块再加上"三金"，在厚街，这是个什么样的数字？哼，吓趴下也好。你以为自己是啥香饽饽哩，谁稀罕谁呀！像她这样的，过不了多久，在村子里呆不了两年，提亲的人肯定连她们家的门槛都踏破了。说不定，她还能挑一个比马石头强十倍百倍的嫁出去呢。

话又说回来了，她怎么能不要"三金"呢？他爹把那一万元攥到手里，她知道她肯定连一个子儿也得不到。在厚街，现在出嫁丫头最气派的陪嫁也不过是一辆二百多块钱的女式自行车罢了。差不多的，两床被窝就了事，连自行车都没有。她不要"三金"，她的新生活怎么开始？她可不想太亏了自己。在厚街，她算是第一个正儿八经把初中念完的姑娘，而且在班里她的成绩一直都在前十名。想一想自己出生在厚街这样的地方，她就觉得自己够倒霉的了。一辈子才结一回婚，如果连件值钱点的东西手里都没有，往后日子怎么过？这样想着，王春麦又觉得自己未免想的太多了，才多大的人呀，不就十七岁么，她突然就不愿意想这些与实际年龄不相符的事情了。然而在厚街，十七岁就不能不想这些事情了。她觉得她应当想一想自己的未来，认认真真地想一想。是不是自己的这个初中就白读啦？读来读去还是这样一个结果，那她白天黑夜地这么多年又是何苦来着？

又一个深秋的黄昏，王春麦一个人坐在南梁上小树林旁边的土坎上，看着西去的太阳从远处一个高坡上慢慢滑下去，又用剩余的光芒将半个天空染得通红。那一刻，从她那棱棱的鼻翼两侧，清晰地垂下两道泪痕。泪水在她抿紧的两个嘴角窝窝里汇聚成两片浅浅的荡着光影的水洼，又渗进了她嘴里。眼泪是咸的，是那种苦苦的咸，涩涩的咸。她实在是有些不甘，她不能因为她爹王大平不叫她再继续上学，她就必须像厚街那些不满十八岁就当了妈妈的丫头们那样，亲手断送掉自己的一生。

当太阳完全沉落下去的时候，她突然觉得身边的一切都相当地可笑，相当地滑稽。马石头对她说他会弄够一万块的，这话听起来有多可笑？他和他爹种上一年地，除去口粮啥的，他们家秋后统共才卖了大概也就五百块钱。一万元是多少？二十个五百哩，说得！按这些年还算不错的年景计算，也得用上整整二十年时间。到了那时候，他们都差不多老到土里面去了。

自那个黄昏以后，马石头一来她们家，开口说的第一句话必定是："我会挣够一万元的。"当然，这样的海口他只在她一个人在场的时候对她夸。在她准备用几句话讽刺挖苦他一顿的时候，她爹王大平就会像一条老狗一样在廊檐下吭地爆咳出一声，然后跺跺脚上的土，走进屋来。每次进屋，他几乎都说着同样的一句话：

"喔，是马石头哇，来啦！"

听到那一声干咳时，每次马石头就会露出一副做贼心虚的样子，从板凳上站起来，惶惶地解释说："哦，我来借钳子的。"或者说，"我来借一下你们的架子车。"一边说，一边赶紧往门外走，比狗撵着屁股还跑得快。

就凭这一点，王春麦就很有些瞧不上马石头。一句话，一个男人家，就算不能顶天立地，被另一个男人的一句半句话吓得跑，也太龌龊，太窝囊了。哪怕这个男人是他将来的老丈人。

## 八

尽管如此，王春麦还是没有把自己与马石头的关系完全断掉。但是，她也不想这么快就把他们的关系正式确定下来。有时候她反而觉得，她爹王大平在马石头向她开始倾心表白之前的一次次恰到好处的出现，是相当即时的，甚至帮助了马石头。否则，她早已经准备好的那些刻薄得近乎恶毒的话当面说出来的时候，他马石头会如何承受？她觉得正是她爹王大平一次又一次不失时机的出现，在她心里保全了马石头作为一个男人的脸面和自尊。在一个女人眼里,对这一点于一个男人相当重要——她们从心里不想跟一个没有尊严的男人交往,更别说将来嫁给他了。

事情就在这一年春种结束的时候,又悄悄地起了一些变化。

马石头要出门打工去了。当王春麦得到这个消息的时候,显得有些猝不及防。她胸脯里热突突的,心怦怦怦乱跳,神思也有些慌乱。她死活没有想到马石头会做出这样一个出人意料的选择。

整个冬天,她心里都在小看他,她几乎都以为马石头被那一万元和"三金"吓得迷糊过去了,没有想到他会在开春的时候迈出这一步。这一步迈出去了,就会有下一步。王春麦闭上了眼睛,但她冥冥中仿佛已经看到了一丝希望。这种希望是模糊的,几乎没有什么有形的东西支撑它,根本连一个简单的概念也没有。反正她心里突然没有来由地感觉到一丝光芒远远向她袭来,使她那已经一抹黑的心房里突然透进了一束微光。她意识不到太多,她只能被胸膛里那一片明净如水的东西照耀着,颠簸着,被身体里轻柔的细浪拍打着。她已经憋闷了一个秋天又一个冬天的心房,在那一时刻哗啦一声又被什么东西划开了一道口子,豁然开怀,亮光一泄如注。

事实上,那是一场十分艰难的告别,没有语言,没有动作。她只用眼睛,哦,不——她只用目光匆匆地从他身上扫过,没作任何停留,这个告别仪式就结束了。那天晚上,马石头来她家借故要借手钳子,他的话一出口,她就明白他此行的目的其实并不是要借什么东西。在她眼里,那不过是马石头又一次拙劣的故伎重演。一开始她连看都没有看他,她的眼睛紧紧地盯着电视机小得可怜的屏幕,但她的耳朵却在坚韧地捕捉着马石头带来的所有信息。当马石头说自己要外出的时候,她的眼前竟然浮起一片欢欣的迷雾。

在王大平的冷嘲热讽中,马石头自然不会久留,而王春麦的举动又不能太过反常。但她所坐的地方正面实在又没有办法看清楚马石头,所以她不得不努力地将目光拐了一个七十度左右的弯,才将马石头临行前的模样留在了自己的记忆里。

马石头走出门去的时候,王大平不置可否地在门边的脚地上吐了一口痰,不屑地说:"这碎娃子也能出门挣个钱?"话音里充满了对马石头的轻蔑。那一刻,王春麦好像被她爹的话戳疼了一样,浑身陡然一激灵,想发作,又没有找到发作理由,便借故他的话印象了自己看电视,没好气地说:"还叫不叫人看电视了,讨厌。"

说完,她就起身出门去了。

她听见她爹王大平在后面惊诧地"咦——"了一声。

## 九

她的十七岁就这样过去了，没有忙碌，也没有悠闲，有的，只是那一片空茫茫。

有时候，拉上两只羊去村子周围梁上梁下放一放，有时候去庄稼地里帮爹妈搭把手，有时候围着锅台转一转，贴几个饼子，烧一锅糊糊，做一锅面条饭。总之，她的十七岁就在不知不觉中过去了，酸酸的，涩涩的，记忆中它完全是那种青杏子还带一点苦的味道。

整个夏天，她都在担心马石头的外出是不是会无功而返。那样的话，不光会给她爹王大平以及整个厚街留下笑柄，更会成为厚街人粗茶淡饭果腹之后，坐在村口老杨树下的笑料和谈资。厚街人向来是不赞成外出做工的，他们往往把外出务工与外出行乞巧妙地混淆在一起。他们认为，都现在的社会了，人民当家做主了，再没有给人外出扛活的事儿。他们信奉的是"好出门不如赖在家"这样可笑又可悲的理论，大多数人都不厌其烦地将这一套居家的教条挂在嘴上。而且老子教导娃子，娃子再教导娃子的娃子。他们宁可闲着在阳洼里将浑身的骨头都晒软晒酥，也不外出寻几个能在手上转动的活钱。给人当长工，说起来是很丢人的。前些年也有人外出打过工，结果出去了，恰恰没有挣到什么钱，他们便拿这个人的失败，来证明自己不出门的英明和伟大。王大平就是这样的人，马文革也不例外。他们的观点是"远跑不如近磨，瞎驴守着烂草垛"，王春麦时时为他们的这种想法感到悲哀。

整个秋天，她都在盼望着得到马石头的消息。有些日子她又开始恨马石头了，恨得浑身的骨头都在发痒，每个骨头缝里都想生出一张嘴来数落他。你说你一个初中生，竟然不知道写封信来。既然你已经说了"我会弄够一万元的"，既然我已经给你说了"不但要给王大平一万元，还得给我买'三金'"，这话难道还不够明白？还不够清楚？你马石头一个堂堂乡中学出来的初中生，该没这么弱智吧！情书啥的就不说了，写一封信来谁会吃了你？即使不给我写，连你们家里、你爹你妈也不写吗？你是不是太过分了。

那一段时间，王春麦恨马石头恨得很深很深。她突然觉得没有了马石头，自己就完全没有了希望。

总归一切都很快过去了，马石头不但好好地回来了，而且还挣到了钱。马石头是穿着一身崭新的蓝色西服回来的。那一阵子王春麦脸上闪耀的光彩连她自己都感觉得到。那时候的马石头，是多么令人羡慕哇！而且就在不久以后，马文革就把马石头挣回来的两千元新崭崭的大票子，放到了她爹王大平面前的方桌上。这一切都到来得那样突然，又那样真切。

她惊悸,她害羞,她兴奋,同时她也感到害怕。

马石头真的能挣到钱了,她这辈子要做他的女人。按这样的速度,要不了几年她就不得不睡到马石头家去,为他操持家务,为他生儿育女。就这样,生是厚街的人,死是厚街的鬼,把自己的一辈子完完整整地交给这片沙漠边缘的小洼地,交给这片小洼地上一个名叫马石头的男人。

这一切,王春麦都是不曾细心想过的,她还没有准备好自己这一辈子怎么过哩,这辈子却已经一路踩着黄沙开始了,并且连续不断地在这黄尘漫漫的乡野大地上行走了整整十七个年头。十七个年头已经真真切切地过去了,她却依然显得那样不谙世事,活得那样无知,那样懵懂。而现在她面临的问题是:要不了多久她就得嫁人,她就得过一个和厚街所有女人一样的日子。这种日子,似乎与她上了九年学读了这几十书包书没有任何关系。这日子,似乎是早就为她准备好了的。十年前? 二十年前? 五十年前? 还是一百年前? 这一切王春麦都不知道。

那一夜,王春麦第一次失眠了,她躺在火热的大炕上,听着另一间屋子里父亲王大平充满希望的呼噜声,她突然产生了冲过去捂住那张嘴巴的冲动。谁娶她,彩礼一万元。这就是那个躺在另一盘大炕上的男人为自己的女儿过早地摆出的命运的价码。她绚丽多彩的人生,就这样被牢牢固定在了这样一个价位上。王春麦始终觉得她的生活不应该是这个样子的,至少不会这么早就变得和厚街的其他女人们一样。对马石头,她说不上喜欢,也说不上不喜欢。严格地说,一开始她是有些瞧不上他的,这是因为她压根就瞧上厚街这些唯唯喏喏的土包子男人,也包括她的父亲王大平。但当马石头选择外出务工的时候,她对他的看法立刻就发生了改变。经过这一年多的思索,她发现马石头远不是自己想象中的那种厚街男人。就在那天傍晚,马石头约她到了村外,这就使他显得更加不一般起来了。

他们一起走着,不仅如此,他还拉住了她的手。他的手是那样热,仿佛一块烧着的火炭,她的手被他握住的时候,她都听到哧啦哧啦被灼烧的声音了。那一刻她真地很慌乱,很忐忑。她明明知道那时候冷风刮得呼呼的,那时候的村外,肯定没有人,她却总是担心被人看见。而马石头拉着她的手,却拉得那样从容,好像他们早已是一对相交甚笃的恋人了。

马石头不仅拉着她的手,还在某个时刻猛然将她揽入怀中,他的气息直直地喷到她脸上,距离是那样近,她甚至分辨出了他鼻子里呼出的公牛般的气息。她为此心乱不已。犹豫片刻,王春麦用力把他推开了。她跑得离他远了一些,大口喘着气,心却怦怦跳得收拾不住,她一连做了五六个深呼吸都没有使她骚动的身体平静下来。在学校的时候,老师在体育课上说过,心理过度紧张的时候,来几个又深又长的呼吸对于缓减紧张心理是很有效的。她也曾经试过一两次,效果自然不会错。然而那天晚上,她的深呼吸却更加助长了胸口起伏的频率。尽管四周漆黑一片,耳边还盘旋着低吼的风声,但王春麦的身心却始终被自己心跳的巨大声音笼罩着。马石头在她前面不远处,只是一个黝黑的影子。

那时候,她不知道如果马石头再次扑过来,拉起她的手,将她的身体紧紧拥入怀中的时候,她会不会再次拒绝?

她真地不知道。

那个时刻如果用度日如年来形容的话,已经不那么恰当了。虽然那只不过在片刻之间,她却觉得仿佛过了一个漫长的世纪。马石头站在那里,长时间没有动,她以为他可能动摇了,刹那间,荡起层层涟漪的心湖又开始翻涌。然而就在这时候,她清楚地听见马石头在她面前的黑暗中斩钉截铁地说:

"我会挣够一万块的,我会给你买'三金'的。你等着瞧吧!"

说完,马石头就转身往回走了,他的皮鞋踩着路面上的碎石子,沙啦沙啦地响,脚步声听上去铿锵有力。直到他的影子已经差不多在黑夜里消失了,她才下意识地喂喂叫了两声,快步向村里走去。

就这样,王春麦完成了自己作为少女的平生第一次约会。和她约会的是同村比她大一岁的马石头,这是她之前完全没有想到的。

想到想不到,都没有关系,怎么说这都是他们两个人经历过的难以更改的往事。

这次简单的约会,使王春麦心里更加恍惚不已。她居然就鬼使神差地去赴约了,她竟然就把自己的第一次约会留在了厚街村外的那样一个初冬的夜晚。天不是很冷,事实上那个约会对她来说,自始至终都浑身发热。

原来约会就是这么一回事呀,马石头当时拉住她的时候,她差不多有过几秒钟的晕眩。她分不清那到底是幸福还是痛苦。如果是幸福,她觉得过于简单,简单到了近乎草率的程度。这样的约会作为第一次,她实在是心有不甘。说是痛苦吧,好像也没个啥,只是他握了她的手,将她搂了一会儿。但后来她感觉心里老是不舒服,意犹未尽那种的不舒服,觉得憋闷,不吐不快。

可是吐什么呢? 王春麦自己确实不知道。

## 十

王春麦和马石头的这门亲事,在马文革将一条猪腿扛进王大平家之后、在王大平兴高采烈地摆了一桌很不像样的酒席请亲朋们过来酒足饭饱之后、在马文革从怀里小心翼翼地掏出裹了两三层破布的那两千块钱之后、在马文革的婆姨为王大平全家老少都挂了一身新衣服、又将王春麦从里到外从上到下穿戴一新之后,就正儿八经地确定了下来。

在厚街,这就叫订婚了。

按照双方在订婚仪式上的约定,到死都不能后悔了。

也就是在那个筵席散尽人去屋空的黄昏,王春麦躲到自己的那间小屋里,把曹桂花给她提过来的两套新衣服和两双新皮鞋从包袱里掏出来,放到了她的小床上。她看着那两双样式古怪的黑色女式高跟皮鞋,闻着它们散发出来的刺鼻的人造革和强力胶的混合气味,注视着它们闪烁着的虚假的锃亮,她诚惶诚恐,又心如刀绞。它们多少次穿在别人脚上在她眼前出现过啊,她甚至已经在心里无数次想象过当她那双小巧的脚穿上皮鞋的时候会是一种怎样的感觉。十多年了,她一直都没有机会去体验。这个梦,想终于在她确定了终身大事的这一天实现了。那阵子,王春麦粗粗地喘着气,胸脯一高一低剧烈地起伏着。她的两只手分别握着一只皮鞋,握得紧紧的,好像她一松手它们就会变成两只来路不明的鸟儿,突然从她手里飞走。在厚街,只有婚姻能够实现她想穿一双皮鞋这样一个小之又小的梦想。她紧紧地抿住嘴唇,又用牙齿咬住,她的心里呼噜噜地开始翻涌起潮水来,莫名其妙的波涛在她五脏六腑间汹涌澎湃,就连那两只还没有成熟的小乳房,也在不停地向外冲撞。

那么……是不是可以这样说——她以后的所有梦想都只能依靠婚姻这唯一的途径来实现?这是什么逻辑呀,理想和婚姻之间有什么必然的联系么?如果真有什么定理或者公式可供套用的话,那是不是说穿上了马家婆姨送来的这双新皮鞋,就得乖乖地在厚街做另外一个马家小婆姨?

她嘴角向上一翘,朝屋角的某个地方轻蔑地扫了一眼,尔后左右开弓,将两只油光锃亮人造革皮鞋扔了出去。

除了婚姻、除了马石头这根稻草,在喊天天不应,叫地地不灵的荒僻一隅——厚街,她王春麦又能指望什么呢!

# 第 三 章

## 十一

随着基坑越来越深,工程进度也愈来愈慢了。坑里的沙土要经过两层钢管搭成的脚手架才能扔出来,老李和马石头的工作量比前一阵子相对小了一些。工头老王自己不干出力活,就是拿把尺子这里量量,那儿看看。老王每天的工钱是按一个半工计算的,看上去显失公平,但是咋说哩,人家是工头嘛,说到底这活都是人家揽下的,把大家从五湖四海招呼在一起,有了钱挣不说,还要操心大家的吃喝,大小事情那么多,也真不容易。话说回来,要不是老王,你上哪挣这一天二十五个元去?马石头心里是很感激老王的。

开头那阵子,晚上睡觉之前大家都要说会儿话,说女人这个女人那的。一星期之后,十来个人差不多都是头挨枕头就扯呼。有时候马石头也会想起十多天前和他住在城里那个工棚里的另外几十个民工,他们现在不知道开工没有?都出来一个多月了。一想他就后悔没把那挨了打的一老一少领上,一块跑过来。跟上老王和黄老板这样的人干,最起码人活得不像牲口。他马石头和老李他们不怎么熟悉,但他们时时处处都流露出一些对他的关心,这叫他心里暖暖的。工头老王嘛,心也不黑,开工第十天就结了一次账,老王说这是他领人干活的规矩——现黄的麦子现割。这话叫马石头听得心里火烘烘的高兴。

因为工地在戈壁上，水呀菜呀就闹紧，大家都自觉地两天洗一次脸。这一次水洗浑了，也不倒掉，澄清了下次再洗。黄老板的老解放一周或者十天来一次，名誉上是给工地送水送生活用品，实际上是运材料和查看整个工程进度。黄老板人也不外道，到了工地上，和谁都能说得来。

基础挖好的那天，黄老板把水泥钢筋也运来了，塔基要用钢筋水泥一层一层地浇筑起来。为了不窝工，老王把十几个人又一次分开了，筛砂子的，备石料的，扎钢筋布网架的。黄老板说工程时间紧，早一天把塔立起来，人家就能早一天见到效益，咱自己的收入也要好一些。这样一要求，老王就叫大伙每天晚上再加半个班。反正电源也从两公里以外引来了，几个电钨灯一照，工地上像白天一样。

马石头能够看得出来，大家都在拚着一股子劲干，坚持干晚一点，一天就挣接近四十个元哩，谁也不想怠工。工地上的生活几乎就只有用单调两个字来形容，干活，吃饭，睡觉。如果工地在城里，或者可以扭头瞅一眼从身边掠过的花花绿绿。但在这广袤无垠的戈壁荒原上，除了能看到天上的太阳，远处逶迤的群山，脚下的黑石子戈壁，剩下的就只有自己落在地上的影子了。

马石头挣钱是为了早一天把王春麦娶回来，别人挣钱也有这样那样的目的。总之，钱是每个人都需要的有用的好东西，钱在他们身上，有着各自不同的用途。他知道王春麦她爹王大平要那一万元彩礼，肯定是为他儿子王春杨上大学准备的。他们王家的儿子上大学，却要他马石头来出这一万元钱。他想着，心里就有些生气，还隐约地有些儿委屈，他自己出力气挣的钱，却没有花在他自己上学上，而他自己才上了个初中。但转念一想，他花这一万块够把王春麦娶回来，他又觉得这一万块钱花得很值，他这样不要命地出力挣钱，当然也就不能再有啥怨言了。

其实，每一个人心里都是有一个理想的，有人理想产生的早一些，有的人产生的迟一些。马石头的理想就产生的很迟，直到初中毕业了，他的理想才在他心里产生。那时候，他几乎每天都能看到王春麦骑着一辆吱嘎作响的自行车走过村街去上学，或者从学校回来。他有事没事的，总要在通往学校的那条小路上转悠。有一天，他突然发现王春麦长大了，突然就长成一个大姑娘了，胸脯子高了，屁股蛋子圆了，再不是以前那个光知道哭鼻子抹眼泪的小黄毛了。看见他的时候，王春麦还要红一红脸，拧一下身子。他心里呢，也会冷不丁地咯噔晃一下，就像他在走路的时候，没防住哧溜——滑了一跤。心一乱，那么一晃势，接下来反而亮堂了。他的理想就是在那一刻一下子从脑子里嘣出来的：他要把王大平家的这个丫头娶过来，要不然他活着就太没有意思了。

当马石头把娶回王春麦当成了自己人生最大的目标时，连他自己都觉得非常可笑，这和上学时老师讲的那些应当具有的理想可真相去太远了。譬如当一个伟大的作家,为人民写出多少多少不朽的作品来。像巴金,人家一辈子连国家的工资都不拿,还把自己的稿费一笔一笔地捐出去。譬如当一个科学家,研究出宇宙飞船飞上太空什么的。再譬如当个将军,指挥千军万马,驰骋在万里疆场。再不行也要成为一名教育家、成为一名教师,做个人类灵魂的工程师——尽管有一些老师品行也很差。马石头觉得这些理想虽然离自己的现实比较远,但确实很伟大。和这些伟大的理想相比,马石头认为自己的这个理想实在是太过渺小了,甚至龌龊得不能被算作理想。他觉得自己这个理想如果给人知道了,肯定会被人耻笑的。于是,对自己产生这样一个低俗的理想充满了自责。有一段时间,他甚至因此感到自卑,都不敢再跑到那条小路上去看王春麦由远而近的影子了。

后来,马石头开始有意无意地关心起别人的理想来,尤其是那些和他一同初中毕业的同学。经过一段时间的窥探,结果他发现他们班的同学当中,除了有两个家庭经济条件好一些的外出继续上学了以外,有两个骑着自行车在乡里走村串户卖菜,两个卖针头线脑做着小买卖。还有两个女同学,在乡上一间裁缝铺里跟一个满脸麻子的老女人学裁缝手艺。这大约就是他们班四十多个同学当中最有理想,且已经把理想付诸实施的几个人了。其他的,不外乎在家种种地,放放牛,挡挡羊。或者白天看好了谁家的鸡,晚上偷一偷,有两个还叫派出所拷过两回哩!再或者闲来无事,打一打麻将,扎几把金花,赢上块儿八毛的,或是输上块儿八毛的,胡里麻达混着日子。这样一对比,马石头心里就平顺了一些。如果他的这个人生理想也能算作理想的话,说句不谦虚的话,虽然够不上伟大,但也算不上渺小。它是和他的生活紧紧连接在一起的,毕竟成家也是人生的一件大事嘛!古人早有成家立业这一说,且成家在先,立业在后。家中先有美妻,然后再立业也不迟嘛!这样一想,他就认为古人有关成家立业的这个成语,委实造得好。你说要是看着眼前的美女好丫头,不先把她娶回家来,而是去埋头创业的话,等你事业有成了,美人早投入别人怀里去了。这样即使你事业发达了,也还是要落下一大堆这样那样的遗憾。只有先成家再立业,人生才能臻于美满。古人在这方面的经验是没有错的,要不怎么说是经验呢!马石头为自己的人生理想找到了一个十分坚实的理论依据,这套理论就像一根杠杆,一下就把他的心情撬得激情高涨,热血沸腾。

有了理论支持,马石头觉得他的行动就是无比正确的。

所以,当马石头被劳累和疲惫无休止地折磨着的时候,心里是十分幸福的。毕竟他这是在为自己的理想而奋斗着嘛!而且,眼看着离自己的理想已经越来越近了。

马石头感到自己身上那些丝丝缕缕的肌肉正慢慢地聚集在一起,变成他胸脯上胳膊上双腿上到处滑来滑去的肉疙瘩。他知道他的力气就是从这些大大小小的肉疙瘩里咕嘟咕嘟滚出来的。他甚至觉得,自己就是一部永不停歇的新机器。

# 十二

马石头决定给家里写封信，一是给父亲马文革报个平安，二是想告诉他爹，按现在的预期，他年底大概就可以挣够给王大平家的礼钱了。他想动员他爹马文革，趁着天热地上活少的时候，把家里的房子拾掇拾掇。该抹泥的地方抹点泥，该刷白灰的地方刷上白灰。眼看着出来已经两个多月了，他觉得马文革和曹桂花不见他的音讯，可能都有些担心了。本来，他想自己应该走得无牵无挂才好，他已经是一个大男人了嘛，他马上都要娶媳妇了，太婆婆妈妈总是不好。反正他也不是太顾及"儿行千里母担忧"的那种人，但到了戈壁深处，别说想见个生人，就是连鸟儿小兽的影子也难觅。除了干活，连想家的时间都没多少。再说，自己已经从那个工程队跑出来了，要是那边有人写信回去，说他已经跑了，而且下落不明，你说爹妈会急成啥样哩！重要的是还有王春麦哩，她难道不想知道他的去向吗？

中午，马石头呼噜了老吕扯的两碗又粗又硬的拉条子，就去帐篷里写信。

春上出来的时候，马石头是大大方方到王大平家与王春麦告别的。他觉得他已经是一个大人了，再那么偷偷摸摸的就没啥意思了。他还避开别人，给王春麦手里塞了二十块钱，叫她留着平时零花。王春麦则给了他一支圆珠笔一本信纸和二十只信封，叫他别在外面连个音信也没有。马石头就趁接那些东西的机会，拉了拉她的手，那阵儿他的心跳得跟只野兔似的，但他能感觉到王春麦的五根手指头，像五条滑溜溜的小鱼儿在他手心里乱动。那一次，王春麦的手没有轻易地逃脱掉，这倒不是说他捏得紧，事实上王春麦根本就没怎么用劲往回抽。

给他爹马文革的信，马石头只写了半页就没话了，他认为这半页他爹已经够明白的了。像他爹这种整天就知道抽着纸烟溜弯子晒太阳的厚街男人，马石头心里都有些瞧不上他们了。写信给他，马石头都觉得真就是一种道义上的施舍。哪怕寄一张白纸回去，他们也应该感到惊喜和幸福才对。重要的是第二封信，你说他马石头傻不傻，去年出来半年多，竟然没给王春麦写过一封信。当然他也动过要给她写信的念头，但思忖再三，还是觉得不能太鲁莽，找对象这种事，和蒸馍馍有点像，热气不能冒得太早，过早地冒了热气，蒸出来的馍就不暄了不香了。好几次他都把为王春麦写信的冲动给强压了下去，尽管那种滋味很不好受，像无数红蚂蚁在骨头上乱爬，扯着肉丝儿在皮肤下面乱跑。还有一星不明真相的火苗子，也在他身体里忽闪忽闪地乱蹿，随时都准备将他这具已经热起来的肉体付之一炬。

最终，马石头还是把那束刚刚燃起来的火苗子给压了下去，但那束火苗并没有被熄灭，一直都在他身体里憋着，缓慢地燃烧着，就像给暂时捂起来的火山口，岩浆还在底层烧着，烧到一定的时候，又会哗一声喷溅而出。说不定比以前烧得更旺,喷得更高。当他决定给王春麦写信的时候,那束火苗突然又从他身体深处嗖地蹿了出来,嘭一下把就他的身体点着了。

对王春麦的称呼,马石头一时拿不准。是直呼王春麦、春麦,还是叫声亲爱的春麦,忖度间他竟然无从落笔。他一阵儿觉得这三样称呼都行,一阵儿又觉得这三种称呼都不能表达他此刻的心情,他简直不知道说什么好了。

正在他忖量不定的时候,大伙儿陆续吃完饭喝过汤进来了。老王打着嗝儿,问了一声:"小马写信哩呀!"马石头没抬头嗯了一声,但他知道每个人都在背后看着他,他们的目光都像木橛子一样钉在他身上。那种直戳戳芒刺在背的感觉,已经被他切身地体验到了。这是两个小时的吃饭和午休时间,按照习惯,大家都要先在自己铺上躺下来,抽根烟,喝几口又苦又涩的大叶子青茶,平平胃,缓口气,然后才肯闭上眼睛迷糊一阵子。

只消一会儿,上班时间就到了。

与马石头邻铺的老田没有马上喝茶,他卷了一根喇叭筒,用胳膊肘在马石头的腰眼处轻轻夯了夯,给石头递了过来,用眼神示意他来一支。马石头偏过头摇了摇,表示自己不抽。老田四十出头了,一张巴掌脸,胡子也有半寸长。见马石头又埋下头去,他就挤出厚厚一层笑挂在脸上,轻声说:"你的信……写完啦?"

马石头其实正在思考哩,老田这一搅和,又没戏了,就说:"写完了。"

老田听了,压低声音说:"小马兄弟,能不能帮个忙,给我写一个信?"

这时候,帐篷里突然变得一点声音也没有了。马石头知道,大伙都摒息听他和老田说话哩!马石头就小声说:"我这里有纸,给,你自己写。"

老田脸红了一下,被板刷胡子包围起来的阔嘴向后咧了咧,不好意思地说:"马兄弟耍笑我哩,咱这里除了你,谁是个断文识字的?就老王识几个,还是个半吊子,也就能认得个男女在城里进不错厕所。"

马石头想了下说:"咋,你家里有事?"

老田蹭了把额上冒出来的汗,压低声音说:

"一家老小哩,出来时间长了,怪想的,如果能写一个信,也算是个问候么,我在外面的情况,也能叫家里知道一下。"

老田这样横插了一杠子,给王春麦的信马石头是一时写不下去了。马石头想了想,不如索性先给老田家里写一封,等会儿再给王春麦写,说不定来上些灵感啥的,感觉就好了。马石头就盘腿坐起来,把枕头放在腿上,将平展了,再把信纸摆在枕头上,握住笔,回头对老田说:"你说,我给你写。"

老田见马石头答应了,因为意外,便显得手忙脚乱的,喘着粗气细声说:"我咋说哩,你看我咋说哩嘛!说些啥哩嘛——这——啧——"

马石头说:"你说家里都有啥人,你都想知道些家里啥事,你在外面好不好,你说了我就给你照实写在信上。"

老田说:"家里有我婆姨,有我老妈,还有两个娃娃。你给我问一问,今年咱那达下没下雨?庄稼出苗出得咋个相,旱没旱?我妈的腰疼不疼了?两个娃学习咋样?哦,你就说叫狗日的好好学习,要偷懒小心老子回去揍扁狗日的。"

老田一气说了这么多,马石头却连个头也没有开。等老田说完停下了,他又问:"你——老婆,她叫啥名字?"

老田说:"我婆姨她叫刘菜花,嘿嘿——这名儿是不咋好听。"

马石头说:"好了,我这就给你写。"

刚写了半页纸,老田又夯了夯马石头的胳膊说:"你再写上,我婆姨她身子有病,是妇科病,叫她不要省钱,好好抓几副汤药吃一吃,可别弄成啥不好的病了。"

马石头嗯了一声,也给写在信上了。当然,马石头往信上写的时候是懂得取舍的,老田说的那些粗话脏话,他一句也没有写。写完信,马石头给老田念了一遍,当头一句"亲爱刘菜花"念出口时,老田的脸一下子红了,这样的话,如果不是有人帮他写信,他也许一辈子都说不出口。等最后一句"我在外面挺好的"念完时,马石头发现老田的眼泪都下来了。

马石头小声说:"老田,你看,还有啥没写上?"

老田忙不迭地说:"好着哩好着哩,你开头叫我婆姨……亲爱的,咋跟电视上一样了,我可从来没这么叫过我婆姨,你这么一写,我听了心里……怪那个的。"说着老田伸手抹了把脸。

马石头说:"要不就拉掉算了。"

马石头刚要用笔划掉"亲爱的"三个字,老田惶惶地拽住他的胳膊说:"不拉了兄弟,不拉了,我不会说的话你给我写出来了,写在纸上了,这就好了,这样说其实挺好的,这下子就好了。"

老田一时变得语无伦次起来,不知道是因为高兴还是满足的缘故。说完,老田就自己拿过信去看,一边看,一边小声说:"啧啧,有文化好哇,有文化多好哇,想说啥,手里就能写上啥。"马石头转过头看时,老田连信也是拿倒了的。老田又说了地址,一会儿马石头就把信皮写好了。老田拿着信,躺在自己铺上端详着,不多会就听到了他的鼾声。马石头转过头来,老田已经把信按在胸口上睡着了,嘴角除了一溜长长的哈拉子,还有一丝从肚子里溢出来的笑。

接着老李也悄悄摸了过来,脸上展着一片牛粪般敦厚的笑。他递给马石头一根他平时都舍不得抽的软包兰州烟,马石头摆了摆手,示意自己不抽。老李脸色陡然黯淡了一些,他小声说:"小马,你抽上,抽上,哈——"

马石头说:"你知道我不抽烟。"

老李拧了下黑红的大鼻头,低声说:"你——给老田写完了?"

马石头说:"完了。"

李玉山在马石头铺上坐下来,很难为情地说:"要不,那个啥……我给你……贴上两个工……行不?"

马石头看了眼老李粗糙的方脸,说:"老李,你这是小看人哩,你说吧,我这就给你写。"

老李听了,赶紧把烟弄灭,压低声音说:"要不咱俩今天就把铺换过来,你睡中间,我睡门口吧,我其实也不怕风吹。"马石头知道老李是为头天来工地撂了他行李的事后悔哩!但一段时间下来,他已经觉不出这有什么了,就说:"我年轻,吹吹风没事。你说,我这就给你写。"老李显得很兴奋,脸又一次变色了。他一连哎哎了好几声,才又压了压声音:"我家里……也有一个婆姨,还有两个娃,你问一问,今年庄稼出苗出得咋样,叫她拉水的时候把驴牵稳。驴老了,驮不了多少水了,就每次少驮上些。今年如果我在外头挣得好,年底回去缴了公家的钱款剩下钱,我给她买一头好毛驴驮水。多管着些娃儿们的功课,不听话就打狗日的……也别真打,吓唬吓唬就行了。还有那三个羊,今年的羊毛就不要卖了,攒下来擀个毡。娃大了,再和大人睡一盘炕已经不方便了。"

说到这里,老李有些不好意思,轻轻哦了两声,又恍然大悟似地说:"我婆姨,她叫个陈改娃。"

顿了顿,老李又说:"小马,你能不能也给我、写、写上个……亲爱的?"

马石头说:"我已经给你写上了。"老李就压抑着声音嘿嘿笑开了,紫黑色的嘴唇一呲一呲的,露出一口米黄色的牙来,看上去孩子似的,有点憨。

写完了,石头也在最后写了一句"我在外面挺好的",然后他又给李玉山把信念了一遍,写好了信皮,叫老李自己装上。这时候,大伙都不约而同地在各自铺上翻了个身,有几个人索性坐了起来。他们知道马石头不抽烟,却都十分殷勤地过来给马石头让烟,样子着实恭敬得很,跟马石头说话的时候,脸上都堆着厚厚一层笑,一眼就能看出是有求于人。马石头从铺上坐起来说:"好吧,这样吧,我给你们一人家里写一封信,明天黄老板的车来了,咱们就带到城里发掉,最多一个星期家里就收到了。"大伙一迭连声地说:"好、好好,小马这个人——厚道。"

老王最后一个从铺上坐起来,他用那种一言九鼎的口吻说:"眼看出工时间就到了,这么着吧,下午小马就不用出工了,给大伙写信,一人写一个信。大家挨个进来给小马说,叫小马写。"

老王这么一说,大家都认为这样好,觉得老王这人挺通人情,便来了精神。

老王叫马石头先给老吕写,写完了他还要去准备下午的吃喝哩!老吕受宠若惊似地从铺上翻身跑过来,递给马石头一根烟说:"马兄弟,来,抽上、抽上。"马石头说:"我不抽,你说,我这就开始给你写。"然后,马石头就听见老吕发出了一串喷啧的嘬嘴声,憨厚的吕光发一时竟不知道该怎样开口了。

整个下午,马石头都是爬在铺盖上度过的。他给工地上每个人都写了一封信,写完了,他都要给他们再念上一遍,然后让他们亲自把写好的信装进写上了地址的信皮里,再用老吕在灶上烧的一小勺浆糊封好。工头老王也写了一封,他是最后写的,那时候帐篷里已经能闻到吕光发素炒洋芋的香味了。老王从外面走进来,在马石头的铺上坐下。马石头把纸铺好了,等着他说话,老王却一言不发,一口一口地只是抽着烟。阳光在帐篷外面照着,工棚里都能够闻到太阳的香甜气味。帐篷里能听见外面的一些声音,仿佛又相隔甚远。或者根本就完全是两个世界——帐篷里静得出奇。老王自己不开口,马石头又不好开门见山地问。老王毕竟是工头,跟其他下死力的民工不大一样。马石头连自己的心跳都捕捉到了,他还发现自己握笔的手心里已经水涔涔的了。

沉默了一阵,马石头忍不住开口说:"王老板,你、家里人——她叫啥名字?"

老王慢慢回过头来,把烟头狠命地扔在地上,用脚底碾了碾,又朝地上啐了一口,才慢悠悠地说:"嗨,我他妈太不是东西啦,我和我婆姨本来日子过得好好的,都是手里有了几个臭钱给烧的……"

停了会儿,老王重又点上一根烟,接着说:"去年工地离城近,我在城里……挂了一个,是个四川的……三弄两弄……我就想把我婆姨给离了。我婆姨不愿意离,抱着我的腿只是哭,我就用脚踢她,还撕她的头发。她知道我在外面已经有了女人了,可她就是不离。闹完了,我一气就跑到城里不回去了。过年前头,那个四川女人跑了,把我这两年挣下的钱全卷走了。我婆姨上城里来找我回家过年的时候,我正在那里生闷气喝闷酒哩,我把气就全撒在了她身上。我用皮带抽着把她从城里撵了回去。都快半年了,我越想越觉得对不住婆姨和两个娃娃,我的大丫头都十六七了……半年多了我都没有见他们一面。婊子无情哇,这话一点不假,她只看到你的钱。我当初还以为人家真是看上我了哩,还纳闷一个年轻漂亮的丫头,咋会看上我这号半棵子老汉?果然么,就把我卷空走人了。小马你帮我写,现在我越想越觉得真的对不住我女人,晚夕睡下一想,我心里就难受得不行。我现在心里想回去,又觉得没脸回去。小马,你帮我好好写一写……我打算复婚哩!"

马石头问:"你女人、她叫啥名字?"

老王说:"她叫黄桂兰。你写上,就说五一节要得空,我就回去。"

马石头开始写,老王又点上一根烟,抽了几口,压低声音说:"小马,这事你别说出去,这种恶心事,知道人多了不好。"

马石头说:"放心吧,我嘴严着哩!"

老王又说:"小马,你、也给我、开头写上亲爱的。"

马石头说:"我已经给你写上了。"

这个晚上，大家都很高兴，一个星期后，家里就能接到他们的来信了。确切地说，是他们的女人就能接到他们的信了。半辈子人活完了，他们大多都是平生第一次给自己的女人写信，并且白纸黑字地称呼自己的女人"亲爱的"，这使他们心里涌满了快慰幸福和难以言说的满足。马石头给每封信开头的称呼都是"亲爱的"，这话听上去要多软有多软，要多棉有多棉。他们躺在铺盖上，把信小心翼翼地握在手里，他们从来没有那样亲密地称呼过自己相濡以沫的女人，偶然地这样写在纸上，心里噗噗的慌乱还是有一些的。他们的女人该不会嫌他们太那个了吧！其实，他们心里老早就想这样叫自己的女人了，只是话到了嘴边，就被一种无形的东西拦挡住了，十几二十年都出不了口。而今天，他们心里想说又不敢说出口的话，叫马石头帮他们写出来了，留在了一张纸上。作为感情生活的一部分，它将永久地驻留在他们彼此的记忆里。多年之后，这也必将是一份蛮不错的回味吧！其实，他们的女人都是些好女人呵，她们在那样苦焦的地方，坚韧地和他们生活在一起，生儿育女，任劳任怨，像男人一样承受着一切，就是男人们每一次张口都叫她们"亲爱的"也不为过。事实上，她们在男人们眼里，的确很"亲"很"爱"呵！好多年了，他们却没有把这样一声亲切而又渗透着浪漫的称呼叫出口。如果不是马石头帮他们把这三个字写在给她们的信中，"亲爱的"这三个字，也许永远不会出现在他们的对话中，即使是在最亲昵的时候。

每封信的信皮上，收信人一栏处，都无一例外地写着男人的名字——这样更易于邮递员投递。在巨大的乡村里，一个出嫁了的女人的名字，是很容易被忽略了的。

大家都躺在铺上，没有睡意，也没有了相互说话的欲望。他们就那样各自想着自己的心事，想着信里面写着的那些话，想着自己的老婆孩子，想着各自家里鸡零狗碎的日子。

马石头也终于敢下定决心在给王春麦的信中称她"亲爱的春麦"了，因为这个称呼，马石头心里变得痒酥酥的。写上了，他又觉得这样的称呼有点太过直露，还是含蓄些好。其实，中国人自古就是很讲究含蓄的，当然这还不仅仅是为了行文的需要，避免尴尬也是一个重要理由。其实，马石头心里是有许多话要对王春麦说的，这个头一时开不了，就像装满心里话的袋子口口给扎住了，一句也倒不出来。为此，马石头一连撕了好几页信纸，撕得他都有些心疼了。

在撕完第五页信纸的时候，他咬了咬嘴唇，又一次郑重地写下了"亲爱的春麦"五个字。这样一来马石头就觉得那只袋子口口给解开了，他心里的话就像流水一样滔滔不绝地流到了纸上。也就两根烟的工夫，他已经写满了五页纸，但还是觉得心里要说的话没有说完，想了想，又不知道那些还没有写出来的话是什么，心里于是憋得难受，竟然连扑上去一口吞掉王春麦的心思都有了。

他意犹未尽地将信写完封好，夜已经深了，帐篷里的鼾声霍隆震地，仿佛要掀起帐篷的样子。仔细一听，篷顶都有被吹动的呼啦声。

马石头睡不着，便熄了帐篷里的应急照明灯走出来，眼前短暂的黑暗过后，夜空变得明净而高远。摇曳的星光下，地平线模糊不清，但天空的湛蓝却能够看透千重万重。在这里的许多个日夜，马石头无疑将戈壁上深邃的夜空给忽略了。他踩着脚下的石子，慢慢向前走，脚下的沙沙声是宁静的，悠远的，听上去十分干净。这一刻，马石头真想即刻握住王春麦的那双小手，与她共同享受这独一无二的夜色。戈壁上什么声音也没有，马石头连自己的心跳都能感觉得到，那种来自心灵深处的律动是那样的轻盈，那样的整齐而欢快，富于节奏感。有一阵子，马石头甚至听到血液顺着他全身的脉络在纵情歌唱，每一个音符都是那样的年轻，那样活力四射，那样汹涌澎湃。他能感觉出来那绝不是惊涛骇浪，而是一种他无法形容的轻柔而有力的浪花。他甚至嗅到了来自自己身体的芳香，仿佛正有一片茂盛的花草在他血液的浇灌下静静地开放。

群星在戈壁上空无限地展开，帐篷在星光下宛如一叶小舟，兀自荡漾在这浩淼的瀚海上。马石头仿佛变成了脚下一颗真的小石子，他的伫立甚至没有在星光下投下一点影子。人之与这夜晚空旷的荒原戈壁和这浩如烟海的夜空，真是太过渺小了。

王春麦此刻在想些什么呢？她的理想又是什么呢？她是不是也在想着早一天做他马石头的新娘呢？马石头在戈壁上慢慢地走，心里想着那个沙漠与荒丘边缘小洼里生他养他的村庄，想着那个村庄里美丽的少女王春麦。他觉得王春麦的心事像遥远的星光一样，在他心里飘摇不定。无疑他是深深地爱着她的，爱得十分的炽热。而此刻，他却为不知道她的心思而感到焦虑不安。爱一个人就要和她心心相印，就要把自己想要对她说的话全都说出来，一句也不作保留。应该是这样的。

清澈的夜色静静地横亘在面前，没有风啸，没有虫鸣，此刻戈壁上的一切，仿佛都只是为了安静地等待那一缕新鲜晨曦的来临。

## 十三

半个多月后，黄老板的老解放又挟着一团黄尘来到了工地上。跳下车黄老板就吼了一声："来呀，来看信了，你们家里都齐唰唰地来信了。"

工地上呼啦一声就乱了，大家都撂下手里的活，朝黄老板围过来。黄老板一个一个地喊："马石头，给，两封。老王，你的。老李、李玉山，老田、老田，老吕……"

老王拿了信，独自走远了。马石头刚刚要躲个没人的地方去看信，被老田他们喊住了，要他帮他们念信。石头答应了一声，就被他们拽进了帐篷里。除了马石头和他们不是同乡外,他们都是来自一个乡的,一封信上说今年春上天旱,另外的就不可能说今年雨水丰沛。一个乡嘛,也就屁大一坨地方,老天不可能给这个村下雨,给那个村不下。来信大都很短,除了老李的信是他儿子给写的,其他人的都是请人代的笔。老李信的开头称呼是爹,别的都是直呼其名或者老谁老谁的。老李因为儿子的来信,很激动,一时嘴唇抖得连个囫囵话都说不出来。他儿子终于能给他写信了,操,他们老李家终于有个能识文断字的人了。信里头,大多只是说了说家里情况,譬如猪儿咋样,羊儿咋样,牛儿咋样。又说了说今年春天的庄稼和天气,信就完了。虽然信的内容大同小异,但每个人都听得津津有味,仿佛自己刚刚回了趟家亲眼见到了一样。马石头念完了,他们都要问一声:"完了?"

马石头说完了,他们就接过信再仔细地看一看,然后慢慢装进信封,拿在手里,舍不得放下。

把大家的信都念完了,马石头才开始看自己的。一封是他爹马文革托人写来的,说今年春上厚街的天气比去年更糟糕,更旱,还多了几场大风沙。快立夏了,还不见个雨丝丝,麦子马上要给旱死了。如果还不下雨,苞米也没法下种。夏粮完蛋了,秋粮也还不敢说有个啥保证。但全村人都鼓着股子劲盼着哩,这雨说不定啥时候就下来了。信上,马文革叫儿子别累着了自己,钱么,慢慢地挣。媳妇子么,慢慢地娶。反正媳妇子已经说好了,订下了,就跟放在自家筐里的馍馍一样,现在不吃,迟迟早早都是自家的,早晚娶回来就行了。

马石头看完他爹的来信,心里不怎么好受。既然媳妇已经说好了,那为啥不早点娶回家来呢?娶回来一个被窝里睡着总比白天用眼睛看着晚上却干瞪眼强吧!爹真是莫名其妙。马石头觉得他爹完全是那种饱汉不知饿汉饥的人,难怪他总是和他产生不了共同语言哩!

另一封是王春麦写来的,打开这封信的时候,马石头真正地体会了一次怦然心动的感觉,脖梗子一下变得粗了,仿佛心钻到脖子里去了,甚至隐隐地嗅到了一股神秘的香味,一直到他读完信的时候,那股清香都在萦绕着他。信的开始,王春麦没说心里怎么想着马石头,而是说厚街人是多么愚昧,天旱了不想办法引水,却偷偷拿着东西去早就倒塌的龙王庙底子上求拜,又是磕头又是烧香又是焚纸钱,结果连个屁用也不顶。她去说了几句,人家还说她黄毛丫头屁事不懂,把她撵远了。说要是丫头家把龙王给冲着了,再咋求也就不会灵验了。她说呆在那样愚昧的地方,她都觉得有些对不起自己的生命。信的后面,王春麦还对马石头说,现在都二十一世纪了,叫他不要被她爹王大平封建脑壳里的封建思想所左右,更不应该被吓倒,他们都应该好好想一想自己深远的未来。叫马石头不要像厚街大多数男人那样,长大了就想着赶紧娶女人,娶了女人就想着赶紧生娃。这样下去,他们的下一代无非还是走这样一条路——娶女人生娃,生娃娶女人。这样下去,西部农村的落后面貌什么时候才能得到改变？还说他们都是新世纪的新青年——八零后，不能固步自封，更不能因循守旧。要勇敢地面对现实，接受时代的挑战，更要勇敢地面对未来。信的最后，王春麦叫马石头不要忘记在工作间隙看一看书，学习学习，三年荒个秀才哩，也别自己把自己荒废了。

看完了王春麦的来信，马石头原没有预想的那样兴奋。这倒不是说王春麦在信里没有给他说什么甜言蜜语，就凭信尾"你的春麦"这几个字，马石头也是应该高兴上一阵子的，但他还是没有办法叫自己激动起来。王春麦的信一下子把他的思想弄乱了，也弄散了。就像锅里冒出来的汽，一时没有办法将它们收拢，飘散的结局是注定了的。他没有想到他这一两年深埋心里的所思所想，竟然被王春麦活脱脱地写在了纸上。仿佛一个深入浅出的人，突兀地被人看到了私处。他脑子里的那些东西，在王春麦看来无疑是狭隘的。正如王春麦所说，他们应该对自己的人生重新梳理一番。生于八零后，二十岁上下的年纪，他们的人生，他们的金色年华才刚刚开始。

马石头原来以为王春麦最大的人生理想，不过是拥有金耳环金项链金戒指这三样世俗的玩艺儿罢了。现在看来，这个丫头远没有他想象中那样简单。他突然觉得再不能小看这个丫头了，她的理想也远没有停留在嫁人这件事上。王春麦的来信，宛如给了兴奋的马石头当头一顿闷棍——他有些懵了。

从帐篷里出来，马石头迈出的每一步都有些飘忽不定。脚踩在戈壁上，感觉虚得发飘。这时候，马石头很希望能来一场瓢泼大雨，或者谁给他抖头浇一盆凉水，让他把自己弄明白。但是，天上只有刚刚向西偏斜下去的太阳，它的光芒依然具有很强的穿透力。有点像手艺不精的中医手中的银针扎在了你身上，但扎的地方不是很到位，有股子叫人想跳又想叫的干疼，非咬牙忍不住。可越是这样，王春麦的分量越是在马石头心里加重。马石头竟然觉得他以前有些小看王春麦了，他没有想到她看似漂亮的外表下面，竟然有着一颗火一样炽热的不甘的心。

马石头一边筛砂子，一边开始悄悄反省。自己以前那些想尽快把王春麦娶回家来的想法，现在看来，差不多是完全错误的。这样一来，马石头就对自己关于成家立业的这套理论，从根本上产生了动摇。把王春麦娶回家来以后，乃至下一步了娃娃以后，他再去做什么呢？这些他根本没有想过，没有来得及去想。如果照他的设计，不就是五亩地，一头牛，老婆娃娃热炕头的老套套么？这不是和他爹马文革，和他将来的岳父王大平一个样么？这不是和所有厚街的男人都一样了么？在厚街，拥有马石头这样尽快娶妻生子梦想的人，他们差不多都成功了。马石头接着在这条路上成功，就等于把自己变成了正真的土岭沙梁深处的厚街男人了。那样的话，就只有看着老天爷的脸色，等待着过自己不甜不苦的庸常日子。

这的确是他以前没有想过的，现在细细一想，就觉得那真是一种很糟糕的生活。到了快吃晚饭的时候，马石头就对自己的梦想产生了怀疑。他认定支持这个梦想的那一套理论，其实也是极其可笑的。

## 十四

晚饭简直都有些丰盛的样子了。黄老板的车拉来了半袋子韭菜，还有西红柿、水萝卜和青辣子。

饭里头第一次漂上了绿绿嫩嫩的韭菜叶子，搅一下，碗底里还有红艳艳的西红柿丁。喝上半口这样的汤，两腮里的馋水就能涌出半口来。水萝卜拌青辣子，吕光发按四人一盘为标准，切了四大盘。撒上盐，浇上醋，吃得大家都哼哧哼哧。老吕怕大家见了鲜菜下筷子急，刹不住，就把水萝卜跟青辣子都切成了细丁丁。在这荒郊野凹里，新鲜菜蔬是经不起狼吞虎咽的。饭是西红柿汤面条加热馍馍，量足，尽管往胀里喋。

黄老板也跟民工一搭吃，不过他和司机小林吃的是"来一桶"泡面。结果，黄老板却来了两桶才扔掉塑料碗。吃完泡面的黄老板在远处溜了一圈，没球意思，又叼着烟转回来，一只脚踩在架子车上，眯起眼睛看着围成几个圈子的民工蹲在地上吃饭。夕阳的余晖霍地泼过来，很不均匀地洒在他们黑油油的臂膀上，也抹在他们一张一翕的嘴唇和鼓起来的腮帮上。汗珠子贼分分地从额上和头发茬子里渗出来，在颌下汇成小溪，流进身上分不清颜色的背心里。也有少数的跌过了眼睑，顺着鼻洼一路溜进嘴里边。出力气的人是不与汗水计较的，汗就是水，想淌就叫它淌去。此刻，这十来张长相不同的脸，眼角眉梢没有一处不流露出满足。谁能想得到，有人会把一盘生萝卜拌青辣子吃得那么香呢？黄老板看得出神了，那张胖乎乎的国字脸上，竟然溢出些钦佩的神色来。

马石头没有想到黄老板会在他们吃饭即将结束的时候，大声对工头老王说："老王，吃完饭把小马的工钱给结清了。"

马石头听了，一口馍噎在了嘴里，他不敢回头，但他能断定所有听清了黄老板话的人都在看着他。他感觉腔子里腾的响了一声，身上随即像着了火一样。他在脑子里迅速把自己这些日子的所做所为梳理了一遍，实在想不出自己有什么出格的地方呀，黄老板要老王给他结帐，这不是明明开掉他吗？马石头憋着气艰难地咽下最后一口汤，将垂下去的脑袋又抬起来，转向老王。

老王从三块砖头垒成的凳子上站起身，脸上堆出一片瓷瓷的笑看着黄老板说："黄老板，小马……不是干得挺好的嘛？"

黄老板从架子车上提下那只脚，用夹烟的手指着老王说："老王，小马这人你不能用了。"

老王嘴张了半天，再说不上话来了。回头看了看马石头，马石头又把头埋了下去，他感觉他心里一下子空得什么也没有了。

黄老板又向前走了一步，老王从马石头身上挪过目光，看着黄老板乞求般地说："小马到底做啥了么，黄老板你倒是说一说，叫我也落个明白嘛！我把人家叫来了，这会儿又无缘无故地开人家，往后谁还跟我干活哩？"

黄老板并没有瞅老王，转而对马石头说："小马，你快吃，吃完饭赶紧把行李搬到车上。"说完又朝老王嗤了一声，"谁说叫你开掉小马了，我那里现在人手不够用了，我要小马过去给我看库房管材料哩！"

老王哇地叫了一声，笑着说："你看你，是这事，你咋不早说哩！"

大家听了，这下才松了一口气，惊羡的目光像水样一股子一股子向马石头身上泼过来。马石头心噗噗乱跳着，这太出乎他的预料了，一时只觉得两个眼角里湿叽叽的，坐在那里，动也不能动了。这蓦然之间的一紧一松，使他浑身没有一丝儿力气了。

黄老板又抽了一口烟，向前走了两步，朝天上吐了一口，大声说：

"工钱就按现在的标准开，小马，你说，你乐意不乐意过去？"

李玉山从背后用手背捣了捣还在发愣的马石头，马石头才惶惶地端着空碗站起来说：

"行哩……行哩，我乐意去。"

# 第 四 章

## 十五

王春麦接到的真正意义上的第一封信,是同学罗海燕从州城酒泉写来的。

那时候,罗海燕已经去州城一家卫生学校上学快两个月了。就在王春麦认为好朋友罗海燕已经忘了自己而感到绝望的时刻,半月来一次厚街的乡邮员辗转了半天,才把一封印着小燕子图案的信封送到了王春麦的手上。

乡邮员是个风趣的小伙子,他一边抹着额头上的汗珠一边打量着王春麦,过了好一会儿才又问了一句:"你就是厚街的王春麦?"王春麦说:"我就是呀!"小伙子又问:"在厚街,就你一个叫王春麦的?"小伙子不知道想问出些啥来,又接着问:"这个给你写信来的,是你们家亲戚?"王春麦看了看信封上熟悉的略带一点斜的字体,想也不想就说:"是我朋友罗海燕写来的,她到酒泉上卫校。"小伙子这下放心了,翻开一个夹子指着其中的一格说:"那好,你就在这儿签个字吧,这是一封挂号信,你们厚街,已经好几年没人来过挂号信了。"

王春麦接过乡邮员递过来的圆珠笔,在指定的方格里写上了自己的名字。她没有想到王春麦那三个字写得那样难看,"王"字的三横竟然没有写平,"春"字的上面两横给连在了一起,还将下面的"日"字差点错写成"目"字,"麦"字就更没法看了，上半部太大，下面又太小，看上去怪模怪样的。写完了，王春麦突然觉得很脸红。说实在话，自从她会写自己名字的到如今，她觉得从来没有把"王春麦"这三个字写得那样难看过。

乡邮员一时不想走，还想答讪，又要问这又要问那，王春麦支吾一声，一转身就径自进了自家街门。

罗海燕的来信，写了三大页，王春麦蹲在自己的小房间里足足读了一后晌。翻来覆去不知道读了多少遍，反正太阳落山的时候，那封信她从头到尾都能一字不漏地默诵下去了。她太想知道城里是个什么样子了，虽然她天天都能从自家那台小小的电视上看到北京呀上海呀这些大城市，但那里毕竟离她、离她们厚街太过遥远。她翻出了地图册，找到了河西走廊中西部那个标着"酒泉"两个字的圆点，然后又在它的东南方向确定了她们厚街的基本位置。没想到这几厘米的距离，一下子就把她和"酒泉"的之间的长度拉近了。罗海燕在信中说，酒泉不但有高楼大厦，还有个古老的钟鼓楼和一个很大的公园。公园里真有一个大湖，湖里还能划船，只是这几年那里面的水有些发臭了。更叫王春麦激动不已的是，那个使一座城市得名的"酒泉"的人，就是她们历史书上学过又在电视剧中看过的汉代征西大将军霍去病。今天的酒泉城，就是当年霍将军大捷之后，将汉武帝御酒倒入泉中与将士们同饮的地方。更令她意想不到的是，那个泉边唐代的好酒的大诗人李白也曾去过，不单单是去了，而且还留下了一首流传千古的诗：

天若不爱酒，
酒仙不在天，
地若不爱酒，
地应无酒泉。

在信中，罗海燕把这些都告诉她了，还抄了这首李白的诗。没想到这些她们课堂听老师说过的东西，离她其实是那样近。当王春麦读到那一段的时候，几乎连呼吸都要停止了。仿佛罗海燕所说的一切，就在她的眼前。繁华的大街，琳琅满目的精品屋，鳞次栉比的商场店铺，绿树成荫的公园，清凌凌的泉水，雕刻着诗仙李白诗句的汉白玉石碑，这一切的一切，都幻影一样在她脑海里闪现着，就像她的脑袋里安装了一块巨大的彩色屏幕，屏幕上正在播放着有关那座城市的风光片。而她王春麦，则是一个心怀憧憬而身在远方的慕名游客。心向往之，却终因囊中羞涩而不能成行。罗海燕在信的末尾说，如果真地还想上学的话，她完全可以不顾父母的反对和阻挠，只身来酒泉。也不用花别人的钱，完全可以一边打工挣钱，一边上学。现在，大城市晚上或者周末打工的地方特多，她们班的好几个同学都在利用晚上时间,出去挣零花钱呢!

但王春麦仍然觉得,那对她是一个遥远的地方。

半个月后,王春麦才给罗海燕回了信。除了诉说一些乡村生活的单调、无聊,告诉她来信收到之外,没有透露有关她今后如何打算的任何信息。

事实上,王春麦那时候还没有真正为自己的今后好好打算过。在厚街这么个地方,没有了她爹王大平的支持和允诺,她的前途根本就是一片茫然。王春麦几乎每天都被这个苦恼的现实折磨着。

然而就是那天傍晚,却叫她看到了希望。她把扔到墙角的皮鞋重新拣起来,小心地拭净上面的灰尘,将它们和那两套新衣服一起重新包好了。她想她是不是可以穿着它们,走出厚街,像罗海燕一样,像一个真正的城里姑娘一样,款款地走在城市宽阔平坦的大街上?

一旦有了这样的想法,待在厚街的王春麦就因为苦涩的现实更加地苦闷起来。她不想让任何一个人知道她心里的秘密,不管这个人是她的爹妈,还是马石头,或者罗海燕。白天的时候,她像一只离群的孤雁徘徊在村庄周围,她的目光像两把无形的手术刀,她拿着这两把刀子,用她稚嫩的思想,试图解开古老村庄的秘密,试图与厚街达成某种必要的和解。村庄坐落在沙漠边缘的一片洼地上,一户一户人家的土庄子毫无规则地散布在前前后后的梁洼里。为了看清村庄的整个面目,她不得不一再地向南边的高处跋涉。

南面的远处,青黛色的祁连山横亘在苍茫的大地上,周围的一切永远也无法逃过它的蔑视。王春麦似乎从来也没有走得离村庄这样远过,她知道,这是她的内心与村庄的距离在发生着变化。越过一道又一道隆起的沙梁土岭,她选了一个最高的地方坐了下来。眼前的情景非常奇怪:眼前那个她生活了十多年的厚街,竟然那样小。几片土黄色的农舍,散落在梁坎间一块相对平坦的洼地上,一条分了不少岔子的土路将村庄这儿一片那里一片地分开,又藕断丝连地把它们牵扯在一起。一条大河在不远处暴露出干涸的河床,零星的树木孤苦无依地从低矮的农舍四周抬起头来,像一堆破损的小船上竖着的被风吹旧的桅杆。它们已经没有能力再扬帆远航了,因为船上的水手已经从心底里透出了精神上的老迈。在王春麦迷离的双眼中,耸立在她眼前的应该是高楼,是郁郁葱葱的树林。她脚下也不应该是干渴的沙地和无边的砾石滩,而是无边无际生机盎然的绿色草坪……

直到这时候,这一辈子究竟怎么过,在王春麦自己心里还没有一个成熟的打算,根本连一个大概的轮廓也没有。在她人生最初的这十几年里,完全都走在父亲王大平为她设计好的模式中。到了学校,学校和老师又为她设计好了一切,学什么,怎么学,老师已经在她们行进的道路上做好了一块块精致的路标。她人生的每一步,事实上都走在别人的设计中。这种设计,连她先迈哪只脚都事先规定得清清楚楚。

在她离开学校即将成人的时候,她父亲又一次不失时机地为她的后半生标出了一万元的价码。她的无所适从是显而易见的,她的忐忑不安是显而易见的,她的心有不甘更是像闪烁着的火花一样时刻都在目光中暴露无遗。

她的人生,从什么时候开始才能真正属于她自己的呢?在王春麦心里,这显然成了一个天大的问题。她不知道答案,别人也同样不知道答案。

王春麦开始想象,罗海燕在酒泉城里上学是一种什么样子?那是一所中专学校,恐怕不会像她们上中学时的那种样子吧?她们是不是每人都有一双新皮鞋,都有一条不怎么长的黑裙子,还有一双长筒丝袜,穿在腿上比最漂亮的皮肤还光滑?她都想象不出罗海燕穿着这样一身,是如何走出教室来到光天化日之下的。那会吸引多少惊羡的目光呢?哦,不会的,城里女孩子一个比一个穿得洋气。也许到了城里,昔日在乡中学里洋气十足的罗海燕就算不得什么了。就像一朵荒山里的野花,开在荒山里自是好看得出奇。把它拿到姹紫嫣红的大型植物园里,也就算不得什么了。客观存在的事实使它不得不张目空叹,充其量,罗海燕只是一朵走进城市这座大花房的荒山野花。然而,她毕竟已经走进花房了呵!而她自己,却还在这荒山野地上静静开放,随时都有被风沙摧残的危险。

一朵花到底能不能开放?到底为什么开放?

在哪里开放?为谁而开放?

这都成了困扰在王春麦脑际的无解的多元方程式。

## 十六

时间是最能经得起挥霍的东西,一个冬天就这样被王春麦十分不情愿地放归漫漫时间长河。就像一泓清水,明明知道它对于生命的重要性,却显得无力把握。在时间面前,王春麦真地成了一个能够手握金卡、挥金如土的家伙。

在她和马石头的婚事明确下来以后,马石头反而不好意思有事没事就往她们家跑了。整个冬天里,她只和他约会过两次,地点都是在南梁后坡那片不大的树林边。他们彼此的身体都被厚重的棉衣包裹着,尽管如此,她还是能听到自己的心跳。马石头在出村的时候就大胆地拉住了她的手,这让她感到温暖。这一次她没有往回抽,她觉得她的手这样被人握着其实挺好的,他们的身体隔着棉衣紧紧挨在一起,也挺好。那时候,她竟然能感受到马石头身上那股男人身上特有的烟火气息,这气息叫她产生了一种安全而温暖的感觉。

小树林毕竟不远,即使走得再慢,不一会也还是到了。有了树林的遮挡,马石头的胆子就大了一些,他把她的另一只手也握住了。那是她第一次面对面近距离地和一个男人站在一起，马石头的鼻息呼呼地喷到她的下巴上，又滑到脖颈里，一种麻酥酥的感觉刹那间弥漫了她的全身。

男人都是喜欢得寸进尺的，马石头自然不可能例外。他的手在某一刻猛然松开，又迅速地展开双臂，从她背后包抄过去，将她的身体搂在了怀里。与此同时，他的嘴唇像张开的饥饿的鸟喙，准确而贪婪地在她湿润的嘴唇上找到了落点。

一种触电的感觉立刻传遍了她的全身，她没有想到自己的第一个吻，会这样突如其来。她没有任何准备不说，简直可以算得上是猝不及防。瞬间的懵懂之后，王春麦双手对准马石头的胸部，向前用力一推，两个年轻的身体就很轻易地被她的力量分开了。马石头意犹未尽地呼呼喘着粗气，朦胧的夜色中，虽然看不清他的脸，但她知道他脸上的全部神情里，必然会有一份满足，一份尴尬。

停了一会儿，她对他说："你咋能这样呵你！"

一句话说完了，连她自己都感到这话有些莫名其妙。

那次不欢而散的约会之后，大约过了个把月的时间，他们又在一个傍晚时分，踩着一层刚没鞋帮子的积雪来到了小树林边。

王春麦就是从那时起讨厌起那片小树林的，她奇怪为什么马石头每次都要把她往这里领。当她把这个问题向他提出来的时候，马石头想了半天，又四下里张望了片刻，然后才沮丧地说："你说，在咱们厚街，除了这处胡杨林子，还有哪里是个适合约会的地方？"马石头这一问，居然使王春麦瞠目结舌了。是呵，除了这片尚未枯死的小树林，在这片被风沙侵蚀着的土地上，真找不出第二个如此尚具有一丝浪漫情调的地方。而这个最有浪漫情调的地方，如果不是偶尔一层白雪的点缀，几乎也是可以用荒凉来形容的。而他们的约会，和电视里那些城市青年男女的风花雪月相比，显然是有东施效颦嫌疑的。那样的约会对她和他来说，就像梦一样遥不可及！

她知道，他们内心其实是并不缺乏浪漫的。

在这种判断迷失之后，王春麦陷入了苦闷的泥淖当中。她像一只荒原上辨不清方向的羔羊，又如一头山林中迷途的小鹿，她感到一丝莫名的恐惧，它时刻鬼魅一样在她身体四周缠绕。这一下子使得在心中对约会已经稍有渴盼的王春麦，陡然间又变得心灰意冷了。那天晚上，她在离树林还有三十米的地方停了下来，很镇定地站住了。她借着地上白雪折射起来的亮光，紧紧盯住马石头那双被年青的欲火烧烤着的眼睛，任凭他鼻孔里不停地喷出公马一样的鼻息，再也不主动向前走了。

她还两次成功地打落了面前这个渐渐成熟起来的男人向她的身体伸过来的不怀好意的双手，然后挺直身子，意味深长地对他说："能在这个小树林约会一次，你就感到非常满足了是不是？"

马石头对她的突然发难，并没有及时做出反应。他又上前一步，伸开双臂做了一个搂抱的动作，结果自然是又被王春麦的双手挡了回来。

"你先回答我。"

王春麦声音冷冷地说。

她的声音在凛冽的空气中显得硬棒棒脆生生的，语速很快，仿佛只是一闪就乒乒乓乓落在了雪地上。王春麦看着马石头的脸，她看到那张脸上的表情渐渐僵住了，僵成了一只吊在风中兀自静默的绿南瓜。

这样相互对视着的无声的缄默，在他们之间持续了很久。他们隔着两三步的距离，倾听着对方错综复杂的呼吸和心跳。

良久，王春麦又说：

"马石头，你不要像厚街那些没出息的男人那样行不行？就像你爹和我爹，他们一辈子过得有啥出息？"

说完，王春麦就回头快步向村里走去了，雪在她的脚下发出短促而有力的咯吱声。直到回家进了自己的小屋，她都不清楚二十多分钟前她究竟对马石头说了些什么？在那么一个时段里，她的脑袋一直空空的。她弄不清她对马石头的感情到底是怎么回事，仿佛这一切与爱或者不爱根本没有什么关系。事实上，对拥抱和接吻这些电视上经常看到的年轻人的情感镜头，她也是想试一试的。但每当马石头在她身上有所举动的时候，都有一股无形的力量促使她最大限度地躲开了他的侵略。在她的潜意识里，像她们厚街这样的地方，是不配有那种动作更不配有那番风情的。存在于这片土地上最为经典的婚前男女关系，也只能被人们嗤之为偷鸡摸狗。更可笑的是，早些年在这里人们居然对兄弟俩守着一个媳妇的某些事实能够容忍：邻村后梁上的许大虎和许二虎，兄弟两个三十多了没钱娶媳妇，好容易攒凑了些钱，老大托人去外地买了个媳妇回来。名义上，这个女人是二虎的嫂子，却跟二虎住在一起的时候居多。奇怪的是，没有人对这样的事情说三道四近而干涉不说，竟然还将这个老二美其名曰"帮牛子"。意思是许大虎这只驾辕的牛，没有能力把一家的日月拉向一个明亮的光景，但又不想失去女人，于是就找一个没有媳妇的男人，来家里一起搭伙过日子，把一家子的日月过下去。可多少年了过去了，这个"帮牛子"帮来帮去，破家还是一个破家。在老大和村人眼里，倒是的确省下了一笔为兄弟娶婆娘的开销。眼睛一睁一闭间，也就默认了。生下两三个娃，叫叔哩叫爹哩，反正就叫去吧！关于这种婚姻状况，他们说这是老早老早就有的一种暗中默许的风俗，后来一段时间没有了，可现在，又偷偷出现了。显然，厚街也对这样的事情是同情并且暗暗认同的。

愈是在厚街平淡而沉闷的生活里熬煎，王春麦就愈是无休止地向往城市生活。这样的向往促使她建筑在厚街意识上的精神大厦，开始一天天陷落继而坍塌。

进入冬天,她躺在母亲为她烧好的热炕上,除了吃饭上茅房,几乎从不出门。夜深人静的时候,她还时常被自己绵绵不绝的呢喃和梦呓惊醒。学生时代的校园生活梦一样结束了,她像一只破足球,被人遗弃在了一个无人问津的角落里。她不得不任凭时间白驹过隙般将自己的金色华年一缕缕抹去,在厚街这片土地上,留下被时间描摹出的又一幅苍白的人生画卷。

当又一个春天到来的时候,王春麦坦然地接受了马石头出门打工之前所作的短暂告别。她为他准备了信纸和信封,她认为他们之间,相隔一段距离之后的交流,空间应当会更宽阔一些。那一次,当马石头递给她二十元钱的时候,她也欣然接受了。即使这样,她也没有允许马石头在她身上做出多余的动作。她心里为他们的交往制定的界线是:仅限于拉拉手。至于能不能接吻,在王春麦的脑海里,那差不多都是结婚之后才能做的事情。

## 十七

厚街的春天和以往任何一个春天都没什么不同,播种后的土地留给人们的印象就是一连串长长的等待。那一抹可怜的绿色,牢牢地隐藏在沙土地的深处,迟迟不肯涌现。村庄就像一个临近生产的孕妇,连续不断的阵痛已经折磨得她口干舌燥,憔悴不堪。偶尔风从西边沙漠里生起,卷起连天接地的滚滚黄尘,排山倒海般地压过来,如同一万匹脱缰的野马,将天地之间搅得混沌一片。那时候的厚街,必然是关门闭户的。

大风有时候就刮成了沙尘暴,越往东去,据说越刮得厉害。从电视上看,它竟然还能吹到北京去,迷住北京人的眼睛。大风过后的土地更加焦渴,人们一边忙着清理地里的淤积黄沙,一边重新整理刮出地面的种子。实在不行的,就得重新播种或者改种了。

从马石头离开的那个晚上开始,王春麦就开始盼望能接到他的来信,这是一件很奇怪的心情。同在村里的时候,她不想见他,可以说见了还有点烦。可她一旦知道他出了村,离开厚街去了一个遥远的地方,那距离在她脑海里是那样漫长,她心里马上就产生了不一样的感觉。她渴望他的来信能给她一个地址,然后她会在地图册上找到那个地方,再把自己在厚街所有不想说的话,一股脑儿告诉他。她连给他回信的信封和信纸都准备好了,就放在她那张小桌的抽屉里,钢笔里也已经吸满了蓝色墨水。每一次拉开抽屉,面对那一沓红格信纸的时候,她都有一种强烈的一吐为快的冲动。说什么,写什么,腹稿她都修改千百遍了。然而,这一天却迟迟不来。她甚至都在想是不是马石头已经把自己忘得一干二净了?或者又在外面结识了别的女孩子。外面的世界,毕竟不像厚街这样狭小,这样闭塞。从电视上看,外面的世界花花绿绿的什么没有呵？

在王春麦差不多快要绝望的时候，乡邮员那锐利又清脆的摩托车嗽叭声，撕破了笼罩在她心头的阴影。当她从马石头的信中第一次读到"亲爱的春麦"这几个字时，心都快要从张开的嘴巴里跳出来了。骤然而起的剧烈心跳把她的身体从屋子里冲撞出来，一股无形的力量催促她飞快地走出了家门，走过了村街，翻过一道沙梁，越过刚刚涌起一层浅绿的田野。当她意识到自己已经停住了脚步，将那封信捧在手中按到怦怦乱跳的胸口上的时候时，她才发现自己正站在那片正在吐露新叶的小树林里。

树叶正在艰难地舒展，身边满是白杨树和胡杨树苏醒时散发的带着胶味的清香。那是一个大晌午，没有风，太阳照得大地暖融融的。天蓝得那样深，那样远，天地之间只有寂静的天籁在耳边回响。这一天她盼得那样苦，却来得这样突然，没有一丝先兆，像梦一般。两种情愫的碰撞使王春麦紧张的心情一落千丈。她释然了，一个多月时间里她心率不齐心力交瘁，她的心俨然被一只大手无端地捏紧了。一封马石头的来信，将这一切化为乌有。那一刻，她心里充盈的是幸福，是甜蜜，是慌乱，是快慰的无措。

王春麦找了一块干净一点的地方坐下来，将那几页信纸展开在自己的膝盖上，抑制着自己怦怦的心跳，一字一句地往下读。她不知道她到底读了多少遍，反正到她将它装起来揣进口袋开始回家的时候，一路上她已经能够默诵出这封信的全部内容了。

当天晚上，王春麦就给马石头写好了回信，她几乎没有任何停顿就把那封信一口气写完了。

信发出去以后，她的新一轮绵绵苦盼又重新开始了。有了第一封，对第二封的盼望就更加强烈。她急切地想知道他还要对她说些什么，而对于自己身边的一切，她就显得漠不关心了。她没有想到距离使她和马石头之间发生了如此奇妙的变化，这种变化的结果，就是她心里越来越放不下马石头了，越来越不能没有他了。

在这种复杂而又丰富的情愫中，厚街的春天很快过去了，紧跟着，夏天也以百米冲刺的速度从王春麦眼前一闪而过。厚街人，经历着和往年一模一样的劳作。等待雨水的来临，等待麦子抽穗继而成熟，然后收割打碾入库，然后在炽热的日子里再次等待秋粮的成熟，盼望它们的丰收。

厚街的日子，在王春麦眼中似乎永远也不会改变。天旱了，村民们就由几个老者引领着，去村北那个在原来地基上重新塑起来的龙王庙求雨。求来求去，雨不来，全村人脸上倒是阴云密布了，仿佛举手投足间，就会有碗大的雨点落下来。如果某一天雨终于来了，很多人竟然就把它归功于那一次次全村几乎是集体出动的徒劳无益的上庙祈求。而事实上，那只不过是印度洋上大面积冷湿空气向西北漂移的结果,这个一看电视里的天气预报就知道,可笑的是他们却把这个自然的造化说成是龙王爷对受苦人的悲悯和体恤,说成是龙王爷对厚街这片荒原旱地上苦焦民众的眷顾。这一切都叫初中毕业的王春麦感到一丝不由然的愤懑。然而对于这所有的一切,王春麦又是鞭长莫及无能为力的。

一句话,对于像厚街这样一个古老又执拗的村庄,她只是一盘摆不上桌面的小菜——不就一个丫头么!

## 十八

罗海燕是在暑假回家的第五天,来找她的初中同学兼好友王春麦的。那是一个闷热的午后,那时候,整个厚街被一层厚厚的麦子成熟的气息包裹着,干焦的泥土腥味塞满了东西长的村街和每一条南北向的巷道。瘦瘦的树叶上,满是油腻腻的脂液。但能看得出来,它们依然是在努力地绿着。太阳像一个习惯于发怒而又不愿暴露声色的后娘,伸过来的手看上去那样温和,暗中却蕴含了摧毁一切的力量。厚街远远近近的地面上,到处是丝丝缕缕上升的蜃气,亦真亦幻,扑朔迷离。

就是在这样一个夏日的午后,一个身穿白色上衣银灰色短裙的女子,骑着一辆红色的小型摩托车,引着一路缓缓腾起的黄尘从村口飘了进来。她标致的脸上架了一副柳叶形的太阳镜,染成黄色的短发在脑袋后面飘逸不定。进了村,过了村口那棵半死不活的老杨树,摩托车放慢了速度,沿着弯弯的村街向东走去。在一个岔路口向北一拐,又犹豫了片刻,摩托车油门猛然一轰,眨眼间就在王春麦家街门前的空地上停下了。

这个骑摩托车走进厚街的时髦女子,就是罗海燕。

第一眼看到罗海燕的时候,王春麦都快认不出她来了。罗海燕变化太大了,如果不是她即时地摘下了太阳镜,即时地跑过去搂住了王春麦的一条膀子,迫不及待地喊上一声王春麦,王春麦肯定一时认不出她来。眼前的罗海燕已经完全不是一年多前的罗海燕了——完全地城市化了。衣着、发型,还有那张化了淡妆的脸,涂了炫紫唇彩又点了唇蜜的闪着光泽的双唇,握在手里的柳叶形太阳镜,这一切让美能够更美的东西,都真实而虚茫地呈现在王春麦眼前。

罗海燕面若桃花,在王春麦面前显得咄咄逼人。她身上火一样扑面而来的青春气息,令她相形见绌。在王春麦简约又朴素的小屋里,她第一次闻到了来自另一个同龄女孩身上那茉莉花般的怡人清香。那缕缕清香从王春麦吸惯了黄沙和尘土呛味儿的鼻腔里钻进去,立刻在她身体里产生了反应。尽管王春麦不知道这种反应是物理的还是化学的,但她感到自己全身的每一个骨节都在发痒,开始变得松软。她虽然没有过酒醉的感觉,但她觉得李清照那种酒醉不知归路的体验,肯定也不过如此。闲在家的这一年多时间里，王春麦喜欢上了李清照那种古典的婉约。那一刻，她的内心却又被罗海燕身上澎湃着的时代气息深深地打动了。在她眼里，这完全是两种不能混淆的美。无论什么样的美，它总是会被向往美的人接受。王春麦的心，被一种无形的东西猛地撞了一下。

罗海燕所描绘的城市和学校生活，是绚丽多彩的，它和她们已经结束的中学时代是完全不一样的。城市里中专学校的生活，那已经称得上是另一种学生生活了。在罗海燕的叙述中，王春麦记住的不多，在她们交谈的过程中，王春麦的耳边始终有一个听不见的声音萦绕着。那个声音从她的耳朵和眼睛里渗入，直抵她的内心。她听到了自己心灵的喘息，也听到了来自另一个地方遥远的呼唤。她的身体在暗中发抖，她把牙关咬得紧紧的，她觉得如果自己是一座大厦，那它随时都有倒塌的可能。但她没有办法不那样咬牙切齿，她在恨，却又不知道自己在恨什么，在恨谁。一时间，她突然觉得做一个目不识丁的村姑其实也挺好的，最好比刘玉芬还不如，除了厚街，她不知道外面还有更大的世界，不知道在很远的地方还有县城，在县城以外的地方还有一座名叫酒泉的城市。更不知道那里一眼不起眼的泉水边，传说中还曾留下过诗仙李白的足迹。她只认识村里的树木和房舍，只认识自家的牛马驴羊，只认识和自己一模一样的左邻右舍，只认识梁上梁下那些叫做麦子玉米大豆和胡麻的普通农作物，只认识锅头案板和柴米油盐，只认识自己的丈夫和儿女。是这样的，这一切就足够了，这就是一个女人在厚街所懂得的所有生活。

然而，王春麦却上学了，不但上完了小学，还去乡里读完了初中。不仅如此，她还懵懵懂懂地知晓了很多事理，拿起一本书她就知道上面写了什么；拿起一张报纸，她就知道外面发生了什么；打开电视，她就知道外面的人是怎么生活的，就知道他们过着什么样的日子。这太要命了，真是太要命了。憧憬和向往的星星之火，将她心中的欲望悄悄点燃了，她听到了自己体内燃烧的声音，噼噼啪啪，像一堆点着的干柴。

当罗海燕最后动员王春麦去城里的时候，她动摇了。

罗海燕说："王春麦，你到城里，暂时没钱上学，你可以先学个手艺。理发、美容，啥都可以。有了手艺再开店挣钱，攒下钱再上学，这都是可以的。王春麦，你不要这样快就急着把自己嫁出去好不好？那个马石头，你爱他吗？他爱你吗？你们之间有爱情吗？王春麦，你可不能在你们厚街毁了自己。一辈子呵，现在什么时代了？人来到这个世界上，可就活这么一次，你是不是应该好好想一想呵！"

王春麦能说什么呢，面对已经改头换面的罗海燕，她能说些什么呢？

一只丑小鸭面对另一只已经变成白天鹅的小鸭子，心中除了酸楚，恐怕就只剩下向着它成功的方向暗中追赶了。

事实上，王春麦心里是一直不怎么看好罗海燕的，在初中的三年里，罗海燕的成绩永远都排在她的后面。她记得最清楚的一次是初三头一个学期期中考试，罗海燕拼死背政治题，想超过她。结果成绩出来之后，却还是没有怎么费力的王春麦比头都背大了的罗海燕多出了三分半，其他的课程就更不用说了。也就是从那以后，罗海燕才像一个被收服的降将一样，跟在了她的身后，最终成了初中三年与她相交甚笃的唯一朋友。

王春麦想了想说："这——能行吗？我可从来没去过城里。"

说完了，王春麦又有些后悔说出这句话。

罗海燕拉住王春麦的手，捏了捏，明显感到已经粗糙了。但就在她感觉到了一些什么的时候，王春麦已经把自己的手从她的手里抽了回去。她看着王春麦垂下去的眼睛，小声说："我不是以前也没有进过大城市么？不是一样去了。真去了，我看城里也没啥了不起。不就是人多一些嘛！说起来，城里倒有一样是好的，大街上人来人往的，却谁也不认识谁，就是相互认识的，走在大街上若是不想说话，也可以装作不认识，没有人见怪，更不会有人少见多怪的。不像农村，村头放个屁，全村都嚷嚷着有臭味。就我染了这个发，乡上那些人总是追着看，前天在那个破舞厅里跳了没几曲舞，倒传成一溜风了。你说春麦，咱们乡里有啥好的？"

王春麦没有马上说话，想了想，才说："我这样——去了，还能上成学么？"

罗海燕身子往床上挪了挪，靠在被子上，把眼镜的一条腿放在嘴里含了一下，又取出来说："现在呀，各学校都在抢着招生哩，只要是愿意上的，只要拿上中考成绩单缴齐了学费，一点问题都没有。"

王春麦没有再说话，她注意到了，罗海燕银灰色短裙下面露出来的那两条短腿上穿着长筒丝袜。丝袜很薄，紧紧地和皮肤贴在一起，使罗海燕腿上的肌肤增添了一种流畅的美感。罗海燕原来是矮而胖的，因了这白色的上衣，因了这银灰色的短裙，因了这极薄的丝袜以及脚上那双白色的旅游鞋，所有的一切不足，都被奇迹般地克服了。王春麦的心情突然变得复杂起来，如果这些东西全部穿戴在自己身上，那会是一幅什么样的情景呢？她的眼睛盯着罗海燕腿上的丝袜，死死盯着从裙子下刚刚露出的大腿上那一块。她的目光一束一束射下去，将那经纬交颗的丝线一缕缕分开，向里面看进去。蓦地，便有一股力量将她心中的一个块垒推倒了——王春麦发现罗海燕左膝上方两寸处的内侧，卧着一只小米粒大的黑痣。


## 十九


王春麦还想继续上学的想法，并没有得到父母的支持。

"我还想上学去哩，再不行，也得叫我学上个手艺吧！"

这样的话，她已经在父母面前说过无数次了，她觉得这些道理，父母亲应该是能够明白的,但每一次他们都无动于衷。遇到这种时候,母亲刘兰香会无声地悄悄走开,弟弟王春杨也会声地走开。一年多来,姐弟二人心里似乎已经就某件事情结下了芥蒂。

这一次,王春麦又郑重地在父母面前重申了一遍,王大平听了,有些生气在说:

"你是不是看见人家罗海燕穿裙子骑摩托眼红呀?人家干啥你就想干啥是不是?你也不想一想,你爹我可不是老板。初中都毕业了,你还不知足?你还想干啥,呵?你已经是订过婚的人了……"

王大平这样将丫头数落了一顿,觉得自己反而更加生气了。

王春麦撅着嘴,站在王大平面前一言不发,脸上却是一脸的不甘。渐渐地,两道清洁的目光又从脚尖上抬起来,盯住了王大平的眼睛。

她又软硬兼施地哀求了几次,她爹仍然无动于衷。

面对丫头的乞求,王大平丝毫也不妥协。你一个丫头家上那么多学有啥用?到头来还不是嫁到别人家去了。嫁了人还不是一样的生娃娃过日子?这和上学多少根本没有什么关系。况且,你不是已经中学毕业了么?还要咋?这些都是王大平的理由,他不会对谁说出来,更不会当着丫头的面说出来。他能对她说出口的理由只能是:"丫头,你已经中学毕业了,你爹我实在没这个能力再供你上学了。再说了,你和马石头的事,也已经定下了,现在你已经差不多是马家半个人了。打小我就没动过你一指头,你可不能太为难爹呵!你也不想一想,看一看,在咱们厚街,能上到中学毕业的丫头,有几个?"

至于王春麦退而求其次说自己要出门学个手艺,将来自己挣了钱,或者上学或者开个店的要求,更加使王大平显得惶惶不安。

"你说你一个丫头家能去学个啥哩?泥瓦工?木匠?油油匠?还是厨子?话说回来了,这哪一样是丫头家应该学的。你已经是订过婚的人了,要不了多长时间,你就是别人家的人了。啥叫出嫁呵?嫁汉嫁汉,穿衣吃饭。你学手艺,你挣钱,你养家糊口,那叫你男人做啥去?你还是安稳在家跟你妈学学针头线脑缝缝补补是正经。跟你妈学,又没人朝你要学费。"

刘兰香听出了王春麦有要出门的打算,说话都有些哆嗦了:"春麦哇,你就好好在家待着吧,呵!你妈我一辈子没出过门,除了针头线脑屋里屋外也没学啥手艺,不一样一样的过来了么?闯世界不是咱们女人的事。再说了,你对外面的世事两眼一抹黑,啥都不知道,到了外面,你咋个吃?咋个睡?这些都咋办哩,我的娃,你就安稳在家待着吧!"

跟父母说不通,看样子让他们出钱继续供她上学也是枉然。王春麦就赌气不和他们说了,她收起脸上溢出来的那一片戚戚哀哀的神色,高高地撅了嘴,恨瞪瞪地盯着脚尖前头的那片地,啥也不说了。

她不想依靠罗海燕,真地不想,从心底里不想。和她王春麦相比,罗海燕算个什么东西?她原先对罗海燕进城上学是感到羡慕的,后来羡慕的就不仅仅是她进城上学了,她觉得罗海燕她爹——那个在乡政府大街上专做次品假货生意的罗老板更让她羡慕。如果换了她是罗海燕,她肯定比她做得更好。在心里,她倒真的希望自己的父亲王大平是那个"罗老板"了。

人的出身,在很大程度上决定了一个人与他人的差异。

但是,王春麦心里始终有一个模糊的念头。就在那时候,她才真的捕捉到了,那个念头是:厚街——我一定要从这里走出去。直到她心里呼出这一声的时候,她才意识到这一年多的时间里,她的内心时刻都在持续着一种无形的拼搏。她已经暗暗跟厚街这块土地较上劲儿了。

王春麦憋着一口气从王大平和刘兰香面前走开了,她走出自家街门,走出老远之后,才不得不悲观地发现,自己又一次立在了那片小树林边上——原来她走出家门,除了去那片小树林已经没有其他地方可去了。

午后的艳阳照在厚街这片土地上,天,地,树林,竟然都是一派焦黄的颜色。这是一种看不出生机的颜色,这是一个看不到生机的地方。空气热吐吐的,十分干燥,叫人心生绝望。四下里放眼望去,那沟壑纵横的沙梁野凹却连绵着没有个尽头,好像是与天紧紧连为一体的。就这低洼里的一片小树林,也不知道是哪年哪月生出来的,又不知道过了多少日月才长成现在这个样子。王春麦走下坡去,盯住那些没有碗粗但身上已经长满结巴的杨树,从嘴角里挤出一丝冷隽的微笑。树木的叶子遮不住暴戾的阳光,林子里光影斑驳,王春麦怅然地逡巡在树与树之间,笑容过后的那张脸上很快又漾起一片怅然。

在树林的另一头,一个笨重的身影正拖着沉甸甸的身体在那里搂柴禾,身边是一只硕大的芨芨背筐。王春麦想离开,一忽闪又回转过身向那个正在忙碌的人影走去。

刘玉芬仰起一张汗涔涔的脸,用一只手撑住树身,一只手按住自己的膝盖,艰难地直起笨重的腰身来。挽在脑后的头发散出一些,从眼角两边挂下来,贴在褐红的面颊上。那么一个瘦小的丫头,肚子居然已经触目惊心地挺在胸前了。一件旧了的男式衬衫,几乎要被撑破了。

刘玉芬——刘玉芬——这就是你吗?

王春麦几乎不敢相信自己的眼睛了。

刘玉芬粗粗喘了几口气,好一些了,这才说:"春麦,大热天你咋跑到这里来啦?"她看到王春麦惊奇的样子,抹了一把脸上的汗泥,又说,"哦,我这么个丑样子,把你吓坏了吧?"

王春麦上前一步,下意识地握住了刘玉芬的一只胳膊,小声说:"玉芬,你……在这里做啥? 你都这个样子了……"

不知怎么的,王春麦看到刘玉芬那个已经出怀的大肚子,心里就莫明地感到一阵恐惧。

"趁现在还能动,揽下些烧锅煨炕的,要不然天冷了……我要是一生,可咋办哩!"

王春麦的眼光投到了刘玉芬脚前头的芨芨背筐里,筐里只有小半筐的树叶和柴草。这树林里的每一块地,恐怕都已经被她的两只手扫过了。

王春麦看着刘玉芬,突然心里一酸,扭过头去,过了一会才说:

"这个样子了,你还能干活? 你们家三元子哩,他咋不干? "

刘玉芬也不说话了,把沉重的身子完全靠在树干上,把目光从地上朝上抬起来,从树梢顶上望过去。两边鼻翼翕了翕,叹出一声,这才说:"他能少打我两回就行了,还能指望他做啥哩! "

说着话,刘玉芬就下意识地将卷起的衬衣袖子捋了下来,但王春麦的眼睛已经瞅见了,那里分明有一道斜斜的青印子。王春麦抓住刘玉芬那只手,把袖子往上一捋,刘玉芬嘴里跟着倒抽了一口气。原来青印远不止一条,手腕上二寸处,肘上,肘下,一共三条青痕痕的印子,像皮下埋着三根硬硬的铁条。王春麦愕然地睁大了眼睛。刘玉芬她妈死的早,以前常听说她爹动不动就打她,现在嫁人了,咋还会是这个样子哩!

"谁打的,这是谁打的,啊? "

王春麦鼓着眼睛大声问。

刘玉芬又捋下袖子,将那几条青印子遮住,蹲下身去揽脚边上那一把柴末子,只是不吐一个字。这是用得着问的吗?听说三元子最近越发赌得凶了,把屋里剩下的几袋麦子竟然也输掉了。这个伤,不是他打得又能是谁哩!刘玉芬手上的一把柴末子没有揽起来,一串眼泪早已经砸在了落满灰土的手背上。王春麦蹲下身,将那只手握住,却不料刘玉芬竟一头扑在她的肩膀上,哇地哭出声音来。原来王春麦只是觉得刘玉芬这样早地嫁人没出息,后来知道是她爹逼的,她又觉得她不反抗也是一样的没出息。自己在家这一年多时间过去之后,王春麦竟然在心里已经慢慢地原谅了她。甭说是从小在打骂下走过来的刘玉芬了,就是她王春麦,一个初中毕业生,到末了又能怎么样呢,还不是一样早早就订婚了吗?你反抗呵,你斗争呵,你自己奋力冲破牢笼呵!王春麦突然觉得在厚街这里生成个丫头,活着太难了,真是太难了。王春麦展开胳膊,轻轻搂住刘玉芬抖动的肩背,自己也流下眼泪来。

良久,刘玉芬哽咽着说:"要不是为着肚子里的娃,那天我就不活了。我连绳子都搭在梁上了……又没狠下那个心。"

　　说着话，刘玉芬慢慢从王春麦肩头上移开，那双手又动作开了，地上的柴草末子被她一点点抓进背筐里。抓完了一小堆，又去抓前面一小堆。

　　王春麦心里乱七八糟的，也帮着刘玉芬抓了几把。两个人沉默了会儿，刘玉芬又说："我这人，可能是生来就命不好。我爹从小就骂我是扫帚星，说我早早就把我妈克死了。现在嫁了三元子这号人，看来也就这个命了。那个啥……你和马石头，你们多好！你们准备……啥时候办席哩？"

　　王春麦没想到刘玉芬的话突然会一个大转变，问起她和马石头的事，本来注意力就不集中，刘玉芬这一问，她倒大眼张嘴了。

　　"谁知道还是个啥样子哩！"

　　王春麦站起身，望着远处说。

　　"我就说哩，你好好的，咋又不上学了？我已经想好了，等我的娃生出来，就是吃屎喝尿，我也要把娃供个学出来，我这辈子出不了厚街这土窝窝，不能叫我的娃也一辈子窝在这野旮旯里活不上个好人。"

　　刘玉芬站起身，一边说，一边收起背筐绳，准备背上走。这小树林里的柴草末子，她已经揽光了。

　　刘玉芬拉紧筐系子，王春麦帮她搭到肩膀上。刘玉芬一只手拽住绳子，腾出一只手抹掉额上的汗，对王春麦说："走，去家里坐会儿去？"

　　"不了，我爹还叫我去前面坡上瞅一下羊去哩！"

　　说着话，王春麦先就迈了两步。

　　刘玉芬弓着背，鼓着圆崩崩的肚子，尴尬而笨拙地朝后梁上一步步挪去。一步，两步，三步……大背筐把刘玉芬的大半个身子遮住了，从背影子里看过去，她不是背着个筐，倒像是扛着一架沉重的大山在往前移。刘玉芬终于下了那道梁，透过稀疏的树林，她背筐的影子已经看不见了。紧接着，王春麦连眼前的树，眼前白光光的黄沙梁都看不见了，她明明大睁着眼睛，却迷蒙蒙恍然一片。直到她感觉双颊一片冰凉的时候，才发觉自己已经泪流满面了。

　　从外面回去，王春麦就把自己关在了小屋里。她拉上窗帘，躺在小床上，用一件上衣蒙住了头脸。

　　到她妈刘兰香喊她吃晚饭的时候，王春麦已经下定决心了。她暗暗地将自己节省下来的五十几块钱数了又数，这已经够去酒泉的车费了。她给马石头又写了一封信，问他能不能借给她一些钱，这个数目最好是五百，她会还他的，还叮嘱他不要让他们两家的任何人知道。

　　尽管如此，她还是做好了最坏的打算：即使马石头不借钱给她，她也要拿着这五十几块钱去酒泉或者更远的地方，然后找地方打工。只要离开厚街，她觉得自己肯定会重新拥有一个光明的前景。

父母好像意识到了什么，在接下来的日子里，对她盯得比平时紧了。只要王春麦一出街门，他们就会问她去哪里？王春麦的回答只有一种答案：

"茅房，茅房，茅房。"

王春麦其实早就料到会是这样一个结局，她爹王大平早已胸有成竹地将她的命运掌握在了自己手中。按照他的设计，她的最终归宿除了这个厚街，不可能是别的什么地方，更没有任何别的选择。他和天下所有自认为有能力的父亲一样，觉得他有能力为自己的子女安排好一切。王春麦如果要对这样的命运说不，只有一条路可以走，那就是自己走出厚街。然而，走是轻易走不出去的。那么就冲，冲出一条血路也要冲出厚街去。哪怕在外面四处碰壁，头破血流，她也再所不惜。面对命运，选择是疼痛的。

对于父母，王春麦觉得自己已经用各种各样的方式早就跟他们打过招呼了。先礼后兵，她就是这样想的——我已经把自己的想法告诉过你们了，是你们不同意的。

有一天她真地走了，她真地希望他们已经有了足够的心理准备。

# 第 五 章

## 二十

黄老板工程公司的总部,在城边的一片空地上。一溜红砖平房,一个三四亩地的大场院,大门口的砖柱上挂着"万盛建筑工程公司"的白底黑字的铁皮牌子,旁边有个门房,看门的老头黄老板叫六叔,司机小林喊他六爷。

这就是马石头对这里的初步认识。

马石头的任务是管好两个材料库和码放在场院里的水泥钢材等建材,进多少货,给哪个工地送了多少,都要在往来账本上一一记清楚。虽然住在城边上,但进进出出也能看到许多的热闹,这是马石头没有想到的。从他走出厚街的那一天起,他心里就只知道自己是去那些堆满水泥砖头的湿叽叽的工地去干活,住的也是那种临时搭起来的简易工棚。谁能想到有一天,他会来一个叫万盛建筑工程公司的地方当保管呢? 连他自己也没有想到哇! 虽然在城边上,但毕竟是城里嘛,不是乡村嘛,毕竟不再是戈壁滩上了嘛! 马石头简直没有办法来形容自己的心情了。

那天,黄老板叫六爷把库房门上的钥匙全交给马石头的时候,六爷瞪着眼朝马石头面前的空地上狠狠啐了一口,这使马石头心里感到一种莫明其妙的愧疚和愤慨。

　　马石头和司机小林住一个屋。小林叫林世刚，他白天经常不在，很多时候晚上都很迟才回来。有时候，他晚上也不回来住。小林家在离城不远的一个村子里，但马石头听小林自己说，他经常不回去。那么小林晚上不回公司住又不回家的时候，都住在哪儿呢？马石头心里总是出现这样莫名其妙的疑问。一个外出的人，不来自己的铺上住，而他又没有回家，这在马石头心里是不可想象的事情。小林除了开那辆老解放，还要开黄老板的"皮卡"。黄老板忙得很，整天不是去工地就是外出跑材料，晚上还要陪客户吃饭，陪客户娱乐。有时候，客户嫌小城里太显眼又没什么档次，黄老板就拉他们到嘉峪关呀酒泉那些大点的城市去耍。有时候一耍就是半夜，有时候则要耍到第二天早上才能赶回来。小林的车把材料运来了，马石头就看着别人卸车，这个多少，那个多少，一笔一笔地记清楚。不清楚或者弄混了的时候，他就要从头一件件地数，然后再看与票单上是否相符。这样的工作对于马石头来说，是比较简单的。这就像叫他一个初中生整天去做小学二年级的算数题。加减乘除，又加上黄老板给他配的电子计算器，把本来就简单的事情变得更加简单了。所以，马石头大多时候都显得无事可干。

　　白天，他偶尔也上一上街，看一看街上来往的车，各色的人，也看一看街上的花花绿绿。看到眼前有穿着短裙子的丫头媳妇们走过的时候，他脑子里立马就会想到王春麦。如果王春麦穿上这种短短的刚好遮住屁股的裙子，会是啥样呢？她的腿也一定是笔直笔直的吧，而且可能是小葱一样的水白。她如果穿上这种露出半截胸的长裙子呢，她的胸也是粉嫩嫩地白着的吧！她的脖子也是显得那么颀长吧！还有她的脚，如果穿上那种凉鞋，一排脚趾上也涂成彩色，那也一定是让人怜惜的吧！而且……是不是远比街上走着的这些都要美妙出几分？这是一定的，虽然王春麦的胸，王春麦的脚，他马石头一眼也没有看到过。

　　这样一来，马石头就忍不住又给王春麦写了一封信。

　　这封信是马石头一个人坐在房子里写的，房子里静静的，他从吃过午饭就开始写，中午的阳光照在巨大的场院里，水泥地上一片滋滋声他都能听得到。信开了头以后，下文却怎么也接不下去了，原先已经想到了的那些话，他一时都不敢写了，那些在他脑子里存在了许多时日的话一落到纸上，他就觉得把自己骨子里的庸俗给活脱脱地抖出来了。仿佛一个人在光天化日下，脱光了自己身上的衣服。自从接到王春麦的那一封信之后，马石头就觉得不能再小觑厚街那个叫王春麦的丫头了。他和她虽然都是初中生，但他们的想法原来却是那样的不同。面对将来的生活，马石头觉得王春麦比他更有想头。石头心里有好多话要说，大张着嘴，却一句也说不出来，好像手中的笔一落到纸上，他的自卑就会水一样流出来。

　　马石头穿着件小背心趴在桌子上，片刻工夫就已经满头大汗了，房顶上的太阳光好像穿透房顶都聚射到了他的头顶上。他愈来愈发现自己和王春麦的思想甚至理想,都是完全不同的,而他刚从大戈壁工地上来到城里时心里悄悄出现过的那种优越感,也在对王春麦的深切恋慕中不知去向了。马石头有一肚子话要对王春麦说,可又一个字也落不到纸上。到头来,那些被他生硬地写到纸上的话语,又不是他心里真正想说的,真有些口是心非的意思了。

马石头一会儿坐起来,一会儿又倒在床上,汗水从背上渗出来,背心完全湿透了,紧紧贴在皮肤上,裹出他身体的健美的轮廓。马石头被自己的狭隘折磨着,他害怕自己的这种心思被王春麦捕捉到,就像害怕被陌生人看到自己的羞处。这种心思被看破了,即使他把王春麦娶回家来,他也会时刻感到如鲠在喉。而王春麦呢,定然也会从骨子里看轻他。他们两个人可是要过一辈子的,一辈子被自己朝夕相处的女人瞧不起,那种滋味可不是闹着玩儿的,弄不好是会憋死人的。什么叫郁郁寡欢,什么叫心灰意冷,到了那时候,恐怕他也是身有体会而口不能言了。在那样一种氛围当中,就是不憋死,也会给活活闷死的。他可不愿做那种在女人面前窝窝囊囊邋里邋遢的男人。

如果说马石头以前只是个想娶个自己欢喜的女人随便过日子的那种男人的话,那么现在的马石头,这种心思已经改变了。他觉得他们之间除了过日子,应该还有爱情。爱情这两个字,绝不仅仅是一男一女两个人睡到同一张床上那么简单,也不是站在大红双喜前恭恭敬敬鞠三个躬那样简单,更不是想方设法从乡政府扯两张红皮结婚证那样简单。甚至不仅仅是生个娃,再把娃娃养活大那样简单。总之一句话,马石头是不想做厚街那样的男人了。因为他从王春麦的来信中已经捕捉到了这样的信息——王春麦是不甘心就那样一辈子在厚街做一个生儿育女、在房前屋后叼猪喂狗的女人的。

什么是爱情,马石头还不大知道,或者说还不是十分清楚,在他心里,爱情两个字还抽象得很。但他又具象地认为,爱情起码应该像一杯开水和一杯牛奶掺起来的那种样子,当然还要加几勺糖,既香浓又甜美。一个男人和一个女人,只有达到水乳交融的地步,才能谈得上有爱情,这种爱情的甜蜜必须有必要的糖来支撑。显然,糖是这中间弥足珍贵的。当然,这些在自己心里掂量了无数遍的话,马石头都不可能写到给王春麦的信中。这些东西在他心里产生的时间还不长,它们作为一种简单的想法,还相当地幼稚,说出来恐怕会贻笑大方。再者,要是全都写上的话,王春麦不就把他这个人完全看透了嘛!一个没有秘密的男人,就是没有城府的表现。一个男人没有城府就免不了婆婆妈妈,而一个婆婆妈妈的男人,在男人的世界里又很难得到大家的认同。这种思考使马石头心里更加纷乱,一连撕了几页纸,他竟然无从落笔了。

最终,石头不得不勉强写了一页就把信发了出去。

他在信上对王春麦说,他已经成了黄老板公司的保管员,已经从戈壁工地上搬到城里了。还说如果有机会放假的话,他就回去看她。但是,如果公司不给他放假的话,她能不能到他现在居住的这座小城里来呢?

把信塞进邮筒的那一刻,马石头又有些后悔了。他应该多写一些,哪怕是写上一些废话也好呀,再不济也应该写上城里的好呀,那些人头攒动的商场,那一片见不到头尾的地下超市,还有街头巷尾空地上绿茸茸的草坪,晚上明亮的街灯。这些虽说意义不大,但他始终觉得一封信字数的多少,在一定程度上也代表着对这个人思念的深浅与强弱。上中学的时候,语文老师对作文的要求首先就是字数,他说写得好不好是水平问题,字数够不够则反映出的是态度问题。这个原则在自己身上套用一下的话,这是不是一种缺乏感情没有能力的表现?他写上这么一页,王春麦看到了,会不会怪他?

马石头从街上慢慢走回来的时候,仿佛一株旱坡地上的苗子,又给毒日头烤蔫了。进公司大门的时候,六爷在门房的小床上翻了个身,招呼了一声,马石头都没有听清楚。他径自垂了头,拖着沉甸甸的步子,没精打采地向自己房里走去。白花花的阳光在水泥地上发出乱七八糟的声音来,如同一群看不见踪影的虫子在天上嗡嗡飞,闹闹哄哄,聒噪异常。

# 二十一

那天下午,小林开着油漆斑驳的老解放车来拉材料的时候,马石头发现放在库房门口的中号麻钢少了五根。马石头急出了一头汗,他在场院里找了一圈,没有,又打开材料大库对帐查看,结果也没有什么问题——中号麻钢就是少了五根。这批中号麻钢是他亲自指挥几个装卸工从车上卸下来搬到场子里的,那是三天以前的事,马石头记得很清楚。因为这批麻钢过几天就要往工地上运,马石头嫌它们又笨又重,放到库房里搬出搬进太麻烦,才叫装卸工码到库房门口的,可现在它们却平空少了五根。

小林说:"小马,你知不知道,这可是上等麻钢,一根就接近三百个元哩!"

马石头心里一算,五根就是近一千五百块哩!钱就不说了,他可以赔,可叫人家黄老板心里咋个想?马石头马上想到了六爷,每天进出大门的人,六爷应该都能看得到。如果有谁在他眨眼的时候扛上根麻钢出去,六爷不会没有印象。

六爷正摇着扇子,坐在门房前的一片阴凉里喝茶哩,马石头跑过去焦急地问:"六爷,见没见谁拿麻钢出去?"马石头问了一声,六爷才从门外收回目光,满是褶子的老脸从嘴角那里向上一挤,浑浑的眼球骨碌骨碌转了两下:"没有呵,这两天没见有人进出呀,这院里平常就你我两个人,咋啦,你库里少东西啦?"六爷这样一答复,马石头颓然地说:"少了几根麻钢。"六爷说:"麻钢又长又重的,是不是你入库出库的时候,上账下账没弄清楚记错了?尕娃娃子嘛,一时弄错的时候也是有的。"马石头见问不出个啥,一边转身往回走,一边说:"那我再去查一查。"

数过来查过去,还是那个结果。实在没有办法了,马石头只好把小林叫到房子里,从自己枕头下取出十五张一百的新票子递给小林说:"林哥,你给我帮个忙,去到你们进钢材的地方买上五根麻钢还上吧,这事……别叫黄老板知道了。黄老板信任我,可我这才刚刚干了没几天,就出了这么大的乱子,要不然我咋向黄老板交代哩!"

小林比马石头高出近半个头,样子精瘦,但身板子却结实。他已经穿上短袖衫了,两条长年抱方向盘的大臂上,露出两疙瘩瓷实的紫肉。他不接马石头递过来的钱,却从桌上烟盒里抽出一支烟点上,一边抽一边说:"小马,咱都是个出来挣钱的,咋能叫你掏腰包哩?"马石头盯住小林的眼睛说:"是我没把东西管好,东西丢了,我不赔咋行?"

小林跨上前一步,从打开的窗子里向外扫了一眼,回过头来压低声音对马石头说:"小马,你可要小心六爷,这老家伙手脚不干净。前一阵子,水泥钢材丢得太凶,连黄老板都起疑心了。因为六爷跟黄老板连着些亲,黄老板几次想开他都没开成,所以才把你弄来管库,叫他专门看大门。我先把这些拉走,你再好好查一查,万一找不到,咱们再说。"

经小林这么一说,马石头心里囉啦亮开了一道口子。小林开车走后,马石头就打开库房,把场院里堆放的其他材料全都转到了库房里。原来,黄老板要他来这里当保管,还有挟制六爷的意思在里面哩!黄老板只是叫他操心,没说要他防着六爷。现在想来,黄老板的"操心"这两个字里面,还是有另外一层意思的。可是,他却偏偏把这个保管的差事看得简单了,以为只是算一算记个数儿罢了,却没有想到"保管"的责任,大半应该是在"操心"二字上。

六爷锁了大门,又乘了一阵凉,就敞开屋门躺在木板床上睡大觉去了。马石头搬完材料,背心衬衫已经全部湿透,便提桶打水,在院子里冲起凉来。他借去大门外泼水的机会,朝门房那里探了一头,发现六爷正躺在床上扯着牛头大的呼噜,心里就涌出一丝兴奋来。他已经想了有一阵子了,而且也略微观察了一下,如果是有人从大门往出拿麻钢,无论白天还是晚上,都太显眼了。白天人来人往的自不必说,晚上门口大街上,隔三五十米就是一盏又高又亮的双头路灯,天一麻黑就亮了,再说大门口也亮着个大灯呢……最好的办法,莫过于把麻钢一根一根从侧面围墙顶端弄出去,再从外面弄走。

马石头顺着围墙里面一截一截细细查看,在库房旁边一个恰好能遮住别人视线的拐角处,他发现围墙顶端的红砖上,有明显硬物磨擦过的痕迹,那些淡红色的砖灰都是新鲜的,还没有被风吹掉。而昨天晚上,城里还下了一阵雷雨哩!这样一推算,马石头就暗暗吃了一惊。这个痕迹肯定是今天留下的,对了,肯定是在他出去发信的那半个多小时。马石头像窥到了一个重大的秘密一样,心怦怦跳得连自己都有些害怕了。从这个方向出去,外面是与另一个场院间隔处的一片闲空地,也就是一个过道。再远处是一家液化汽站,整天都有人在进进出出。马石头迟疑了几秒钟,伸手扣住墙头顶上的砖,身子一纵,翻了上去。

外面靠墙根的地方,果然有长长一溜新鲜的浮土,马石头轻轻顺墙溜下去,用脚一拔拉,新崭崭的麻钢就露了出来,不多不少,正好五根。马石头心里的一块硬物终于落地了,他刚准备把麻钢从墙上弄进去,突然又觉得这样做不妥。他便重新将麻钢上的土盖好,又将自己留下的脚印拂去,纵身一跃,原路返回了。

黄昏的时候,六爷过来叫马石头帮他看着些大门,说自己要上街打点酒渴。马石头一边在小面板上忙活着做饭,一边答应了几声,六爷就哼着秦腔排子曲,背着两只手出去了。

马石头有早睡的习惯,天一黑,马石头就上床了。六爷回来的时候,手里提了一瓶二锅头和两袋花生米,六爷来推马石头的门,推不开,就喊:"小马,咱喝两盅呀,咋?睡啦!"

马石头心里生着六爷的气,便没有答应。六爷喊第二声的时候,马石头才气咻咻说:"我已经睡了,你知道,我是不喝酒的,搬了一天材料,我实在太乏了,你一个人喝吧!"六爷不死心,又说:"小马,我这里还有花生米哩,不喝,你吃上些。"马石头说:"我实在太困了,你自己吃吧!"停了几秒钟,马石头听见六爷哼着秦腔走了。马石头觉得今天晚上六爷肯定要将弄出去的麻钢出手,夜长梦多嘛,他心里肯定也意识到什么了。马石头一时不知所措,便起身抓起桌上的电话,十分神秘地将它抱到被子里,给小林打了过去。

凌晨一点钟,当六爷和三轮车司机正往三轮车上装麻钢的时候,被小林和马石头逮了个正着。马石头手里的手灯照得夜晚的墙根下白亮亮的,六爷咧着嘴,却咋也笑不出来,嘴里发出时断时续噎住了一样的呵呵声,像啃骨头卡住了喉咙的老狗,小林手里的铁棍也架在了三轮车司机的脖子上。那个有点儿邋遢的小个子司机腿抖得站都站不住了,两只眼睛骨碌碌转着,一边说不关我的事不关我的事,一边就软软地蹲在了墙根下。

小林从腰上摘下手机,打到了黄老板家里,十来分钟黄老板就赶了过来。

六爷一见黄老板,脸唰地紫了。

黄老板看了眼三轮车司机,上前一步,抬腿就是一脚。

"狗日的我送你去公安局,看你还敢不敢再偷。"

司机被踢倒在地上,抬起头,朝六爷跟前爬了两步,身子抖嗦着哇哇喊道:"老人家,你倒是说话呀,你不能害了我呵,哈?我是给你来拉东西的,你不是说这是你们自己的场子吗？哈，你说话呀你。"

小林也仗着势子，上去在三轮车司机屁股上踢了一脚，说："我们公司丢得东西多啦去了，你说，是不是你偷的，你一共来偷过几次，都偷了些啥？"

听了小林这话，衣衫褴褛的三轮车司机一骨碌爬起来，跪在黄老板面前，从里面衣兜里摸出一把皱巴巴的票子说："这些钱我都给你了老板，求你高抬贵手，放我条活路，我家里老老小小一大家子哩！都是这个老汉把我害下了，他说这个场子就是他自己家的，谁知道他在骗我哩！老家伙，你可把我坑苦了，你说话么，你咋不说呀！"

黄老板又向六爷跟前挪了一步，兀自点上一根烟，抽了一口才说："六叔，这不能怪我了，咱爷俩的缘分哪，到这儿就算尽了。我也不把你告公家，这样把，你现在就走人，咱们两清。"

六爷听黄老板这么说，反而镇定下来了，通红的脸色也褪了下去。他抹了把鼻头，说："黄万盛，你娃子甭忘了，没有我吴老六，就没有你黄万盛的今天。吃你这碗眯眼食，我还不日起哩！"

黄老板扫了眼四下里一抹黑的夜空，把刚刚点上的烟踩在脚下，碾碎了，狠狠咬了下牙关说："吴老六，你也甭以为我黄万盛是吃屎长大的，这几年从你手里倒出去我多少建材，呵？你当我不知道？不就是我爹落难下乡住了几年你家破房子么？你倒成了个不见底的瞎仓罐了。你替我看个场子，我一月开你五百你还嫌少哩！你家里两个娃子那两院子砖房是用啥盖起来的？就凭他们种那几亩破地？行了，吴老六，你知足吧！"

黄老板脸黑下来也很吓人，声音又高，六爷竟然说不出话来了，只一个劲地揉鼻子，偶尔擤一把鼻涕。

黄老板又在三轮车司机屁股上踢了一脚，叫他把车开到大门口，要小林进门房把六爷的铺盖一卷，抱出去撂到了三轮车里。等马石头把那几根麻钢从围墙顶上撂到院子里赶过来的时候，正看见黄老板掏出五十块钱，边给司机手上递边说："把雇你车的那个老汉送回家去，这是车钱。以后黑天半夜有人雇车的时候多注点意，三更半夜用车的，十有八九都是贼。"

六爷站在围墙拐角处，一言不发。三轮车司机从一脸沮丧中挣脱出来，摆着手死活不敢要。黄万盛把钱往司机怀里一塞，不耐烦地招手示意他快走。

三轮车走后，小林要开车送黄老板回去，黄老板说："算了，我走着回去，我还没这么晚在大街上逛过哩，今儿高兴，顺道转转。"

黄老板出门的时候，冲送出来的马石头说："小马，今后这大门也是你的了，多操点心呵！"

马石头脆脆地应了一声，等黄老板出去，把铁大门关好上了锁。

躺在床上后，马石头一时没有了睡意，总觉得黄老板这么把六爷开掉，都怪自己。要是他白天的时候把找到的那五根麻钢，再拿回来放到库房里，不就啥事也没有啦？大不了日后多加小心就是了，也不至于砸了六爷的饭碗。更不应该把这事告诉小林，小林更不该惊动黄老板。刚才小林把六爷的铺盖搬出去扔到三轮车里的时候，立在墙角的六爷，看上去是相当可怜的。那一刻，他猛然想到了那个叉开五指罩住茴香豆的可怜人孔乙己。小林一连说了好多六爷如何如何的话，马石头心里闷闷的，他只翻了个身，没有接小林的话茬。

马石头不说话，小林只当是他被刚刚的事情吓着了。索性坐起身来，点上一根烟，又抽出一根朝马石头晃着。马石头没有接烟，摇了摇头。小林说："其实呀，黄老板早就不想叫六爷在这里干了，就是找不上个好茬子。哼，这会儿黄老板不知道心里多高兴哩，你用不着愁，你愁个啥？"

马石头吞吐了半天，慢慢地说："唉，是我害了人家六爷。一个老汉，看大门是多好的差事，一月五百哩，比农村一个棒小伙子挣得也不少。这一弄，他一个老汉到哪里挣这一月五百个元去，嗨……"

小林把腿上的线毯子揭掉，露出两条长着密密汗毛的粗腿，他抽了口烟，说："是他狗孙先害你的。你想呵，少了麻钢，你是保管，责任全在你身上。他这应该叫损人不成反害己，偷鸡不成反蚀了把米，老家伙他这是罪有应得。他这才真叫是搬起石头砸了自己的脚哩，你别管他。"小林又把一根烟扔给马石头，石头犹豫了一下，拿起来点上了。学着小林的样子抽一口，吐一口。抽到第三口的时候，他给呛咳嗽了。小林就笑了两声，说多抽几次就习惯了。

抽了会儿烟，马石头果然觉得心里不那么窄憋了，也不那么慌乱了。小林说得对，说到底还是他六爷不仁不义，他自己难受个啥哩？抽完一根烟，马石头问小林："黄老板到底跟六爷啥关系？"小林说："听黄老板说，他老爸当年给从城里撵到乡下那会儿，他们一家老小情况特惨。六爷家正好有一院不住人的破房子，空着也是空着，就借给他们住了几年。后来，他们就回城了。黄老板一直没找到工作，后来听说还因为打架坐了几年班房，出来后就开始在建筑上揽活，几年工夫就干大了。他老爸过世那会子，叫他不要忘了恩人。黄老板就把六爷弄进城来了，给他开双倍的工钱，就这六爷还常常往家弄这弄那的。先头拿得少，黄老板也觉得自己家大业大，他拿点没啥。去年底一算账，好家伙，光水泥就少了十五吨，钢材少了两吨多，六爷还一问三不知。过年时，我开车和黄老板送六爷回家过年，好家伙，人家两个儿子一人起了一院子砖房，比他们村长家都牛皮。黄老板一看，心里就有数了。黄老板想，他房子修好了总行了吧！没想到，东西照丢不误。这不，六爷是不往家拿东西了，可他倒出去卖钱。黄老板这才把你弄来管库房，幸亏这次你眼快，抓住了，要不谁知道黄老板会咋想哩！"

马石头听了,倒吸了一口凉气,没出声。小林端起桌上的玻璃茶杯喝了一口,石头装着一连打了几个呵欠,把手里的烟头扔了,顺手熄了灯。

## 二十二

端午节的时候,小林用老解放把老王他们拉到了城里。小林按黄老板的吩咐,过节把大家都拉到城里转一转。刚刚送下这一车,又去另一个工地拉人了。一进院子,老王就冲马石头喊:"小马,你现在可牛逼的呔,挣钱多不说,住城里还见天能看上穿裙子的丫头哩,啧啧——可美死你了。"

老李老田他们,也不停地跟马石头问这问那,都是一脸羡慕的神情。马石头用眼睛数了数,发现人里头没有大师傅老吕,就问老王:"老吕咋没来?"老王说:"看工地哩,总不能都出来把工地撂了吧!"大家在马石头房子里坐下,马石头给他们散烟,他们都感到很兴奋,说小马到了城里,也学会抽烟了,不免又要啧啧两声。他们每人抽了一支,又去看烟的牌子,自然比他们平时抽得要好一些。末了,他们叫马石头也点上,石头说:"算了算了,烟一呛,我心口子就疼,可能是我抽烟水平还不行呀!"一句话说得大家都呵呵地笑了。

黄老板比谁都忙,端午节到了,就更忙。又要请客,又要送礼,一连几天人影也见不到。老王他们来了,马石头觉得咋说也不能忘了和自己一起苦了的兄弟。十来个人正好一大桌,马石头决定请大家下一回馆子。

马石头的提议一出口,老李第一个就说:"这咋好意思哩小马,我们都是外出挣钱的,攒个钱不容易哩!"

老王也说:"今儿是过节,不下回馆子咋行哩!我看就按老规矩办——咱先吃,吃完了,按嘴平摊。"

时间尚早,马石头就在场院里放了三个塑料大洗盆,放开水龙头,叫他们饱饱地洗了一顿。洗完了,大家又到马石头屋里拿出带来的干净衣服换上,就准备上街。老王却犹豫了一下说:"我就不和大伙吃了,今天我还要赶回家去哩!家里来信说了,家里最近……有事。"

马石头心里知道他媳妇已经答应和他和好了,这时候老王回去,是对的。听老王说自己不去了,老李他们就开他玩笑说,老王这家伙早就憋不住了,不怕花路费,你就回去好好日去吧!

马石头心里却不愿意老王走,他原想借今天的机会,好好谢谢老王,要不是当初老王收留他,他说不定还在那儿混着哩,哪会有现在这样的好差事?但不让老王走显然又不行,关系到人家俩口子合好的大事情哩!就去屋里拿出前几天上街给王春麦买的那条绿底碎花的短裙子,叫老王带回去给他女儿穿,算是他马石头的一片心意。老王推辞了半天，才装进自个包里。

老王一走，马石头就领着大伙上街去找馆子。马石头的穿着，跟老李老田他们已经有了一些区别了——皮凉鞋、白条纹衬衫、土灰色西裤，看着就清清爽爽一个棒小伙。老李老田他们的衣服虽然已经换了，但因为在工棚里窝塞太久了，都皱皱巴巴的，没个什么样调。

在大街上转了半天，老李他们尽拣那种黑乎乎烟熏火燎的小馆子进，都被马石头拦住了。马石头把他们领进了玉门城里最豪华的西部大酒店，大家进去的时候一个个蹑手蹑脚的，都不敢踩那条从门口一直铺到大厅里的红地毯。马石头要他们上，他们又都不约而同地开始跺脚上的土，怕把红艳艳的地毯给人家弄脏了。好容易上楼进了包间，看着整齐的桌椅又拙手拙脚不敢落坐。马石头先自坐下来，表示今天让大家放开吃放开喝，吃完由他结账，不要大家掏一分钱。老李为撂铺盖的事，始终觉得对不起石头，想自己揽下全部饭钱，又下不了这个狠心，就说："小马，老王安顿了、老王已经安顿过了，叫咱按嘴平摊，不能白吃，我们咋能白吃你的哩！"

马石头再没说啥，也不与他们理论，招呼服务员小姐过来，从裤子屁兜里流畅又洒脱地抽出一沓新铮铮的百元钞，像码扑克一样排开，抽出五张放到小姐的点菜本子上说："饭菜按一桌三百的标准上，剩下的全拿啤酒。"小姐笑盈盈地看了马石头一眼，脆生生地应了一声出门去了。

这顿饭一直吃到黄昏时分才结束，马石头和老李他们摇晃着从酒店铺着红地毯的大门里走出来，来到大街上。他们一个个脸都给染红了，有一部分是酒精的作用，有一部分则是沉下去的太阳最后发威给抹上去的颜色。这样一来，这些男人的脸色便显得十分怪异。然而，每个面孔下面又都有抑制不住的兴奋要争抢着流露出来——面皮虽然僵，而里面的肌肉却又在愉快地抖动，这样的面孔与他们的内心是无法比对的。马石头把一只胳膊架在老李的脖子上，另一只胳膊架在老田脖子上，一伙人亲密如同兄弟。

小城新铺的街道又宽又平，这会儿正是城里人吃晚饭的时候，街上行人不多。走了一阵，大家都一脸心事默不作声了。对于小城里的一切，马石头和他们一样其实还是非常陌生的，也许还将陌生下去……永远陌生下去……倏忽间，马石头觉得心里头酸酸的，突然有了一种想回家的强烈的愿望。他想看一眼他爹马文革，看一眼他妈曹桂花，更想马上见到王春麦，还想……拉一拉她的手……

……

端午节过后，黄老板的很多事情都办妥了。

当然，这里面首当其冲的是百分之七八十的工程款全部到位了，再加上黄老板又去了老王那个工地看了一趟，用不了半个月，整个塔身就安装完备了，工期比预计的要提前接近半个月时间完工。黄老板脸上因此看上去,连一条皱纹也没有了。从工地回来已经是下午了,黄老板一下车就扯着嗓子喊小马。马石头以为出了什么事,慌慌张张从屋里跑出来,一直跑到了大门口。黄老板前迎了两步,拍着他的肩膀说:

"不错,小马你小子不错,像个干事的人,那帮民工把你夸得一愣一愣的。"

黄老板说了他在工地上听说的端午节那天,马石头请老王手下那帮民工下馆子吃饭的事,脸上很兴奋,他大声说:"那天的饭钱酒钱,我全给你报销。"一边说,一边从皮夹子里抽出五张百元新钞,递给马石头。马石头愣着不接,黄老板就直接塞进了他的上衣口袋里。

小林正准备把小车开进大门来,黄老板向他摆摆手说:

"走——今儿咱仨出去吃个饭,这些日子忙了个贼死骨头烂,我今天专门给你们两个补一补——吃完饭再唱唱歌,今个不陪旁人,咱们自个乐呵乐呵去。"

车子一路向南,马石头坐在左侧,这时候从车窗望出去,平时并不见得繁华的大街上,那些平常的景致倒叫人有些眼花缭乱了。斜阳把金黄色的光波泼向东面的这一面街上,一些被高高低低的建筑物挡住了,一些又从它们之间的罅隙里溜过去,将平时的阴暗处也照亮了。在马石头眼里,这座小城竟然显得迷离而捉摸不定。

饭吃到九点钟,黄老板已经有些醉了,站起来招呼马石头和小林去唱歌。马石头本来不大喝酒,啤酒还能喝两瓶,今天黄老板带了两瓶一百多元的白酒,说啤酒就算了,那不过是个饮料。结果,三杯五杯下去,马石头就大了。小林拉马石头,马石头呜啦说不咋会唱,想先回去。已经喝大的黄老板拍了马石头一把说:"你小子不是领着民工在大街上唱国歌吗,走,咱们今天就唱国歌,咱今天也他妈爱一回国。"说着,也不再管小林和马石头,径自往门外走。

上了四层,有间屋子里传出牛吼般的歌声,唱的是"春天里百花香,秋天落叶黄"那一段。但声音分明野得很,听不出那种叫人想家的韵味来。

黄老板在玫瑰厅里等着他们,小林跟马石头上去的时候,门口已经有小姐在那里候着了。走过来的黄老板一踉跄,前脚一跌便扑倒在小姐怀里,小姐向外推了推,又怕黄老板真的跌倒,抱住他的一只胳膊,吃力地把黄老板扶到里面的沙发上。黄老板顺势将小姐揽到怀里,嘣地亲了一口说:"找两个过来陪着我两个小兄弟,咱唱歌,小、小费嘛,今天、大大的。"话还没有说完,黄老板的手又伸到小姐裙子下面摸了一下,小姐朝黄老板手背上拍了一下说你坏死了,说着起身笑盈盈地出了门。

马石头觉得包间里有股说不清道不明的怪味道,怪怪的,就不肯坐。他虽然来这里吃饭好几次了,但上四层还是第一次。尽管大屏幕彩电上晃动着身着泳装的美女,四周屋顶上也亮着暧昧的灯光,但马石头还是觉得有些阴暗,仿佛身处巨大的阴翳当中。灯光那么贼贼地闪烁,马石头刚刚压下去的酒劲又涌上来了,不得不跌坐在沙发里。

不知过了多久,马石头朦朦胧胧地发现,自己正躺在王春麦怀里。王春麦正小心翼翼地给他喂取了皮的西瓜。马石头眯着眼睛,一口一口吃着,他感到有一股奇异的香气正在袭击着他。这种香气他隐隐约约闻到过。这香气把他带到了遥远的厚街,把他带进了村子南边那片几十年也长不起来的稀稀疏疏的小树林。春麦,马石头喃喃着,那股香气越来越近了,从他的鼻孔里钻进去,又向他身体四处漫延。仿佛他刚刚吃下去的不是西瓜,而是一根导火索,他的身体一下子就给点燃了,火苗一股一股从脚后跟那里往上窜。

他又轻唤了一声春麦——,便伸展双臂,王春麦小巧玲珑的身体一下子就被他拥住了。

王春麦已经穿上了端午前他为她买的那条碎花绸的短裙子。她上身只有一件小背心,小巧的乳罩下那两枚神秘的果子,令他兴奋而迷惑。透过贴身的小背心,他感到她的皮肤汗涔涔的。他的身体膨胀着,仿佛成了一块真正的石头,而且已经被烧得通红,坚硬得都快要裂开了。蓦然间,马石头感觉自己都快要死掉了。

就在马石头不知所措的时候,王春麦一把抓住了他,开始用一种直白的动作引导他。王春麦的身体,也在顷刻之间变成了一片洒满露水珠儿的青麦田。马石头在王春麦明白无误的导引之下,匍匐在柔软的麦浪上,被那一层层涌过来的浪头推动着,颠覆着。

当体魄的大厦轰然倒塌的瞬间,骇震之后的马石头突然清醒了。大屏幕电视里正没完没了地重复播放着模糊的音乐,画面上,几个红衣女郎在巨大的彩旗背景前,袒露着雪白的大腿和肚皮扭来扭去。黄老板和小林早已经不见了人影,小包间在音乐的侵扰下显得空旷又窒息。

更加要命的是,马石头发现躺在宽大皮沙发里那个笑盈盈的丫头,居然不是王春麦。丫头躺着还在吃吃笑,笑声和模样看着都有点野。马石头一骨碌从沙发上翻下来,一边整理着衣服一边声音抖索地说:"你、你……你是谁……"

丫头像醉了一样躺在沙发里,想起来,却又没有动。她眨了眨眼睛,然后才用稀泥一样软软的表情笑了一下。石头一怔,心就乱了。他不知道再对这个丫头说些什么才好,他脑袋里只有一个想法,那就是马上离开这里,但又有些不甘心。在出门的时候,马石头顺手端起茶几上的果盘,重重地砸在地上。在被暧昧浸染过的房间里响起一片玻璃器皿粉身碎骨脆响的同时,马石头重重地摔上门,朝楼下跑去。

下了西部大酒店铺着红地毯的台阶,马石头便逃也似地在大街上奔跑起来。他的眼泪挟带着身体里大量的盐分,不停地流下来,他感到天塌下来压在了自己身上,连喘息都变得困难无比。他胸口憋得难受,好像堵了一块硬东西,他想叫,想喊,想吼,但除了奔跑和流泪,他已经不知道自己能够再做些什么了。

大街两侧明亮的灯光流水般从他身边掠过,街上一个人也没有,只有马石头像一只受伤的羔羊在拼命地奔跑。前方宽阔的街道像一个无底洞,马石头正在一步步陷落下去。身后仿佛也有一张张巨兽的黑口正在追赶着他,他不这么疯跑,就会被那面目狰狞的兽群追上来一口吃掉。

在一个街道拐角处,马石头被绊了一跤,他什么也顾不得了,翻起来接着跑。他跑得懵懵懂懂,跑得漫无目的。他跑出了路灯散射出来的最后一轮光晕,他跑出了街道,跑出了小城,然后又穿过一片巨大的麦田。他已经迷路了,但他还在跑,汗水淋漓,视线一次又一次被泪水模糊。这时候,马石头已经成了一只真正迷途的羔羊,他在城郊的田间小道上,借助摇曳的月光寻找着自己缥缈的归途。

不知过了多久,马石头终于来到了他的住处。那时候,路灯已经全部熄灭了,满天都是灿烂的星斗。他的眼泪已经流干了,他的身体像一只走出田野的疲惫老牛,脚下被轻轻一绊,就重重地栽倒在宽阔的场院里。这一次马石头没有起,他已经没有力气起来了,他翻过身子,目光向着高远的天空投射出去。是不是已经到了半夜了?星星贼亮贼亮的。酒劲已经过去,但他心里依旧毛哄哄的,泛涌着一腔少见的颓然与悲凉。他刚刚回想到一丝前半夜在酒店里的情形,便呃——地从身体深处涌出一阵恶心来。马石头已经意识到自己被这座外表华丽的小城弄脏了,完全彻底弄脏了。他该拿日思夜想的王春麦怎么办呢?那时候他脑海里一片空白,已经什么都不知道了。

人,往往就是从这种时候开始发生变化的。所有的一切,都被身体里细若蚕丝的那个东西牵扯着。马石头感到自己身体里的那根蚕丝,已经濒临断裂,他的意志就要完全垮下去了。借着星光,马石头看清了大院里那些黑黢黢的阴影,他侧身躺在水泥地面上,夜晚的冰凉他一点也感觉不到。他的目光终于瞥见了院子里那根黑色的塑料水管,它像蛇一样安静地盘卧在星光下。马石头像被鞭子抽了一下似的猛地翻身坐起来,打开房门,取出那只巨大的塑料洗衣盆摆在院子里,拉过放水管,打开龙头往盆里放起水来。

马石头如一头在沙漠里干涸了半年的牛,贪婪地将嘴埋进水中,咯噜咯噜大口吸着咽着。喝上一阵,他就要站起来打几个嗝,然后再喝。一直喝到再也喝不下去的时候,马石头就把自己脱得一丝不挂,然后坐到洗衣盆里,让水管子里的水从头顶不断浇下来。

马石头要把自己淘洗干净,里里外外淘洗得干干净净。

他的呕吐开始了,那些刚刚喝进去的水从他张开的嘴里一泻如注,那些侵扰了他身体的秽物随着水流在水泥地上四处漫溢。吐一阵子,马石头就把水管衔在嘴上拼命地喝水,喝得不能再喝了,他就将手指伸进嘴里,轻轻拨弄几下喉头上方的咽舌子,呕吐便在顷刻间重新开始了。马石头如此返复着,一次又一次,他那被弄脏了的脏腑,也仿佛被他哇哇地一口一口吐了出来。

后来,他吐出来的完全是清荡荡的自来水了。他坐在洗盆里,继续让水流不停地冲刷着他的身体。在浩渺无际的星空下,马石头觉得自己的身体正在变得透明,那种通红透亮的质地,马石头甚至都能捕捉得到。他坐在水盆里,仿佛一个正在发育的婴孩盘坐在母亲的宫腔中,母亲的血浆正在浇灌着他,哺育着他。马石头仿佛重新回到了母亲的身体里面,一堆模糊的血肉正在有机地重新组织起他的身体。它们中的一些变成了他的双手,一些变成了他的双腿,一些变成了他的身体,另外一些变成了他的大脑……被母亲孕育着,原来是这样的滋味啊!马石头松散的身体正在被母亲身体的神力重新组装着,塑造着。他缓缓地张开嘴,天上的星星就被他一颗颗吞了下去,做了他的五脏六腑,有两颗最亮的,成了他的眼睛。

当马石头睁开眼睛时候,透过铁栅栏大门,一片红霞的巨大褓裸中,一个新的生命正涌动在晨曦中蓬勃欲出——要不了多久,一轮红日将从东方的天际冉冉升起。

马石头知道,一场噩梦已经结束了。

## 二十三

马石头又来到了那茫茫无垠的黑戈壁上,他又加入到了老王老李他们的队伍里。那天,小林开车送马石头和他的行李来到工地的时候,大家都觉得特别意外。老王甚至因为惋惜嘴里不住地啧啧着,说不出个囫囵话来。面对大家的疑惑,马石头歪拧着脖子,硬硬地说:

"城里——不好,咋的,我就不能回来了?"

听他这么说,大家就都觉得马石头好笑,城里不好?城里不好难道这戈壁滩上好?全没有道理嘛!

这样议论了几天之后,大家也就不认为马石头不愿意待在城里享清闲是一个新鲜的话题了。没过几天,大家在干活的间歇里,又开始谈论起新疆姑娘来。因为第二个工地转到了河西走廊西端,已经离新疆地界不远了。在总结出了新疆姑娘的"三大"之后,老王他们又口若悬河得寸进尺地总结出了新疆姑娘的"三长":辫子长,眼睫毛长,指头长。对于这个"三长",马石头还是比较认同的。辫子长了,人看上去朴实;眼睫毛长了,人显得机灵;指头长么,对姑娘们来说,则是一种娴雅和高贵的象征。总之,男人对女人的想象,总是那样无边无际。这当中,马石头除了干活吃饭和睡觉，就是用耳朵静静地去听他们的谈论。他虽然一言不发，却阻止不了一次次怦然心动，更阻止不了心中派生出来的对王春麦的愧疚与思念。

在很短的时间内，马石头看上去变成了一个沉默的男人。

看今年的情形，至少能起两座塔，并且十月下旬天冷的时候就可以完工回家，而最重要的是收入——差不多要比去年多出三分之一。大家都为此高兴，马石头心里自然也是乐滋滋的。越是心里高兴，大家就越是把话题集中在女人身上。在这无垠的戈壁上，男人说女人一点也不含蓄，再好的女人，经他们一说，非给扒光了不可。

第二座塔建在一个相对平缓的山丘上，黄昏的时候，站在那里际目远眺，能看到很远的地方。变得沉默的马石头每天晚饭后都要去那里呆呆地站好久，他像一头受伤归来的幼兽，终于逃离危险之地，开始让荒野的晚风轻拂内心深深的伤痛。越是在这样的时刻，马石头就越是想念远在厚街的王春麦。愈是想念王春麦，马石头就愈是窥到了自己身体深处的那个污点。马石头把王春麦写给他的那两封信装在一个贴身的地方，信的内容他差不多已经能倒背下来了，但他一直都没有勇气再给王春麦写一封回信。他知道，是自己的过失将他与王春麦美好的感情亵渎了。要知道，有那样美丽的一个丫头在遥远的家乡时刻想念着他呀！虽然远在厚街的王春麦根本不可能知道在他身上发生的一切，但马石头心中仍然时刻感到不安。这种不安与王春麦是否知道在他身上发生了什么毫无关系，更不是内心的愧疚使然。马石头把自己的过错归于那座耸立在茫茫大野上变幻莫测的城市，归于自己对城市生活的向往，归于自己的贪婪。马石头甚至奇怪地想，如果自己再次面对王春麦，或者王春麦突然出现在他面前的时候，他是不是会望着她清澈的双眸，猝然倒毙？

马石头甚至把六爷被赶回家的责任也归到了自己身上，不就是五六根麻钢么，大不了自己赔上，日后看紧一点也就是了，何苦告诉小林，又何必惊动老板黄万盛呢？害得人家六爷连个安生的活路也没有了。一个老汉，如果儿女们不是很孝顺，自己不生发下几个养老钱，以后的日子咋个过呀？马石头的心里，因此有了一种说不出的负疚感。

# 第 六 章

## 二十四

七月末梢上，梁上梁下的庄稼就要开始收割了。

厚街的好地不多，就南沙梁和北沙梁中间夹着的一溜子，百多亩吧，每一家农户三亩两亩都有一些。这里说的好地，就是能浇上水的。因为这沟道地势低，土层厚，能从外面的渠里引来一丝河水。一季子庄稼，能浇上两次水，于是这溜地里的庄稼就比别处长得歪，收成自然好。这片地，厚街村人叫它"金不换"。这些年，"金不换"已经不再单种麦子了，而是麦子跟苞米套种。麦子苞米这两种作物收不到一个季节上，这样一来，割了麦子，苞米还能再长些日子。七月收麦，九月下旬收苞米，这样下来两下里产量一合计，千把斤过哩！除了这片地，前后沙土梁子的缓坡上，每家每户的庄前屋后，也都有些大小不一的地块。这些地大多都浇不上沟里引来的河水了，有点靠天吃饭的意思。如果开春入夏时节，老天爷能发个慈悲给下两场透雨，麦子就能长到膝盖高，穗头子也能长个纸烟把子粗。到了收庄稼的时候，便能有个每亩二三百斤的喜人收成。豆子耐旱些，但做口粮不行，吃了不光屁多，肚子还胀，不如麦子好，这几年种的人已经很少了。

整个夏收开始前短暂的消闲时刻，厚街前梁沟道刚进村口的那棵看不出生机的老杨树底下,每天都要聚集一批纳凉的人。他们当中,除了马文革和王大平这样一些老少不均的男人之外,还有一些个纳鞋底做针线的婆姨。

厚街的丫头们,小媳妇子们,都不屑往这人伙里头扎。当然,这种现象也就是新近几年的事儿——她们年轻,嗅觉灵敏,觉得那人堆里弥漫着一股说不出来的臭哄哄的腐朽气味,特别地熏人。

王春麦就是这样认为的。她最不愿意去的地方,就是村头的老杨树下,尤其是闲人成堆的时候。

今年庄稼不错,好地上的麦子长得都够着腿根子了。梁坡上的与好地上的虽然没法比,但也不错,一颗穗头子少说也有五六颗饱满的粮食——这是个喜人的年景。人们聚在老杨树下,抱着已经捶好的黄芨芨,去旁边的小涝坝里浸透了水,坐在村荫下,一边闲谝,一边打要子。地埂上长着芨芨的人家,这时节芨芨已经有八成饱了,也就割了来,用榔头略微砸一砸,就能用上。这样的青芨芨,就不必浸水了。视芨芨的粗细,六根八根,分成两股,交错着拼齐,一头踏在脚下,一手抚住中腰,另一只手抓住上面的那头绞上劲。劲上饱了,两头一拐齐,从中间一拉,芨芨便扭出个麻花样,一个芨芨要子就好了。这个东西,将割倒的麦子拦腰捆了,牢得很,走多远的路也不会散开。

厚街的麦子是先从梁上开始黄的。进了七月,热吐吐的东风从远处的沙漠里吹来,麦子一天一个样,前晌还绿哩,到了太阳倒西,放眼一瞅,哟,全黄了。哪里的土层薄,哪里的麦子就黄得早。王春麦已经注意到了,她爹王大平今年准备了三把镰刀,看样子今年她得下地了,她们家打要子用的是青芨芨,一共打了五百多个,她不知道这意味着什么。

"金不换"那里,王春麦家一共有四亩地,今年全都是麦子套苞米的带田。他们家的地在最前面的头头上,轮上水,总是第一个浇。刚分地那阵子,在厚街人为这些地怎么个分法发生分歧的时候,上面下来的工作组选择了抓阄,他说这样谁也没说头。丈量过的地是有数儿的,人均数也是死的,所谓抓阄,其实就是排出个分地的顺序。帮工作组叠纸蛋儿的时候,王大平在那个写了"一"的麻纸蛋上用指甲掐了个印印,结果在那几十个纸蛋儿从工作组手里落到方桌面上的时候,王大平一把就捏住了那个被自己掐上印子的纸蛋儿。他知道这个"一"意味着什么。结果和他预料的一模一样——夏天那一悠悠沟水从外面流进厚街村的时候,王大平家的地总是第一个浇上水。等到五六天后厚街的"金不换"全部浇完了,剩下空沟水又差不多能把王大平家的那片地再浇上一遍。厚街的地,每年只能浇两个水,而事实上王大平家的地其实是浇了大约三个水的。这在干旱的厚街是了不得的事,他们家那片地上的庄稼,自然因此要比别人家的长得歪。而且这两年王大平在那片地上也不再单打单种了,有了比别人多浇的一个水优势,他开始种上了用水量较大的带田——麦子苞米套种。这样夏天的麦子秋天的苞米加起来,每亩地的产量差不多就增加了一倍。要不,他王大平怎么能算得上厚街比较殷实的人家呢?更别说心存供娃子上大学的这样奢侈的梦想了,丫头王春麦能不能上完初中还难说哩!

翌日一早,王春麦家的麦子就要开镰了,刘兰香在前一天晚上炸了好一盆油饼子,把家里的气氛弄得有了些过年的景象。王大平把三把镰刀全都磨好了,一把把精心地用大拇指肚脐儿试好锋口,摆了提筐里。王春杨拿了几个刚刚出锅的油饼去西屋里学习去了,他从心里不想让王大平供他上大学的期望成为泡影。吃过晚饭之后,王春麦没有像往常那样在屋子里看一看书,而是早早熄灯睡了。对于她的这个反常现象,一家人事先谁也没有觉察。往后几天,当刘兰香想起这些的时候,不知道为此抹了多少把眼泪。

第二天早上,太阳刚刚冒开白花,王大平和刘兰香就起来了。那时候他们谁也没有觉出有什么异样。王春杨是不用上地的,王大平和刘兰香提着筐子出门的时候,还朝王春麦睡觉的屋子喊了一声,叫她上地的时候,把厨房里准备好的一个灌上开水的暖瓶提上。可是到了干活间歇该吃腰食的时候,却仍然不见王春麦的踪影。那时候,王大平已经被一股怒火点燃了,他觉得很有必要给自己这个不怎么肯下地干活的丫头一点颜色。当他怒气冲冲地推开院门,大喊大叫了一阵仍然无济于事的时候,王春杨从门里伸出其瘦无比的脑袋看着暴跳如雷的他说:

"爹,我姐一早就没见人,难道她没上地去吗?"

王大平张大的鼻孔里喷着粗气,几步上前一把推开王春麦那间房屋门的时候,发现屋子里是空的,被褥整齐地叠好在床上放着,一块方格花布盖在上面,顶端上压着荞麦皮枕头。小桌上的书本子显然也是重新整理过的,码得四方四正。那时候,王大平脑子里突然闪过一个念头,但他不大相信自己心中那个突然的判断。

他走出门来,又喊了一声——春麦,虽然这一声已经变得轻柔而且温和了许多,但他依然没有听到王春麦的任何回应。

## 二十五

王春麦选择这样的大忙时节离家出走,显然是经过经心设计的。

五天前,王春麦接到了马石头寄来的一封特快专递,详情单上清楚地写着马石头的名字,它是从那个她已经熟悉的名叫"玉门"的塞外小城发出来的。王春麦在收件人一栏里签上自己的名字后,就匆匆握着它径自去了自己的小屋,连声"谢谢"也没有对那个看着她背影出神的乡邮员说。那几天,她几乎天天在村口等,她已经根据以往的经验,准确地计算出了她收到回信的时间,所以她这几天的行动基本上都避开了父母的眼睛。当她一个人捧着刚刚收到的邮件坐在自己小屋里的时候，她突然有些害怕了，她害怕打开特快专递那蓝色的硬纸信封，她拿着剪刀，几次欲剪又止——她不知道那里面到底装着天使还是魔鬼。如果马石头不寄钱给她，她怎么办？她在信中并没有告诉他自己今后的打算，她是一个愿意严守自己秘密的人，她再也不希望自己的行动在还没有开始的时候，就受到别人无味的称赞或阻挠。王春麦一时难以判断这蓝色的硬皮信封里，装着什么样的消息。屋外的阳光洒在地上，泛起一片土黄色的光亮，她拉上蓝色碎花窗帘，想叫屋里的光线暗下来，但隔了一层的确良窗帘，屋里依然是明亮的。

在她第十六次拿起剪刀的时候，那个蓝色的硬质信封被她缓缓解开了，她小心翼翼地揭开它，里面是一封短信，另外的一只牛皮纸信封里，则装着八张浅红色的百元大钞。那一刻她的心要从嘴里跳出来了，她一连数了三遍，没错，是八张，整八百。王春麦第一次亲手数过这么多钱，也是第一次有这么多钱真正属于自己——即使它们是借来的，她心里有种说不出来的欣喜。她迅速把钱重新装进那个牛皮纸信封，生怕别人看见似的压在了自己的床铺底下。

那一刻，王春麦一下子重新看到了希望，她在为自己的人生做主的第一次选择中，终于可以迈出第一步了。她觉得她的生活不应该停止在厚街这个地方，而是应该像马石头一样——远离厚街，重新开始。

五天之后，也就是厚街前梁上的麦子开镰前的那个黎明，王春麦拎着装了几件换洗衣服的黑色背包，在最黑暗的时候悄悄离开了厚街。她咬着牙，没有来得及和厚街告别，她的确不知道自己前面完全陌生的地方，有一种什么样的生活在等待着她。

## 二十六

王春麦离开厚街的第三天，村头那棵老杨树下就因为她的出走变得热闹起来了。"王大平的丫头王春麦跑了。"这无疑是厚街近十年来最令人兴味十足的谈资，这可不比谁家的猪下了一窝猪娃，谁家的草驴下了一只骡子，亦或谁家的牲口啃了别人的庄稼，两家主人因此吵了一架，一个撕破了另一个的衣服领子，接着就打起来了等等这样家长里短的事情令人感到乏味。但几十年来习惯聚在这棵老树下闲逛的厚街村人，他们所涉猎的话题大多不过如此。这样的话题多了，也就没有人再感到新奇。如同一壶茶就这样被泡了十几年，已经比白开水还不如了，但因为枯燥，因为空闲时间的漫长，明知道这是无味的白开水，也不得不别无选择地一口一口权当香茗喝下去，还要作出有滋有味的样子。

好在闲话并不胀肚子，否则撑死的人定然不会少。

然而这一天，却真地不同了，有人无意间将一大把青茶叶子丢进了那把陈年的老茶壶，一壶平白无味的白开水于是又似乎香醇起来了。

"听说了没?春麦跑了，已经三天了。她妈刘兰香急得嘴上燎泡都起来了，王大平撂下龙口夺食的紧当日子，光乡上就一连跑了三趟。"

另外几个刚才还不以为然的男人，这时候也打起精神了，有两个躺着的从树阴里坐起身来，显然有一些兴奋溢出了嘴角，爬上眉梢。另外两个停止吸烟的嘴角上流出明晃晃的涎水来，很明显是被什么给勾出来的。午后的太阳依然威力不减，晒得四野里滋滋作响，稀瘦的树冠上，虫鸣也有气无力，疲惫不堪。村街上偶有一只半个的鸡狗走过，无精打采的身影背后，拖着一小片慢慢升起的黄尘。这样的景致在厚街仿佛是一成不变的，十年前是这样，十年之后，可能还是这样。

"到底咋回事嘛!"

有人想听清楚，分明知道叙述者还有一段开场白，但显然是已经等不及了。结果是叙述者吭哧了半天也没了下文，因为这件事，开始至今，风传的范围还很小，除了王大平家的几个近亲和王春麦的叔呀婶呀之外，没有人知道更加确切的消息。但毕竟还是有人知道了，不管是从什么渠道，纵然不甚详细，事儿却总归是有的。

那天早上一起来，刘兰香就觉得有些不对劲儿，眼皮跳得厉害，上完茅房回来还跳，洗完脸后不仅没有停止，似乎又加剧了。她就在眼睑上压了两截麦草，但仍然无济于事。左眼跳财，右眼跳灾，而她今天是双眼齐跳，这已经超出了她以往经验的判断范围。她先是急急地奔到后院的牲畜圈里，五只羊咩咩叫着，十几只鸡正在铺满草屑后院里散步，模样看上去悠然自得。成年的老骡子看见早起的主人，咴咴地打了几声招呼，几只麻雀在老杏树没有生机的枝桠间发出单调的啁啾声，所有这一切，都在告诉这一户农家的女主人，这没有什么与以往不同的。就要开镰了，刘兰香竟然误以为这是一个即将丰收的迹象。那样一闪念间，她的心情就豁然放松下来。她在经过丫头王春麦门前的时候，便不由自主地喊了一声:

"春麦，该起来了。"

订过婚的王春麦，已经差不多算是一个有婆家的人了，因了这一层，这对母女的关系似乎开始疏远了。她虽然看出了王春麦一年多来情绪一落千丈，但她心里仍然觉得，一个女人应该尊从命运的安排。她完全没有想到，王春麦会用自己的行动对眼前的一切进行抵抗。当她在那天中午跨进女儿房间的时候，那空荡荡的小屋，瞬间印证了她早上曾经有过的预兆和纷乱的猜测。

那时候，刘兰香长长地呼出一口气，身子一软，两行泪水从她枯槁的面孔上滑下，在面颊上劈开了两道清晰的沟渠。

王大平到底是男人，即使秤砣压在心上，也能沉得住一口气。在简单地跑了一圈之后，王大平没怎么声张就开始没明没黑地割自家的麦子。丫头长大了，跟人跑的事情是经常都会发生的。这不是什么新鲜的事情,方圆数十里多少年来从来就没有断过这样的事例。丫头跑了总会回来,即使不回来,丫头迟早也是要嫁人的。养丫头就如同端了一盆水,丫头长大了,就等于一盆水泼出去了。泼出去的水还能收回来么?所以,王大平并没有太把王春麦的出走当作一件天要塌下来的大事。一年的庄稼,到了这时候就是龙口夺食的日子,否则一场大风过后,麦穗上就剩不下几颗麦粒儿了。麦粒儿落在地里,那是不容易收拾回来的。

三天过去,四天也就过去了。

溜到第七天头上,乡上那个大眼睛的邮递员小伙子骑着摩托车,吐吐吐送来一封信,乍一看,信皮是叫人眼花缭乱的,细看那信皮上小胳膊小腿的笔迹,王大平一眼就认出那是王春麦的字。他急急地回到屋里,还没有站稳,刘兰香就一骨碌从坑上爬起来,将信捧在手上翻来覆去地端详,却瞎好认不出一个字,她狐疑地盯住男人的眼睛问:

"是咱丫头写来的?"

王大平也是一股子莫名的兴奋,他点点头,却不知道自己眼泪已经下来了。女人只道是男人心硬,这会儿不知去向的丫头终于来信息了,女人心里的委屈才一下子涌上来。她捧着信,母狗一样哇地一声叫出来,扯开嗓门,哭声震得糊在房顶上的报纸哗哗作响。

王大平凭着小学三年所学,直到傍晚时分才完全彻底地读通了女儿两页稿纸的短信。王春麦在信中说,她正在到外地去的路上,叫父母不必为她担心,更不要去找她,因为她也不知道她要去的是什么地方。信的末尾说如果在外面待不下去,她会在冬天到来的时候回来,然后按父亲王大平为自己设计的人生——把自己嫁给马石头。如果她在外面能够立站住脚——那么,以后的事情以后再说。

王春麦在信的最后说出的这句话,叫刘兰香感觉到了什么是斩钉截铁。这是一封只有收信人地址的来信,那本来就模糊不清的邮戳经过几滴眼泪的侵蚀之后,已经只能看清"火车站"几个字了。

王大平读通了王春麦的来信之后,心里竟然有了一种从未有过的成就感,他紧缩了一周的眉头,已经因此舒展开了。刘兰香数日来第一次停止了抽咽,把眼泪暂且收藏起来,开始认真地期待冬天的到来。她的气色一下子好了许多,刚刚还仿佛大病了一场小死了一回,这会儿突然觉得很肚子饿,细细一想,结果发现自己已经六天没有正经吃东西了。

当意识到这些的时候,刘兰香从炕上跳下来几步便钻进了厨房。

"我做饭去。"

她一边走一边说。

## 二十七

老杨树下刚刚兴起来的谈论热点，并没有因为一封信的到来变得索然无味。王大平的丫头王春麦，不是像他们想象的那样夹不住青春的萌动跟着一个男人跑掉了。他们原来的想象王春麦肯定是去找男人了——跟上某一个男人跑了。因为一个青春刚刚开始荡漾的女子，脑子是糊涂的。他们甚至希望能够让她离家出走的这个男人，最好不要是马石头。他们太需要这样的谈资来激活他们差不多已经麻木的味觉了，在厚街这个地方，他们吃惯了平平淡淡的面条饭，他们需要来一顿又烫又麻又辣火锅，最好能叫他们肠胃里沸腾起波涛燃烧起火焰。但他们这样一个小小的愿望，还是眼看就要落空了。因此，他们不得不在厚街这潭生活的死水里奋力地搅动。

马文革的心，被这突如其来的消息搅乱了。

王春麦神不知鬼不觉地离家出走了，马文革俩口子是整个厚街最后知道这个消息的人。

得知了这一消息之后，马文革就像一条处在性饥渴状态的公狗，他背着手在自家的院子里来回地转圈儿。屁股偶尔地在方板凳上坐下来，也是蜻蜓点水一般，刚刚坐下，忽然又起来。他为自己的儿子马石头感到委屈，刚刚说好近一年的媳妇跑了，这就差不多跟煮熟的鸭子又从锅里飞走了一样，让人感到沮丧。要不是因为儿子自己固执地外出打工挣钱，在家守着她，也不至于让即将到手的媳妇跑掉吧！他更为已经付出的两千元彩礼委屈，王春麦跑了，到时候王大平精毬打得胯骨响，一时拿不出钱来退还他，这是不是等于鸡飞了蛋也打了？是不是等于人财两空？是不是等于竹篮打水？在厚街，马文革是心明眼亮的一个人，他断然不会就这样心甘情愿地吃这种明亏。他觉得王大平无论如何应该给他一个说法。

马文革选择了一个阳光很好的早晨去了王大平家。

王大平家的四合院和马文革家的几乎没有什么两样，街门向南开，座北朝南，取意接纳四方之财。门道两侧是两间挂角屋，一间是仓房一间是厨房。东西厢房各一间，正厅一间大上房，上房与两间厢房的拐角处，又是两间挂角屋，其中一间通了后院，算是后门过道。另一间书房，就是王春麦的闺房了。马文革昂着头走进王大平家街门的时候，头上洒满了金晃晃的太阳花子。

那时候，刘兰香正在院子里端着簸箕簸蚕豆，她的两只胳膊每扬起一下，那些胖墩墩的豆子就会在簸箕里哗啦啦活蹦乱跳地闹上一阵。刘兰香的头上已经落了几根褐色的豆秧屑和灰尘，头发看上去如同老杨树上那只陈年鸟窝。向阳的房檐上，几只麻雀抖弄着膨松的羽毛，喊喊喳喳地晒着太阳。上房屋檐下的几块水泥板上,整齐地码着今年新打的十几蛇皮袋粮食,院子里弥漫着蚕豆出壳的香味。马文革踏进敞开的街门后,径自走到院子中央。他站了一会儿,发现刘兰香并没有觉察到他的到来,这才朝背对着他的刘兰香吭了一声。他看见眼前这个昔日在他眼里还算光鲜的女人,先是浑身激灵了一下,然后才把一张憔悴的黄脸转了过来。刘兰香的脸比前些日子瘦下去一圈,原本还有几分乡土姿色的面容,此时看上去大眼麻叭的。老秦腔上曾说伍子胥一夜急白了头,想不到厚街的刘兰香,因为丫头王春麦的出走,在这不到半月的日子里,竟然也凄惶到如此地步了。

毫无疑问,刘兰香已经看出马文革是带着兴师问罪的意图来到她家的。

眼见得人家一个女人到了叫人怜悯都惟恐不及的地步了,马文革心头当地一下,刚才还硬硬的心立刻软了。

前一天夜里,马文革和曹桂花合计了一宿,可以说义愤已经在他胸膛里涨满了,挤瓷压实了。来到王大平家之后,只要有一根细棍子随便在他身体的哪个部位一捅,他立马就会发作,他立马就会指着王大平的鼻子大声骂娘,然后再理所当然地张口操他们王家的八辈祖宗。马文革不是那种好高骛远的人,但面对刘兰香的时候,他突然发现自己同时还不是一个得理不饶人的人。在厚街,乃至更远的地方,只要丫头订了亲许了人家,在未过门之前,任何外出都是事先要通知未婚夫家的。尤其是远行,如果未婚夫家里不同意,这样的打算也只能取消。而王春麦的出走,显然给马文革的到来在行动上争取了主动——在新娘没有娶进男方家门的很长时间里,男方家的一切行动都处在被动中,男方家在女方家人面前连个大屁都不敢放,那个小心,那个种谨慎,仿佛一有纰漏,一场圆满的婚姻就会因为一个小小的闪失黄掉。

在厚街,娶一个媳妇不容易,不等到把媳妇娶进门的那一天,一家人的日子都得提心吊胆地过,很难有像马文革这样走进亲家街门了还这样咄咄逼人气焰十分嚣张的。

按照马文革和女人曹桂花昨个晚夕商议的结果,他今天进门对王大平或者刘兰香说的第一句话应该是:"都立秋了,石头他妈要给春麦做身冬衣哩,我来要个春麦的尺寸。"

这样的问话,是他们躺在炕上精心设计好了的。这是钝刀子割肉,虽然慢,但特别疼。但马文革看到刘兰香的时候却问不出来了,一切都已经在人家一个女人脸上写着啦,还能再怎么闹呵?一个女人家思想上绾了疙瘩,若是一时想不开寻了短见,那事情可不是闹着玩的。刘兰香杏核样的眼睛里已经流出泪了,那些泪先是在她的眼里闪着,越闪越多,接着又开始晃,在她抽鼻子的时候终于滚落下来,两串泪疙瘩唰啦一声泻进了面前的簸箕里。

马文革想要有所发泄的图谋完全给打破了,他心底突然涌起一股莫名的辛酸,说不清道不明。他在心里狠狠地掐了一把自己女人的大腿根,女人为他预先设计好的这一切,太过阴损了,人家还在一片丫头出走下落不明的泥淖中挣扎哩,不安慰人家也倒罢了,咋能还往人家伤口上撒盐呢?马文革窘得面皮发涨,犹豫间一时语塞,浑身顿时灼热难挡。仿佛他心里隐藏的诡谲,已经完全被刘兰香一眼揭穿了。刘兰香站起身,用手背抹了把脸,又下意识地掸了掸衣角上的灰土,被几条皱纹裹着的嘴角微微向上抽了几抽,哭声又被一种巨大的力量抑制住了。看着刘兰香这些细微的举动,马文革自己首先不自在起来,他从背后抽回手来,在蒜头样的鼻子上拧了一把,这时候的他,和刚刚走进王大平家街门时的他相比,情绪上已经判若两人了。

刘兰香用沙哑的声音让他进屋里坐,马文革没话找话地应了一声,却站着没有动。刘兰香已经看穿马文革的来意了,但马文革偏偏不明说,又不朝她发火,态度看上去还和平常一样,甚至有几分讨好的意思在里面。

窘境最终让另一个人在片刻之后打破了,这是他们谁也没有想到的。就在刘兰香和马文革正不知如何是好的时候,王大平从街门里进来了。一见马文革就从兜里摸出烟来,递给马文革一棵,又用塑料打火机哧一声点上,这才说:

"老马,我这正有个事要找你哩!嗨,春麦这丫头跟她同学罗海燕上城里去了。喏,前两天还来了一封信哩,走,进屋里看去。你看,这丫头上城里也不跟你们说一声,连我们都不知道,要知道的话也不会叫她出去的,你说是不是?这几天我头发都给她气白了。前几天光找她,我路费就花了三百多块哩!你说说,这丫头气不气人?"

进了上房屋,马文革心里一下子空了,刚才他还是一只胀满了气的皮球,一捅就炸,可这会儿,他已经完全是只泄了气的皮球了,任人怎么捅也不会再有啥反应。他的气已经给王大平能说会道的嘴巴弄跑了,毕竟人家刚刚出去是找他说这件事去了。联想到自己适才走进王大平家街门时的那种情绪,他反倒觉得自己太有点小肚鸡肠了。王大平让他在上房正堂方桌的上首位置坐好,从高低柜的玻璃格中取出一只泡了药酒的玻璃瓶,倒出半杯血一样红的药酒,递到他手里。他没有马上让他看信,而是要他喝杯药酒,还说这是个老中医下的方子,用的是也雪山上的药材——对男人大补。马文革竟然就在王大平话音落下的时刻迫不及待地咂了一口,然后紧紧抿住嘴,细细咂摸着,老半天才呼地吐出一口热辣辣的酒气说:

"厉害,好家伙,厉害着哩,火一样下肚,上下一条火路呵!"

这时候,王大平已经在另一侧的白板木椅里坐下来了,他看着马文革咽下那口酒后脸上露出的贪婪,猛然间脸上就恢复出往日那种趾高气扬的神色来。

王大平心里其实是有那么一点瞧不上马文革的,好长时间了——可以说很久以前就是这样。从马文革还挂着两溜清鼻涕的时候,作为同龄人的王大平就瞧他不上眼,但他从没有把这种感觉说出来。一直到他跑来为儿子提亲的时候,王大平都抱着一种很不以为然的态度。他在厚街放出彩礼一万元的口风,说穿了就是对马文革家的一种婉绝。他没有想到,马文革会不知天高地厚地答应下来了,并且敢来应战。一万元没有吓退马文革,他心里对他就有一些另眼相看了,厚街不是没有别的小伙子打王春麦的主意,但听到一万元的口风之后,大多都是偷偷骂一声娘就退却了。只有马文革摇旗站出来跟他王大平叫上了板,出来交手了。王大平不满意马文革,但他心里是很中意他儿子马石头的。他敢顶着娘老子出门挣活钱,他打心里就高看了他一眼。马石头的这种举动,反而使马文革在王大平心目中的形象又打了折扣。有那么一段时间,王大平甚至在心里已经接受马石头这个女婿了。

王大平傲慢地吐出一口烟,乜眼斜瞅着马文革说:

"老马,你狗熊太不像话了吧,春麦已经跟石头把婚都订下了,这人跑了你也不帮忙找,你看咱们这亲做的,还不如个普通邻居哩!人家黄老五还知道过来问一声哩!你倒好,跟个没事人似的。"

马文革的脸一下子挂不住了,不知从肚子里什么地方忽悠溢起一团乱糟糟的愧疚来。他本来想好是前来兴师问罪的,谁知道自己却没防住一脚跌进了火坑。他先是在王大平的女人刘兰香面前心软了,接下来又在王大平的三言两语面前理屈词穷。这好比两军对垒,二将过招,他已经连败了两个回合,想扳回一局,显然已经力不从心啦!

这时候,王大平并没有穷追不舍,把烟屁股咂到最短,丢在脚地上用鞋底蹭了蹭,又伸手从兜里摸出两棵烟,递一根过去。这一次却是马文革赶忙抓起方桌上的塑料打火机,给王大平把烟点上了。王大平吐了一口烟,眯了眯眼睛,用一只眼睛看着马文革说:

"你这个老公公,可当得轻松哇,哈哈哈!"

马文革是带着一片沮丧的心情回到家里的。他女人曹桂花急死慌忙地从厨房里跑出来,一面在油渍渍的围裙上搭着手,一面问:"咋样呵?你尿没尿他王大平一脸?"当得知马文革把王大平家这次外出找丫头的开销已经全部揽下时,她竟然将围裙系带都拽断了。她鼻孔里喷着粗气,用恨铁不成钢的口气责备马文革说:"你说你是吃饭长大的还是吃屎长大的?"她那样连续不断地追问,使马文革啪地拍烂了一张沙枣木桌面。他咬紧牙关对曹桂花说:

"你快做饭去,我饿了。"

他女人将手里的围裙甩到他脸上,撂下一句话出门去了:

"你吃屎去吧,我做饭不是给你这号男人吃的。"

曹桂花这样说马文革,马文革是没有一点办法的。他是那种喜欢在外面抛头露面,然而在家里却不怎么拿事也没有什么地位的男人。很多时候,他抛头露面所主张的，其实都是曹桂花的决定。这一次曹桂花叫他去找王大平算账，他却错把鸡毛当令箭——自做了主张。他还以为是女人给他放权，自己可以当家做主了呢！而他自己首次擅做主张，就为家里蒙受了一笔不小的经济损失——承担了王大平寻找丫头的路费。

## 二十八

马文革被曹桂花一连数落了一星期，本来已经好起来的心情就被彻底毁掉了。他刚刚在曹桂花面前直起来没多长时间的腰杆子，也跟着变软了。他的十二亩承包地里，今年种了六亩麦子，收割后一共打了三千二百斤粮食。接下来三亩玉米，一亩洋芋，剩下的一亩是个小园子，他种了些杂七杂八的东西，扁豆呀，胡萝卜呀，葫芦呀，茄辣西红柿这些都有，自然也少不了在入伏的时候捡出一片地种上几棵准备越冬的老白菜。马文革躺在被窝里细细算了一笔账，他的三千二百斤麦子，留足一家三口的口粮，可以用来变成活钱的只有八百斤。接下来的三亩玉米，按今年的年景应当可以收上两千斤，把它们作为一头牛，两头驴，两口猪，五只羊的精饲料应当差不多了。玉米杆可以做粗饲料，这是他事先就计算好了的。两口猪，除了自家杀一口吃，还可以卖掉一口，五六百元没有啥问题。羊哩？羊就不打算卖了，羊他打算继续发展下去，这样算起来，养羊的成本最低。羊几乎用不着精料，除了母羊下羔子时加上把碾碎的老玉米，其他时候只要吆出圈去，它们总能把肚子吃饱。戈壁上的蓬草骆驼刺，沙梁沟洼里的蒿子，田间地头的庄稼茬子，这些都是羊的好吃头。毛驴养起来也很省心，但每天少不了一把精料。

这样一算，马文革心里就更加窝火，今年他们俩口子辛苦一年，除了落下口粮和牲口饲料，能够到手的现金满打满算也不过五六百元，而他却答应王大平把他家找王春麦的费用认下了。这几乎就是他们全年经济收入的一半，他后悔当时咋就答应了，这实在是太欠考虑了。活了四十多快五十岁了，他还没有完全彻底活明白。那天在王大平家，他当时觉得那几百块钱并不多，他春天的时候曾经那样不卑不亢地把整整两千块甩到了他们家的方桌上，几百块算只什么鸟？但这样一算他才知道，在厚街，这并不是一个小数目。三百多块对于他们这样的一个三口之家，意味着这十二亩地一年全部收入的一多半。今年还算是个好年景，在往年，一年收入三百都很难畅。

那几天马文革也想去王大平家捣个蛋，把前几天的那个承诺收回来。因为，儿子马石头娶王春麦为媳妇要事先付出一万元彩礼这样一个价码，这在厚街很可能就是空前绝后的。但马文革很快就把这个念头打消了，男人说话历来板上钉钉，一言九鼎。他去反悔，还如拔一根自己的毯毛将自己勒死算了。那些日子，马文革每天都想抽自己几个大嘴巴,后来他才发现,其实那天从一开始他就钻进了王大平为他设好的一个圈套里,那个圈套的中央就是那个三百元账目的陷阱。

正当马文革为自己的失误心急火燎坐卧不宁的时候,他接到了儿子马石头的来信。马石头在信中简略地预计了自己年底即将到手的收入,这个数目令马文革夫妇瞠目结舌。这个消息一旦公布出去,肯定会震动整个厚街。但马文革夫妇严密地保守了这个属于自己的秘密,这让厚街已经渐渐凉爽下来的秋天,在他们家的小院里又显得更加炎热。这个消息是出乎马文革意料之外的,儿子已经不再是那个掂着小鸡鸡满墙弯乱尿尿的小家伙了。马文革就像一只大皮球,四十多年来一直瘪塌塌的,他以为自己这一辈子已经没有任何机会再饱满地抖擞起精神来了,他以为自己一辈子只能做一只蔫头耷脑的瘟鸡了,而如今,这一切竟然都在一点一点地变为过去,未来对于他来说,完全是另一种东西了,一切变得不可预料,不可捉摸。就在二十年前,厚街人几乎全部在嗤笑他娶了又丑又笨的邻村母夜叉曹桂花的时候,他只能是笑一笑。后来曹桂花警告他,叫他不要再往那些爱嚼舌头的人堆里扎,她说那些说闲话的人,其实都是想吃葡萄的老狐狸——吃不到葡萄,他们当然就要说葡萄是酸的。马文革居然喜不自胜地相信了。再后来,那股潮起潮落的新鲜劲头儿过去之后,当他真的发现女人的模样的确有些猪相的时候,他已经沦落到曹桂花牙巴骨一硬就浑身发抖的地步了。而现在想来,所有这一切,都不过是事情的表象。不入虎穴,焉得虎子?不娶丑妻恶妇曹桂花,焉得石头好儿郎?而那些家有俊妻的男人,现在又如何?没有钱还不是一个个都跟土老鳖似的,女人们脸上连最便宜的雪花膏都抹不起,身上五六年都不见挂一丝新布。

那一天马文革突然意识到,他娶了丑妻曹桂花,其实就是幸福生活的开始。从去年刚立冬那阵儿儿子拿回家两千多他就有了这种感觉了,事实上从儿子扬言要娶王春麦的那天开始,这种感觉已经在他心里萌芽了。没有雄心壮志,怎么能在一个漂亮丫头身上打主意哩?人穷不怕,怕就怕志短,怕就怕知难不进。他马文革就是那样一个人,谨小慎微,放屁都怕砸了脚后跟。他从心里不希望马石头也是他这样一个男人。没有想到,儿子马石头这样快就让自己感到惊讶了。更没有想到的是,他的骨气也在一丝一丝地长到了马文革的身体里,使他一想到儿子,浑身的骨头就会嘎叭叭作响,继尔变得坚硬起来。可见一个家庭的两个男人,在心理上是可以互相补给的——老子的思想变成了儿子的行动,儿子的行动又为老子行将颓废的身体注入了新的活力。哈哈,儿子马石头终于给老马家露脸了。

一直到睡觉的时候,马文革都沉浸在一种迟到的欢欣之中。

获悉了儿子来信的内容,他的女人同样也是兴奋的。曹桂花兴奋的时候表现得很特别,她从男人手里夺过那封信,虽然一字不识,但她认为把信拿在手里,心里才踏实些。他们一丝不挂地躺在宽展的大炕上,身上只搭了一条线单子。没有开灯的屋子亮亮的,从窗户里看出去,院子里也亮晃晃的。月亮虽然还没有圆,但已经足够亮了——它的光足足抵得上一只大瓦数的电灯泡。曹桂花在炕上兴奋地滚了两个来回,把搭在身上的单子就卷掉了。一遇上高兴事,夜里睡觉她就会这样滚来滚去。她一滚,马文革心里就犯嘀咕,就有一种隐隐约约的后怕。滚一阵,曹桂花就一言不发地把身子躺展,然后用一种不容置疑的声音,后劲十足地哎——了一声。听到这一声哎,马文革就知道自己这时候应该去做什么了。

曹桂花的声音仿佛久旱之地刚刚经历了雨水的沐浴,湿漉漉的,还带着田野里浓重深厚的麦香。令马文革没有想到的是,他们这一次做得相当的好。甚至可以这样说,他们自有床第之私以来,无论是从持续时间上,还是动作完成的质量上,从来没有一次比这一次更有高度。这太叫马文革感到惊奇了,尤其是到了最后,女人竟然在自己软得像一个巨大面团的时候,仍然用那两条孔武有力的膀子紧紧勒着他的身体不肯松懈。女人的表现也相当地令他满意,她居然在某一时刻开始向上耸动自己的身体,帮助马文革把那一套完整动作保质保量地完成了。当他开始静静地在女人身边躺下的时候,他听见自己的身体正在一片陶醉的海洋中放声歌唱。

然而不久之后,马文革却清楚地听到曹桂花在他耳边说:

"我咽不下这口气,我实在咽不下这口气。"

马文革没有答话,他知道曹桂花的话并没有说完。

果然,曹桂花又接着说开了:

"他王大平算个啥东西?她刘兰香是个啥东西?她王春麦又是个啥东西?"

说到这里,曹桂花就呼地坐起来,两坨耷拉下来的奶袋子在月亮的光影里晃荡了几下,开始一上一下地剧烈起伏。

"这样子下去可不行,"曹桂花说,"咱们娃子已经出息了,咱们不能再叫厚街人看咱的笑话,咱们已经叫厚街人笑话二十年了,好容易咱们娃子出息起来了,咱们再不能咽这口气。咱家石头有钱了,啥样子的丫头没有?咱们就稀罕她一个王春麦?"

在若干笑话马文革和曹桂花的厚街人当中,王大平算是一个。王大平当年把村里最叫得响的丫头刘兰香弄到了手,他当然就要笑话娶了丑妻的马文革了。他的笑话不是在嘴上笑话,他啥话都不说,他只是用眼角上的一缕上扬的目光乜那么一眼,鼻孔里发出轻蔑的一声,这就足够了。马文革碰到这样的目光,跑都跑不及。但这是没有办法的事,他又不是孙猴子,他把曹桂花变不成西施,就是想让她脸上的赘肉少一点都不可能。而刘兰香的确是亮鲜的,一张饱满的瓜子脸,不胖不瘦的中等个,两个妞妞也挺得十分惊人。然而最惹眼的地方还在腰上——从腔子那里往下猛然地就是一个深凹,然后形成一个纤巧的令人心颤的过度,接着又是意想不到的一凸,成就出浑圆丰腴的一个圆蛋来。臀部因此就显得结实、紧凑、圆润。这样的臀,完全是那种间乎俏与浪之间的臀,或者说二者各取其优。这样的身体确实令年轻的马文革们神往过,在不经意的时候,他们的身体里会神出鬼没地想到这一切。然而时过境迁,刘兰香年轻的风采已经不再。相反地,因为王大平的好吃懒做和她自己对家务的操持,她已经瘦成了一把干柴。当他们这一批当年的同龄人都一个个人老珠黄的时候,他们的心灵才渐渐平和下来。他们知道厚街的日月除了能够催人老去,并不会带给他们别样的改变。

曹桂花的声音在无奈中渐渐稀薄下去的时候,屋子里已经传开了马文革粗重的鼾声。

# 第 七 章

## 二十九

七月过去,八月热风就来了。

燥热像一顶朴实无华的小骄子,原以为会送来远方碧玉般欢欣的新嫁娘,末了却是一个强悍的敢与男人拼命的悍妇。不过只要有了风,在这茫茫戈壁深处,偶尔也能闻到远方吹来麦田里散落的余香。这种芳香如同母亲怀里的奶腥,总是能够缠绵地勾起一些伤感和思念。有时候沉重如铅,有时候淡若流岚。但无论怎样,它都会使马石头的心扉止不住地颤动。

工地上的生活秩序,永远都是那个样子,只要按着预先设计好的去干,只要出力,就永远也不会出错。马石头已经感觉不到累了,他只有拼命干活才能减轻对王春麦的思念给他带来的折磨。但过了不多的日子,这种方法就难以奏效了。他不但在休息的时候思念王春麦,就是在干活的时候,也忍不住对她的怀想。马石头就这样一边在工地上忙碌,一边与自己的欲望对抗。

那天中午黄老板和小林来工地送材料查看工程进度时,又把马石头叫了过去,问他愿不愿意重新回到城里去。马石头摇了摇头。黄老板弄不明白,马石头放弃轻松工作而甘心干重体力活的想法,他疑惑地递给石头一支烟,这一次马石头

不但接了,并且用黄老板递过来的打火机点上了。黄老板长长地吐了口烟,把目光放到远处溜了一圈,过了会儿他才感叹似的说:

"是呀,当个看库的保管,其实和在这里当民工没有什么两样。"

说着话,黄老板又用手指了指正蹲在地上喝开水的老王老李老田他们几个说:"你不能和他们比,你年轻,当民工不是长久之计,你得有自己的事干。"马石头低下头若有所思,但没再说啥,黄老板又慷慨地说,"小马,有用得着我的时候,你吱一声。"

马石头谢了一声,黄老板点点头,上车走了。

黄老板一走,老王和老田他们都围过来撺掇马石头,要他回城里去继续给黄老板当保管,但马石头一句人各有志的话就把他们全给噎了回去。老王显然对马石头的话很不满意,拉下脸来朝那边还在休息的几个人吼了一声。吼完就背着手走到搅拌机跟前,抬手合上电闸,让搅拌机呼隆隆怒吼起来。

马石头也知道王老板这是给他脸色看哩,反正自己心里也毛哄哄地憋得难受,只有累了的时候,他的内心才能真正从小城弥漫着炫目夜色的那个晚上走出来。老王的声音还没有完全落尽,马石头就抄起撂在地上的方头大锨干起活来。劳动能把猴子变成人,难道还不能使他心中那混沌的一片变得明媚起来么?

这样的日子里,马石头接到了两封信。一封是他爹马文革写来的,信上说今年收成很不错,一春上先是旱了,后来雨点子就渐渐稠了些。收获时,麦穗子已经跟胖手指儿似的了。现在苞米也抽了缨花结了籽了,往后料,秋粮收成瞎不了。信上最后嘱咐说,如果工地上太累的话,就叫马石头早些回去,别为了钱把身子挣坏了。今年地上收下的粮食,他们一家口粮没有啥问题。过日子,钱多钱少没个啥,只要吃饱肚子、只要消闲就行了。

马石头看他爹马文革的信,跟看他那个人一样,产生不了什么激情。马石头认为,马文革是被厚街的一片小树叶挡住了眼睛的那种男人——典型的他们厚街的男人。他们看不到外面世界的精彩,或者说看到了,也不会动心。他们永远认为那都是外面人的事情,千变万化的世界,将永远不属于厚街。只要过上几年能有一个不大不小的丰收年景,他们就十分满足了。说到底,他们对生活没有太多的想头。马石头对那种慢腾腾的说话腔调极为厌烦,那种式子给人的感觉,其实就是懒洋洋的。马石头生来就不喜欢一个懒洋洋的男人,即使这个男人是他的亲爹。

另一封信是王春麦写来的,信封上的字写得十分隽秀,从那些字的每一个笔划上,都能看出王春麦细胳膊细腿的模样来。王春麦的来信马石头没有急着拆,他选择了收工之后开饭之前,黄昏与傍晚交接的那个短暂的时刻,他来到工地不远的一个小岗坡上坐下来,人迹罕至的戈壁上散发着石子油滑的反光,即使远处的国道上,车辆也寥寥无几。对于这无垠的戈壁,马石头即是一个过客,也是一个局外人。他的目光一次又一次越过眼前的辽远与空旷,把他的心带回了厚街,他突然急切地想回到厚街看一看,看一看那里他所熟悉的草木,看一看它们沐浴在这秋日落照中的模样。愈是这样想,他愈是不敢将那封信过早地打开。

每一次当有信送来的时候,马石头都如同幼年时在外面受了委屈,突然远远看见了母亲向他敞开的怀抱,有欣喜,有惊悚,还有一些哀怨。王春麦为数不多的几封来信,慰藉了他在戈壁滩上的孤寂,这一封,他想打开,又怕打开。他觉得自己的一生已经和厚街牢牢地拴在了一起,他坐在傍晚静谧的戈壁上,身边是渐渐沉静下来的荒野,初秋晚夕袭人的凉意已经罩了下来。

在最后一缕天光即将隐去的当口,马石头拆开了信封。没有抬头也没有落款,一页白纸上,写着一行字:

一个姑娘如果不是在故乡的土地上感到迷茫,就不会远离故乡。

马石头一字一顿地将这句话连读了三遍之后,脸上便亮起了两道清晰的泪痕。那时候,无边的夜色正肆无忌惮地倾泻下来。

## 三十

无垠的荒野增添了马石头对贫瘠的厚街的怀念,与眼下这片砾石遍布的土地相比,那里的土地虽然也干旱,但却能长出庄稼,那里的庄前屋后还有杨树和柳树沙枣树这些耐旱的树木在生长,还有三四十户近百口子人居住,鸡鸣狗叫会在每一个黎明到来的时候响起。到了春天,那片并不平整的土地上会早早响起村民们吆喝牛马播种的声音,偶然也会有外面的小四轮牵着播种机开进地里,一边播种,一边突突突地吐着黑色的烟圈。那时候,村庄的寂静就被机器声和人们艳美的目光撕破了。马石头至今都不清楚厚街第一个把四轮车引进地里播种的人是谁一个,但在他开始不上学的那一年春天,为了说服父亲马文革接受机械播种,他差一点把自家那头年迈的老黄牛的腿弄折了。事实上,从马石头第一眼看机器播种的时候,就觉察到了它的好处,它不仅行间距一致,播种均匀,下种量容易控制,速度快,更重要的是可以把化肥和种子一起埋进土里,并且能把化肥埋在比种子更深的地方,使种子在发芽阶段不受化肥的侵害,而在墩苗期过后,又能很快吸收到化肥提供的营养。这一点,对马石头内心的触动非常大。如果不是看到一天天长大了的丫头王春麦而生出了娶她的念头,马石头其实是想在厚街拥有一台四轮车的。当娶王春麦在他心里变得十分紧迫之后,他把拥有一台四轮车的梦想,放在了娶到王春麦之后。他甚至已经无数次体验到了那种驾驶着四轮车在厚街的土地上耕作的快感,除了能够得到许多目光的艳羡之外,他真的不知道心里还能体会到多少劳作的快乐。他觉得在厚街拥有一台四轮车的男人,才算是厚街最幸福的男人。

但眼下,马石头觉得他的计划是到了应该更改的时候了。在城里的时候,黄老板堆放材料库的场院撂着一台旧四轮车,马石头在那里干的时候,曾经对这个令他过无数次的铁疙瘩发生过浓厚的兴趣。他用破布把他擦得干干净净,又把它从晒太阳的地方转移到阴凉处。在那个背静的角落里,他一次又一次地摆弄过那个铁疙瘩。那方向盘,离合器和档位杆被他摆弄了无数次。在一次没有人的时候,他从库房里取出摇把,没摇几下竟然发动起来了,他坐上去,踩下离合器把档位杆推到第一个档位上,尔后慢慢松开了离合器。那时候那个已经红漆剥落的四轮车头,开始徐徐抖动着开始前行。他的心也在砰砰抖动,并随着四轮车的前行开始飞翔。那种感觉马石头从未体验过。他只在院里转了三圈,但他却在这三圈里却换完了所有不同的档位。那种奇妙无比的感觉一直保持了许多天,如果不是发生那天晚上的事,那种感觉也许会在他心里保持很久。凭着感觉,马石头觉得四轮车并不是一件复杂的机器,除了一个变速箱和一个柴油发动机外,它的另外一些机械原理几乎一目了然。这样的感觉,使马石头觉得拥有它已经不再是一件十分重要的事情了。现在看来,他的生活因为王春麦离开厚街而改变了——与他的原先的设想已经发生了变化,他必须重新进行摆布。

她将他的设计完全推翻了,他不知道这究竟意味着什么?

当戈壁上和天气渐渐凉下来的时候,当又一宗工程渐渐接近尾声的时候,马石头内心突然又开始被另一种冲动击撞着。他莫名地怀念起那片名叫厚街的土地来,一种强烈的愿望像细线一样在他的身体里游动。这么多年了,他虽然与它朝夕相处,却从来没有真正认识过它。千百年来,它们就那样用微薄的收获养育着他的祖先们,一代人又一代人就那样过来了,时间在土地上没有留下任何痕迹,只把沧桑写在了一张张成年人的脸上。马石头脑海里映入了父亲的那张脸,还不到五十岁,但看上去已经布满了沟壑,像一片被风雨剥蚀了数百年的荒山的缩影。

他许久的担心终于成了事实——王春麦离开厚街了——离家出走了。她的选择,比他当初选择外出打工更加具有某种挑战性。他发现自己和王春麦,都已经不同于他们的父亲马文革和王大平以及他们祖辈中的任何一代了。在城里的那段时间,马石头其实就有这种感觉了,那个偏远的西部小城,只要他呆在场院里忙上两天,再走出去的时候,街上总会发现一些令他意想不到的变化。那种节奏已经深深地印在了马石头的脑海里。那时候的某一个夜晚,他曾经做过一个梦,他梦见他和王春麦手拉手走在城市平整而宽阔的大街上,大街两旁的风景树下,开满了他们叫不出名字的花朵。那姹紫嫣红的景象在晨光中铺排开去,整齐划一的楼房停靠在街道两边,一眼望不到尽头。他和她四处打听着这座崭新城市的名字,当有人告诉他们这座崭新的城市名叫厚街的时候,他们在一片兴奋中惊呆了。就在那个时刻,他醒了,阳光透过东面的窗玻璃,正好照在他的脸上。醒来后他又在床上呆呆地躺了很久,他内心涌动着很多无法解释的东西。他不认为那是一个启示,更不相信那是一个伟大预言。因为厚街的底细他太清楚了。也就是从那时候,那种无法解释的东西开始在他心里发酵。但他还没有来得及把这个梦境描绘给王春麦,她却已经走了。

时隔不久,马石头接到了马文革托人写来的又一封信,信中集中数落了一通王大平一家的不是,最后明确地告诉马石头,王春麦已经离开厚街了。据最新的消息说,她是去他的一个在南方经商的表舅那里当会计去了。她的这个表舅舅是近几年在不为人知的情况下渐渐发达起来的,去年或者前年的时候,他曾经给他的好友兼表妹夫王大平来过一封信,邀请他前去一同发财,但王大平俩口子并没有为此动心,因为他们是了解这个人底细的——他是一个真正好吃懒做的人。以王大平的谨慎,根本不会去冒这种被骗的险。没有想到这封信却成了他丫头王春麦的救命稻草——王春麦拿着这封信去了南方。

马文革信上所说的这些,在马石头的预料之中,也在他的预料之外。他知道王春麦离开厚街的心思一直没死,但没有想到她会猛然间去了陌生又遥远的南方。因此,他对王春麦离家出走的隐隐担忧中,又掺入了一丝诧异和惊讶。此后的很多时间里,马石头脑海里都浮动着"南方"这样一片模糊的景象。

# 第二部

## 困与斗

# 第 八 章

## 三十一

两天三夜的火车,几乎把王春麦瘦长的身子摇散了架。她长这么大还从来没有出过远门,最远的一次,是初中一年级的时候跟着她妈去过一次县城。当她站在广州火车站前广场上,打开那本中学时用过的地图册时,她发现自己这次差不多已经把大半个中国走完了。那个原来住在邻村的只隐约见过几面的表舅刘三旺,却并没有如约来广州火车站接她。

在雄关车站上火车之前,王春麦按信上留下的一串歪歪扭扭的数字,给已经在南方发达起来的表舅刘三旺去了电话。在得知这个早已经初中毕业的外甥女依然恋恋不舍地惦记着上学这档子事时,颐指气使的刘三旺在电话里兜头就是一顿臭骂。临完了,他没好气地说:"你来我这里借钱读书,告诉你——我一分也没有。你来给我这里当个会计帮我数数钱什么的,我看完全可以——我付得起你比乡长还高的工资。"

王春麦就是在这种走投无路的情况下,一咬牙南下的。

当王春麦站在广州火车站前广场上,用公话打通表舅刘三旺手机的时候,他才在电话那头恍然大悟地惊叫了一声说:"啊,你已经到了呀,我还以为你到广州的时间应该是明天哩！"

说完停了一会儿，他又慷慨地说："丫头，我就不去接你了，你坐公车或者打车过来吧。我做生意的地方，离广州很近，这个地方叫厚街。"

"厚——街，记住没有！"

他怕王春麦没有听清，又说了一遍。

"厚——街。"

听到厚街这个名字，王春麦当时差一点背过气去，她以为自己听错了，她粗粗地喘了几口气，才又反复问了几次："舅舅，你做生意的地方到底叫啥？叫厚街？你是不是弄错了，我就是从厚街来找你的，我坐了两天三夜的火车，厚街离这里好几千里哩——千里迢迢……"

刘三旺呵呵地在电话那头笑着说：

"我没有说错，真的没有说错，我又没有老糊涂，我是真的在厚街，薄厚的厚，街道的街，我的生意也在这个地方。哦——我想起来了，呵呵……这个厚街可不是你们那个厚街，这里是东莞的厚街，你们那个厚街是完全没法和这里比的……你来，你来了就一切都清楚了。"

那时候，王春麦还不知道东莞的厚街，是个什么样地方。在她的脑海里，厚街肯定是一片树木稀松的村落，这个厚街树木肯定比另外一个厚街多一些，但就厚街这个名字而言，依然不会是一个叫人向望的地方，她的热腾腾的心甚至猛然凉了下来。因此，王春麦没有选择马上离开广州，她在火车站前的广场上来回慢慢地溜达了几圈，在确定好了长途汽车站的方位之后，她又顺着一条宽阔的大道，进入了拥挤的市区。

打从一上火车，王春麦就感觉出了自己的寒酸，无论是衣着还是身上那个样式古板由里而外显出老旧样子的挎包，都无一不把她与其他旅客明显地区分开来。她尤其恨透了与马石头订婚时他妈曹桂花为她买的那双新皮鞋，当她穿着它在火车过道里来回走动的时候，她发现很多人的目光都在轻蔑地扫视着它，尤其是一些女人，一些与她年龄相仿的女孩子。她们投到她脸上的目光里，甚至有一丝不易觉察的嘲笑，又有一丝不易觉察的同情。王春麦也留心了她们的穿着，她发现自己的穿着与她们相比，除了样式古旧蠢笨之外，浑身上下让人嘲笑的地方真是太多了。

王春麦在火车站附近的一家大型服装批发市场里转了一圈出来之后，从上到下全变了。广州的衣服相当便宜，事实上在这里根本不需要穿多少衣服，一件小背心，一条半长的短裤就足够了。她在商场的卫生间里换上新衣服的同时，除了短裤之外几乎扔掉了身上原先所有的穿戴。她觉得自己可以让火车上的陌路人看不起，但决不能叫表舅刘三旺看不起。否则，他也许会以为她此行的目的，只是来做一个向他讨口饭吃的叫花子。

傍晚时分,王春麦在厚街汽车站门口见到了身材高大的表舅刘三旺。他和她脑海里那个模糊的表舅刘三旺的印象,已经完全不一样了。他的头发又短又硬,他短衫的质地垂而柔软,他米黄色的长裤一直垂在了发着亮光的皮鞋上。要不是口音里还有一些没有来得及改变的西北音色,王春麦真的不敢相信眼前这个阔气的男人,会是几年前大柴沟村游手好闲的表舅刘三旺。

刘三旺见了亭亭玉立的王春麦,上下打量着,笑嘻嘻地说了声:"呦,几年工夫不见,尕丫头都长成个靓女了嘛!"

那是王春麦第一次听到"靓女"这个词,后来她发现这个词在东莞厚街以及整个珠江三角洲地区,使用频率是相当惊人的。它几乎等同于她们那个地方把所有女孩子都叫做"丫头"。

在一家叫花园食府的酒店里,三旺舅舅用一桌丰盛的晚餐招待了从千里之外赶来投奔他的外甥女王春麦。他们坐在十八层靠窗户的一个座位上,一张靠着玻璃幕墙的小方餐桌把他们隔开了。表舅三旺在一阵猛吃之后,一边耀武扬威地剔着牙,一边指着窗外华灯初上高楼林立的街景说:"你看,呃——这……就是厚街,这就是我在电话里给你说过的那个厚街……你自己看一看,它和你们家那个厚街村……有啥不同。"

面对一脸羞怯的王春麦,他又说:

"香港你知道吧,深圳你知道吧——就是特区——全中国最富的地方,呵呵,原来香港人喜欢到深圳来,现在香港和深圳人都喜欢来这个厚街。十几年前厚街还只是一个小村子,最多不过是个小镇而已,就像我们那里的乡政府,你看看现在它成啥样子啦——上千万人口呵,啧啧,他们都是带着钱来到这里的。你说这个厚街是个什么地方? 连我都说不清楚。谁都说不清楚——厚街的本地人更他妈的说不清楚了。"

刘三旺一边说,一边不停地喝着小罐装的黑麦啤酒。那一刻王春麦心里即感到兴奋,又感到失落,一种巨大的虚无袭击了她,她内心猛然空空的什么也没有了,又似乎满满当当的塞满了棉花一样的东西。她一边小心地吃着她从来没有吃过的饭菜,一边在内心寻找着能支撑起自己的力量。一北一南两个厚街,南与北,此与彼,天各一方的两个地方,连字儿都不错一划,却完全是不同的两种样子,这不可能不在她心里产生巨大反差,她清楚地意识到——这并不仅仅是地理位置上的不同。

饭后,三旺舅舅带着王春麦离开了花园食府,打车去了自己的住处。也不知道穿过了几条弯曲闭仄的昏暗巷道,三旺舅舅最终来到一座小楼背面,打开最里面一间屋子沉重的防盗门之后,他才小声说:"到了。"

在通往二层的狭窄台阶上,王春麦看到了一些杂乱无章的摆设,那里是五六张简易的小床,上面堆满了散发着臭味的单子和枕头,一些小孩的衣物堆积在床头处,地上到处是破旧的鞋子和分不清颜色种类的东西。王春麦一时弄不清楚,这里到底是三旺舅舅的工作间、仓库、还是住处?直到上了二层打开另一间房门的时候,王春麦才肯定了自己的一部分想法——三旺舅舅是住在上面的。

这间屋子与他的穿着是配套的,屋子里有一张宽大的沙发床和一圈绵布沙发,窗户上挂着紫色的落地窗帘,茶几上除了烟盒和啤酒瓶啤酒罐之外,还有一大把火腿肠和几只表皮已经生出黑斑的橘子。

三旺舅舅在进门处的洗手间里待了一会儿,出来之后,舒舒服服地坐在沙发上,点起一支烟抽着,对王春麦说:

"你来了就好呵,除了每天帮我点一点钱之外,还可以给娃娃们做饭吃,日常还可以管理一些经营方面的事。至于工资么,舅舅我是不会亏待你的,一月给你一千元怎么样?或者一千五百元也行,都没有问题。"

那时候,王春麦心里一阵热乎乎,她脑海里瞬间就闪过了许多纷乱的想法,那完全是一种心潮澎湃的感觉。但很快,这种感觉就从她身体里面消失了,那时候真正的空落才偷偷涌上来重重袭击了她。那天晚上,重新换上了旧衣服的三旺舅舅引着她,在几个深夜了依然车水马龙的酒店会所门前收拢起那六个衣衫褴褛蓬头垢面的孩子的时候,王春麦先是吃了一惊,接下来便像吞下了苍蝇一样说不出的难受。

在那间昏暗的房间里,三旺舅舅一面把那些孩子讨来的钱从罐子和纸盒子里倒出来一面说:

"你不要小看这些小钱,数完之后,你就知道了。"

孩子们已经疲惫不堪,还没有等到"爸爸"对他们的训示就开始倒头睡下了。当他们甜美的呼吸声在屋子里弥漫开来的时候,三旺舅舅拿起那几摞已经点好的纸票子拍打着一大堆闪着银光的硬币说:"光这些就五百过了,还不算这些钢蹦子。"

当他得意洋洋的目光碰到王春麦脸上的时候,他才发现王春麦如炬的目光正刀子一样逼视着他。他的目光还没有从她脸上完全收回去就被她的话拽住了,她的语气像攥住了一只逃跑狐狸的尾巴一样穷追不舍:

"这些娃娃……都是哪里来的?"

三旺舅舅愣在了那里,但他马上说:

"你没有听见刚才他们都喊我爸爸吗?"

"但他们没有一个是你的娃娃。"王春麦紧紧盯着他的眼睛说,"原来你在南方就是这样发财的呀?"

三旺舅舅说:

"这是一本万利的生意,在东莞,在厚街,在深圳这样地方,不止我一个人在做这样的生意。"

说着,三旺舅舅很不屑地站起身,从房间角落里拽出三个沉甸甸的条纹编织袋。

"你把这些钢蹦子数一数,明天一早到银行把它们存起来。"

说完话,他就扭头上楼了,没走两级,又停下脚步转过头来对王春麦说:"对了,你的工资就从今天算起。"

与三旺舅舅的冲突是从第二天清晨开始的。他没有想到,她会在那块破旧的床垫子上坐了半夜。他一边咳嗽着沿台阶往下走,一面对坐在床垫上的王春麦说:"数完了?到底还是年轻人脑瓜子灵呀,半年多了,这几袋子硬币的数目我从来没有数清过。"

他没有听到王春麦的回答,于是他又问了一声:

"一共多少?"

"我没数。"

王春麦从旧床垫上站起来,盯住了他的眼睛:

"这些娃娃哪来的?"

王春麦用目光逼着他的眼睛追问。

"你不要知道的太多了,你只要知道自己应该干啥就成了。"

刘三旺把脸挂了下来,脸色变得很不好看了。

王春麦虎视眈眈地顶着他:

"你就是这样发财的?"

刘三旺轻蔑地看着王春麦说:

"我现在是有钱了。"

王春麦说:"人都叫你丢完了,还要钱干什么呵!"

刘三旺突然叫道:"你……说啥。"

王春麦说:"我说你把人都丢完了……"

"你再说一遍——"

"你把先人都丢……"

王春麦的话还没有说完,刘三旺的巴掌就重重地落在了她脸上,并且恶狠狠地说:

"你们一家——天生就是穷命。"

王春麦是那天早上离开那里的。

离开时,刘三旺突然软下来,央求王春麦对他在南方的事业向所有故乡人守口如瓶,并答应如果照办,她将在厚街往后的生活中得到他的帮助。王春麦呸了一声，就从那间昏暗的巷道里出来了。

刘三旺在她后面跟了几步说：

"在东莞，在厚街，你除了做鸡啥也做不成——哼——你去做鸡吧！"

王春麦就这样带着表舅刘三旺的诅咒，离开了那栋昏暗的小楼。穿过那条狭窄小巷的时候，明亮的阳光正在头顶上照着，王春麦却一点也不知道命运将怎样安排她接下来的人生。

<h1 style="text-align:center">三十二</h1>

王春麦是被欧阳雪从厚街劳务市场大厅门口领到这座大厦里来的。

那时候的王春麦，已经来到东莞半个多月了。离开三旺舅舅的住处之后，她就一路打听着来到了位于东莞南城之南的厚街劳务市场。那时候的王春麦已经又一次走投无路了，她不可能再回到家乡去，她已经从心底里厌恶起那个地方了。转身去投奔同学罗海燕，那更不可能。因为在她心里，她永远都比罗海燕强。一个强者去投靠一个弱者，这无疑是一种不折不扣的屈辱。她已经下定决心，即使前面是火坑，她也要往下跳。

在这半个月的时间里，王春麦用最少的钱维持着自己的生存。每天早上，从那些散布在各处的长木椅上起来的时候，她都要找一个有公共水龙头的地方，把自己梳理得整整齐齐才去劳务市场。奇怪的是，如此几天之后，王春麦那种焦急的情绪竟然没有了，她只是在那里从容地，默默地等待。等待什么？她完全不知道。但那个早上，她的确被这个名叫欧阳雪的女人看中了，那时候她还沉浸在一本《读者》营造的浓浓的励志情绪里。

"我阿爸——他可是个古怪的老人，他几十年来唯一的爱好就是让别人听他讲关于我们厚街的老故事，这……也许……大概是他最初想做一个说书人的梦想没有实现的缘故吧！"

在王春麦尚未见到欧阳嘉禾老人之前，欧阳雪是这样给她介绍自己的父亲欧阳嘉禾的。

"就只是听他讲你们厚街的老故事？"

王春麦有些诧异。

"你可不能认为他是在讲故事，你要相信他是在讲述我们厚街的过去……也就是历史……我的意思你明白吗？"没等王春麦回答，欧阳雪又进一步说，"我阿爸的意思，是要我们不要忘记过去。总之一句话，过去的厚街不是现在这个样子的。总之凡是他讲的，你都应该相信那是事实——以前真的发生过的。"

王春麦犹豫了一下，然后点头了。她知道任何一个地方的过去和现在，都不完全是一个样子,甚至完全不同。但有些地方又是几乎完全一样的,过去和现在的变化并不大。

王春麦不相信她每天仅仅只是听一个人讲三个小时左右的无聊故事,这个名叫欧阳雪的俊俏女人就每月给她两千块,而且还是食宿除外,这是王春麦想也没有想到的。

"是的,"欧阳雪说,"老人家的一日三餐和饮食起居,都有专门的人去做,你的任务就是一个字——听,专心致志地听他说话。他讲的那些,不管你有没有兴趣,你表现出来的必须是很感兴趣的样子,甚至——至少表面上要表现出极其感兴趣的样子。总之一句话,就是要让老人家高兴地讲下去,一直讲下去……"

她们的这些谈话,是在欧阳雪的小车里进行的。

那是一辆巨大的甲虫一样华丽而精致的小汽车,通身红色,内里却是一种温和的乳白,人坐到里面,感觉极为舒畅。那时候的王春麦身心都是憔悴的,也是惊讶的。但她的惊讶全部装在肚子里,并没有一丝一毫表现出来,连她自己都没有想到,她的普通话会在这个潮湿又炎热的地方,一开始就表现得如此流利。

从那天早上起,王春麦就在欧阳嘉禾老人这套宽大的复式结构的公寓里住了下来,那间卧室是事先已经准备好了的。后来据保姆阿香说,那事实上是欧阳嘉禾家的客房——那间客房要比她和另外一个专门负责做饭的李阿姨住的房间宽敞得多。

欧阳嘉禾老人几乎不相信,世界上的另一个角落里还隐藏着一个名叫厚街的地方。当他用一双疲惫的眼睛盯着眼前那张清丽面孔的时候,他忍不住强打起精神问:

"靓女,你来自哪里?"

"厚街。"

王春麦响亮地说。

那时候,欧阳嘉禾老人从宽大的竹榻里直起身子,然后用一种极其沉重的声音说:

"可是……我在厚街从来没有见到过你呀!告诉我——你的阿爷是谁?"

欧阳嘉禾相信自己必定与她的阿爷是同辈人。

王春麦回头看了眼一旁带她来到这个老人面前的靓丽女人——老人的女儿欧阳雪,用一种迷惘的音调说:

"我说的厚街……离你们这个厚街,要坐两天三夜的火车哩!"

听完这句话,欧阳嘉禾老人靠到宽大的靠垫上,在一片明亮的愕然中进入了一种走向古老的冥想状态。

一脸莹白的欧阳雪没有想到一向挑剔的阿爸,会很快接受这第一百零一个聆听者,甚至连她也突然觉得这个厚街与那个遥远的厚街之间,是不是果真存在着某种渊源。但她又的确害怕因为什么样的纰漏,而使年迈的父亲拒绝这个文静又有点儿倔强的姑娘——她希望这个姑娘能够代替她自己,完成一个女儿对父亲讲述的聆听。尽管她已经烦透了,但让她拒绝阿爸,那是断然不会的。因为这种不拒绝与拒绝当中,其实有好多条路可以走——到头来目的依然是一样的——那就是她不会去做父亲忠实的听众。

对于女儿欧阳雪的疑问,沉思过后的欧阳嘉禾老人是这样回答的:

"我们欧阳家族的祖先,最早就是从北方一路南下而来的。那时候他们南下的目的,的确不是为了想看到大海。"

他进一步说:

"我们的祖先南下至此,用了整整三个月时间,这大约与今天坐两天三夜火车的距离是相当的吧?三个月与两三天——这就是被八百年时间缩短了的距离。"

老人这样的解释,自然使他人到中年的美丽的女儿欧阳雪一脸愕然。每一次与父亲的交谈,都使欧阳雪感到无奈与恐惧。父亲的古旧已经深入到每一根骨头里面去了,在她的眼里,父亲的古旧正在无可遏止地使他的思维走向混乱,使他的身体走向衰老。

当得知眼前这个来自遥远厚街的姑娘姓王的时候,欧阳嘉禾老人又马上从深思中惊醒过来。

"姓王——噢呀——周王子的后裔呐,你们……与我们古老的欧阳家族一样显贵。但从汉民族的角度来讲,王姓……似乎……甚至更加显贵一些。"

对于父亲的这一套,欧阳雪向来是头疼的,她早就认为这归根结底都是因为父亲已经老迈的缘故。所以,她把王春麦安顿到父亲身边之后,就匆匆抽身离去了。

"拜托,阿爸,我还有事的,很多的事。"

说着她拍了拍王春麦的肩头,转身下楼去了。

在欧阳嘉禾的眼里,他的儿女们自从他们一个个成年之后,几乎没有五分钟时间能够完整地停留在他的身边,认真地听他说些什么。他们总是以各种各样的理由从他身边离开,去做各种各样永远也做不完的事情。他们把时间和年轻的精力早早换成了金钱,他们把它从别人的腰包里一沓沓赚回来,变成自己存单上不断累加的数字,然后再以各种名目挥霍出去。他们就像一个小孩子在无休止地玩滑梯——让自己辛辛苦苦爬上去,再让自己哧溜一声滑下来。在这一上一下的过程里,寻找着一种运动中的快感和满足。这就是欧阳嘉禾老人眼里的厚街人——今天的厚街人——欧阳家族子孙们的美好生活。

# 三十三

在欧阳嘉禾的讲述中,古老的欧阳家族来到厚街已经八百年了。

那时候,厚街还是一片长满莞草荒无人烟的沼泽地,蚊子在空中围成无数巨大的圆球, 太阳强劲的光芒也只能通过它们之间的缝隙才能落在随风摆动的草叶上。

在那片蚊子与莞草同样茂盛的地方, 欧阳家族的先祖收起散架的竹排上岸了。浩淼的江水带着他们的乡邻继续远去。那时候,他们没有像三个月前离开那个遥远的巷口时那样,与邻里相拥之后挥手道别,他们只用几声疲惫的号子,匆匆代替了所有的仪式。

在与蚊子大战的最初一段时间里, 欧阳家族最强壮的一个男人丢掉了性命。那时候,他们在沼泽地里并没有发现老虎,然而一个被大家公认的能够战胜老虎的男人却被蚊子吃掉了,这是一件多么不可思议的事情呵!一只蚊子吃不掉人,两只蚊子也吃不掉人,当成千上万的蚊子包围过来的时候,一个比老虎强壮的男人就没有了胜算的把握。他的身体最终被蚊子的小嘴吸成了一具包着黑皮的尸骨。因此欧阳家族不得不从一开始就十分重视蚊子的力量。他们试用了几百种战胜蚊子的方法,最后他们是用湿草燃起的浓烟战胜蚊子的。

也就是在他们与蚊子大战的那段时间里,他们中有人发明了蚊帐这种让睡眠变得神秘起来的玩意儿。他们中的男人一再地向另外的男人们声明——隔着蚊帐看到的女人的光屁股,与直接看到的根本不一样。这种发现,使蚊帐在很长一个时期都成了厚待地区的走俏货。

关于欧阳家族来到厚街的历史,欧阳家族每一代中都有人试图进行细致而真实的回味和书写,但由于种种原因,欧阳家族的历史却一直没有完整地在这个世界上出现过。后辈们所能知道的片言只语,也不过是一代人对另一代人的口传,或者后来者添油加醋的道听途说。后来,欧阳家族和许多兴旺家族一样,永远地生活在一片暗暗的悲哀之中——他们已经明显地感觉到他们的过去将要消失了。一些老人聚集在家族的祠堂里,看着祖先的牌位在供台上台阶状排列开来,他们就是从这些牌位的排列上,星星点点追溯着家族的记忆。后来,一座祠堂已经无法容纳他们对先祖们的回想了,他们的思绪会在一些闲散的季节里相互碰撞,甚至纠缠在一起。于是,一些牌位被他们最为亲近的后人请进了刚刚新建的另一座祠堂里。事实上,一个家族出现分支,这是没有办法能够避免的,就像一个祠堂不可能容纳全部先祖的牌位一样。也正是因为这一点,有关欧阳家庭的历史,被悄悄地隐藏在了那些规模不一的祠堂里。

因为蚊子的缘故，欧阳家族在来到厚街还没有建造起供活人藏身居住的茅屋之前，就用河里的烂泥巴在一个高出水面的空地上垒起了一座庞大的坟茔。这个坟茔距离他们上岸的地方不远。这个坟茔主人的牌位，后来一直摆放在厚街欧阳家族祠堂最显要的位置上。那上面的墨字，每过二十年就会在一次仪式上被重新描绘一次。

在后来的许多年里，那个第一次接受了欧阳家族尸骨的地方，很长一个时期——大约一百年，一直都是欧阳家族的专用墓地。

厚街的命运将走向怎样的开端，一开始包括欧阳家族在内的所有人谁也不知道。但当他们远远地离开那条湿漉漉的街巷，顺着滔滔江水漂荡了许多个日夜后，在一个清晨，当他们疲惫的竹排被一个浪头拍散的时候，厚街连同欧阳家族的命运就在一片蚊子的吵闹声中开始了。

在通常的情况下，有关家族的秘密，也同样埋藏在那些叫做墓地的地方。

然而，厚街渐渐发达起来了。

厚街渐渐发达起来的时候，大多数上了年纪的厚街人自己都觉得那是一个梦。当有一天他们从泥土里拔出双脚走出田地的时候，他们发现他们再也回不去了，他们坐在村子后面的山坡上，细口抽着黄烟，让烟雾在眼前变成一团团迷蒙的风景。在最为无聊的时刻到来的时候，他们不得不重新回到古老的祠堂里，打发剩余的时光。

但作为族长的欧阳嘉禾老人心里清楚——厚街的发达与他们古老的欧阳家族息息相关。因为几乎没有人不知道在他们欧阳家族的祖先来到厚街之前，在这里活动的除了河里的鱼虾，就是围成团的蚊子。更值得一说的是在欧阳家族的祖先到来之前，这片日后被称为"厚街"的蛮荒之地，事实上还没有被人类命名。或许自盘古开天至欧阳家族的祖先到来厚街之前，这里的任何一个足迹，都与人类的脚印无关。很长一段时间里，连厚街的外姓居民都愉快地承认了这样的事实。至于欧阳家族以及厚街后来者对历史的遗忘，这个过程已经和时间流动与星相的变幻一样，变得扑朔迷离了。

这个关于"厚街"发达的秘密被欧阳嘉禾简单地阐释了无数次之后，忙碌异常的厚街人，终于再也不愿意聆听这个老头子絮絮叨叨的讲述了。他们不相信他所说的那些，是与厚街有关的历史。

那大约是公元一九八五年前后的事。

第一次激起欧阳嘉禾老人讲述的，是一个来自城里的干部。他是一个戴着近视眼镜的小伙子，衬衫洗得和脸一样白。盛世修志——据说这个来自市志办公室的年轻人是在考证厚街这个地名时，因为找不到确切的根由才决定下乡采访的。那时候人们只急着朝前赶，对回首往事不是十分有兴趣。于是，他们几乎是异口同声地向他推荐了欧阳嘉禾。

那时候的欧阳嘉禾，刚刚从已经当了二十多年的小学校长的位子上退下来，内心的慌乱一直像海浪一样袭击着他。他没有想到，在他六十岁的时候他的人生会突然失去方向。他想到了被他丢弃多年的土地，但他发现那些地方经过平整以后，已经建起了蓝墙蓝顶的厂房。厚街原有的一切，正在被一点一点埋在水泥下面。一个前所未有的时代正悄悄来到欧阳嘉禾的身边，而他却一点也没有觉察，因为他的确还沉浸在一片与失落有关的泥淖当中。

那个年轻人没有费什么力气，就在一棵巨大的老榕树下找到了欧阳嘉禾。那棵老榕树在欧阳嘉禾还是个孩子的时候就已经很老了，它的枝桠向四周伸展着，根须又不断从伸展开去的枝桠上扎下来，穿过经久不息的潮湿的空气，插进泥土里。已经没有办法估算那棵榕树的年龄了，它向四周伸展开去的枝桠，不会少于五十根，每一根的长度都不会短于五十步。关于老榕树的秘密，那时候欧阳嘉禾还不是十分清楚。在他们的意识中，只是把老榕树当作一个长辈一样来看待的。

"古老的欧阳家族来到厚街，已经八百年了。"

那时候他们的谈话，就是从"古老的欧阳家族来到厚街已经八百年了"开始的。但正如许多事情的开始即意味着结束一样，他们的谈话开始之后，一连几天都没有任何有意义的下文。最后，那个温文尔雅的年轻人不得不在记下"先有欧阳人，再有厚街城"这句近似童谣的老话之后，十分失望地离去了。

因为在欧阳嘉禾脑海里，关于厚街的记忆也是一个巨大的雾团，他所知道的厚街的过去，也不可能比"古老的欧阳家族来到厚街已经八百年了"这句更多。那时候，他真地为自己所知如此之少而深感羞愧，而且不仅仅是因此而感到羞愧。毕竟在小学校长这个全厚街最应该有学问的位子上坐了二十多年呀！那时候欧阳嘉禾的内心，其实比一个回答不出问题的小学生更为难堪。

正是从那一天起，欧阳嘉禾成了一个沉默寡言的老人。

而且，他比一般沉默寡言的老人还要沉默一些。因为有一副担子已经压在了他的肩膀上——关于欧阳家族和厚街历史的书写，他有必要承袭下来了。

……这便是王春麦来到潮湿的南方之后，所了解到的厚街这片土地的最初历史。欧阳嘉禾老人的讲述，并没有如此缜密，他的讲述和所有已经年迈的老人一样——常常是含混不清的。再加上他浓重的东莞口音，使王春麦的聆听和析辨，一开始显得那样艰难。当这不可捉摸的艰辛被她的聪慧和机灵摧毁之后，王春麦猛然意识到几乎所有的厚街人都错怪了这个行将就木的老人，包括他的儿女。她甚至觉得自己从那个地处西北偏僻之地的厚街赶来，就是为了聆听这个名叫欧阳嘉禾的老人的讲述。这是上天冥冥中的安排，是没有办法的事情。

# 第 九 章

## 三十四

　　一开始,地下室里的两张简陋的小床铺是分开的,后来它们合上了。

　　它们是什么时候合上的,马石头已经记不清楚了,不知道腼腆的袁小玲是不是还记得。

　　那天凌晨,马石头拖着一身疲惫回到地下室里的时候,袁小玲在灯光下惊恐地睁着大眼睛说:"小马,你为什么回来这么晚?你为什么还老是不接电话?你知不知道我一直在等你? 你知不知道我已经打算打电话报警了? "

　　袁小玲一连说了好几个你知道不知道,马石头什么也没有说,那一刻他虽然身体疲惫,但心里却是高兴的。他感激地扑上去搂住了袁小玲细长的腰身,将脸贴在她抽搐的腮上,一边摩挲一边声音颤抖地说:

　　"我找到工作了,小玲,我今天找到工作了,那里正缺人手,所以一报到我就干上了,一干上就接了一个急件。人家活儿要得急,所以我们就加班了。老板说了,往后可能这样加班的时候……会很多的。"

　　马石头对袁小玲说,那是一家很不错的公司,活儿不是很累。那时候,袁小玲已经把马石头紧紧箍住了,像抓住了一根唯一使自己能够在激流中稳定下来的绳索。两个身体在那一刻像两块磁铁样紧紧吸在了一起,他们能清晰地感觉到对方的心跳。

"好呵,好呵,找到工作就好呵,真地很好呵!"

袁小玲说这几句话的时候,声音是细细的,甚至可以说是微弱的。那语气里有希翼,也有一丝失落。她的话音还没落地,马石头就感觉自己前胸上被袁小玲的眼泪淋湿了。

那两张小床,也许就是那天晚上拼到一起的吧!

那天晚上,他们因为都找到了工作而感到无比幸福。他们流泪了,他们关了灯,都清晰地感觉到对方的身体在剧烈地抽搐。这个夜晚对于来到东莞的他们,无论如何都是有意义的。尽管有意义,他们还是没有记住它究竟是哪一天。每当回忆起来的时候,他们对那一天的印象,也仅仅只是"那一天"而已。仅此而已。东莞就是这么一个容易叫人学会遗忘的地方。这里的时间就像一个被魔鬼驱使的轮盘,它们在大街上、在工厂里、在车间、在刨床上、在焊火的闪烁中、在空旷的新市区广场……它们无处不在时刻不停地飞速旋转,一个人稍有滞留,便会被这轮盘淘汰出去。时间就是金钱在这里依然不是一句空话。因此,从四面八方来到这里的人,没有谁不是忙碌的。

至于马石头是怎么来到纤纤浴足阁的,他自己也不知道了。那也许是他在街上转悠了将近一个星期的时候吧,当他看到巨大的玻璃幕墙上那个设计简单的红底白字的招聘栏的时候,他就停住了缓慢移动的脚步。他驻足看完了那些简单明了的内容,然后小心翼翼地推开了那扇安装着黄色金属把手的玻璃大门。负责招聘的大堂经理,是个个头高挑的姑娘,一身短小的职业装将她的身条显露无疑。她的普通话说的跟央视一套新闻联播的主持人差不多一样标准。几句简单的问话过后,马石头就断定她是北方人。他觉得他的来路,她也在谈话当中感觉出来了。在问到有无沐足业的从业经历的时候,马石头吸取了多次碰壁的经验,突然灵机一动,朝门外不远处另一家浴足城的方向指了指说:"就是因为前面做的那家生意不好,才炒了老板过来的。"

姑娘盯着他的眼睛,脸上露出一丝笑说:"是吗?"

马石头说:"是的。"

那时候,马石头的脸其实已经开始发烫了,但那个聪明的姑娘却把他的尴尬有意忽略了。

无论怎么样,那天马石头换上纤纤浴足阁员工服的时候,他心里还是兴奋的。当天下午,领班就带着他把三层楼的沐足阁几乎所有样式的房间都看过了,而且指定他的服务范围是三楼。他的胸牌上是他的工号——88,很吉祥的一对数字。领班说88号是原来的领班,前几天刚刚走人。

从那天起,马石头就在纤纤沐足阁作了一名洗脚工。在纤纤沐足阁,没有谁知道他的名字,在这里,他的名字已经被88这对很旺的数字代替了。88在东莞本地口音里,被喊作发发,马石头觉得这个数字的确有发财的意思。

## 三十五

马石头是十一月下旬南下的。

那时候的北国,已经是一片将要冰天雪地的景象了,南方沿海,却到处青翠欲滴。马石头的行李简单得几乎等于没有行李,一只黑色提包里塞了几件换洗的衣服。他来到东莞的时候,下火车的第一件事情,就是迫不及待地买了一张东莞地图——而且很容易就在它的左下方靠近狮子洋的地方找到了"厚街"这个地方,这让他十分释然。接着,他又买了一张晚报——他觉得认识一个地方,如果无从下手的时候,从报纸开始应该是没有错的。他不想一下子就去厚街,更不想一下子就找到王春麦,那样他觉得他抛开父母执拗南下就变得太没有意思了。他甚至连千方百计得来的王春麦表舅刘三旺的那个电话也没有打,马石头觉得自己是有能力找到她的,在这个世界上,他能从那么遥远的地方来到东莞找到厚街,他就不可能找不到那个名叫王春麦的丫头。只是他太清楚她的心气,他不想就这么灰头土脸地去找到那个心高气傲的王春麦。

晚报上的确有他预期的那个版面——那上面各种各样的招聘启事,让初来乍到的马石头大饱眼福。但接下来他胸口怒放的鲜花,就被一盆又一盆凉水浇灭了。每一个公开招聘的职位周围,都有无数蜜蜂一样嗡嗡叫着的应聘者。无数的求职者在大街上到处乱跑,构成了南方这个叫东莞的城市的繁忙景象。真是不到西北不知道中国有多大,不到南方不知道中国人多。一个月的时间里,马石头应聘工作的薪水由高到低,地点由城内而郊区,而镇区,最后竟然连一家规模不大的胶皮厂也拒绝了他——人家只对熟练工优先,新手暂不考虑。南方就用这样严酷的事实迎接了千里南下的马石头,并给了他无数次碰壁作为人生的礼物。

马石头就是在这时候遇上了同样走投无路的袁小玲的,不知道是什么样的原因叫他们住在了一起,真地不知道。也许是因为一次又一次碰壁所带来的经济上的拮据吧,也许是身在异乡对同乡那种无端的依恋吧,也许是别的什么原由,或者什么都不是,总之他和她,一对来自同一个地方的青年男女,出钱合租了那间月租三百元的有些潮湿的地下室。

一种奇怪的力量促使他们包裹起自己的心情,开始在陌生的南方结伴而行。但他们来到南方的目的,各自又是十分清晰的,只不过马石头是把找到王春麦这个目的实现的时间,稍稍推后了。这么快就找到王春麦的话,他觉得他也许会跪下来哀求王春麦跟他一起回去。马石头不想这么做，一路上他已经想好了，王春麦一个丫头都能在南方立足，南方未必就没有他马石头的一片天空。

袁小玲几乎是和马石头同一时间离开家乡南下的。

促使她南下的原因，是市里举办的那次有名无实的大学生就业招聘会——那时候整个河西大地上，到处弥漫着令人兴奋的瓜果气味。秋实凝香的时节，她却在花光了家里所有的积蓄、兴高采烈地走出大学校门之后，又心事重重地回到了那片能够让小麦和玉米一年一熟的土地上。不是心高气傲，真地不是了，凭你是谁，到了那一步，多少都会有种被愚弄的感觉。你不是鸡窝里飞出去的金凤凰么？你怎么又飞回鸡窝里来了？面对那些内容极其复杂的目光，你甚至会固执地认为——这个世界是荒谬的，是极其荒谬的。它会在不经意间用同样一种简单的方式，把许许多多的人都捉弄了一次。那时候，应该是她大学毕业之后的第三个月，在那间不足一百平方米的会议室里，一切看上去都华而不实，几乎没有人不对那个有名无实的就业招聘会感到失望。因为几乎所有参加招聘的单位，都无一例外地想用一只绵羊的价格获得一匹千里马——千里马太多了。更加可笑的是，他们为千里马准备好的，竟然是连一头拉磨的毛驴都不如的角色。这样的招聘会，当然只能是一个令人啼笑皆非的结局。这样的形式，对于那些饱食终日脑满肠肥的机关公务人员来说，永远都是必要的。对于她——袁小玲，一个大学毕业生来说，却无疑是当头一盆冰水，她的身心从里到外都凉透了。

她两个同宿舍的姐们一毕业就南下了，事实上，袁小玲一直没有得到过有关她们在南边的消息。可她觉得既然没有消息，而人又没有回来，肯定在那边挺好的，而且她们在那边做得也是非常好的。不然她们应该有消息可以传过来的——坏消息总是比好消息传得更快一些。

袁小玲就是在这种心境中一路南下，来到东莞的。

## 三十六

在那间地下室里安顿下来之后，马石头和袁小玲就开始分头行动了。

开始分头行动的第六天，袁小玲先找到工作了。那时候，他们几乎已经到了山穷水尽的地步，马石头手头已经没有多少钱了，而袁小玲手里，也已经拿不出相同的数目了。他们出来时本来身上带的钱就不多，马石头自己是没有打算要在东莞这边待多长时间的，只是上了火车之后，才渐渐有了不马上回去的打算。到了东莞之后，他甚至连寻找王春麦这件事情的开始时间，也是一推再推。一开始，他以为自己有这样的打算，可能是因为这两年出外打工把心给跑野了。但当火车载着他走过一个个村庄，一座座城市的时候，他发现自己的目光和内心，其实一直都在进行着某种无法言说的追索和寻找。寻找什么,他不是很清楚,但他清楚这其中寻找王春麦只是很小的一部分。

无意间认识了袁小玲之后,他发现她和他不一样。袁小玲为了上大学,家里已经债台高筑。她都已经毕业了,难道还要把债台垒得更加高耸些么?就业是袁小玲南下的目的。尽管她离家时信誓旦旦地表示只拿路费,但父母还是另外从亲戚那里又挪腾了一些钱,叫她带上了。穷家富路,前途艰险,人前面只有一条路——那路大多时候是黑的。尽管比预计的多带了一些钱,但这样一笔小数目,在东莞这样的地方,即使你再节约,又能支应得了多长时间呢!这样的境遇中,她与同乡马石头的相遇,就是一种偶然中的必然了。

袁小玲那天傍晚回来的时候,手里提着两个籽麻大饼。一进地下室,她就兴奋地对躺在床上叹息的马石头说:

"我找到工作了,我找到工作了,我在一家不起眼的小公司找到了一份做文秘的工作,已经说好了,头一个月——八百块。"

马石头慢慢从小床上坐起来,他看着袁小玲洋溢着兴奋的泛起潮红的面颊,一时什么也说不出来。袁小玲却卸下了重担似的一屁股坐在自己的小床上,蹬掉两只已经斜了跟的高跟鞋,把自己平展展地摆了上去。

袁小玲如释重负地接着说:

"我明天就可以去上班啦,有事做我们就不会担心付不了房租被人家赶出地下室了。干够半月,我们就可以考虑买个电磁炉自己做饭吃,这样的话,用不了多长时间……我就可以搬出去单独租房子了……"

马石头心里木然,因为他更希望最先找到工作的是结实的自己。

尽管如此,马石头还是拿出二十块钱,去不远处一个小夜市要了两碗炒粉和一盘炒小虾。那天晚上,他们在东莞巨大而空阔的市政广场上走了很久,明亮的灯光照耀着,他们在五光十色的水景中穿行,在绿茵中的石凳上小憩,把紧张了好长时间的身心全部放松了。南方的冬天给了他们别样的感受,是的,南方的冬天并不像冬天,大道两旁高大的风景树仍旧热烈地绿着。花坛里,各色的花朵依旧开得十分灿烂。南方的冬天是温暖的——细风带着潮湿的气息吹过来,轻抚着每个人的身体和地面上所有的建筑。傍晚时分,灯光亮起来之后,整个城市被装点得更加富丽堂皇。广场,市政大厅,博物馆,展览馆,透明的玉兰大剧院,全都被风轻轻地吹着,全都在风中尽情地舒展着。马石头第一次感觉到了,东莞这座南方新城的温存与浪漫,这是他从来没有体验过的,它完全取代了他原先脑海里关于城市的概念。面对东莞的时候,他才不得不对他所认识的那几座西部小城的杂乱和荒芜,感到某种局限和荒谬。在他看来,与东莞这样的南方城市相比,他心目中曾经一度美丽的州城酒泉和新城玉门,不过是个经常被沙尘光顾的拥挤的村庄罢了。面对海风习习的东莞,这是你由不得不去比较的事情。就是从那个晚上开始,马石头在心里暗暗喜欢上了东莞这座他心目中像花园一样的城市。他觉得找到王春麦的时间,应该越晚越好。如果不是遇到袁小玲,他是不是会有这样的想法?他真地不知道。尽管他已经暗暗拿袁小玲和王春麦对比过了,但他觉得她们更多的地方,表现出来的都是不同。袁小玲身上有另外一种不同的东西在吸引着他。

袁小玲的兴奋是被悄悄隐藏起来的,因为喝了点儿啤酒,他们肩碰着肩,后来竟然不知不觉地挽起了手。深夜的时候,他们像两棵相互搀扶的幼树在行走,坐着的时候,她抱着他的膀子,如同田野上一株喇叭花缠着一棵向日葵。袁小玲是个少言寡语的姑娘,但所有心思都会毫无保留地一律写在她俏丽的脸上。

那些日子,马石头已经看中了一家鞋厂,这和他所期望的工作有点搭界儿,因为他身上有的是力气。他在决定暂时不离开东莞之后,就为自己定下了一个目标:如果不是万不得已,不能首先选择去建筑工地。鞋厂的待遇不错,门槛自然也很高——人家要两年以上的鞋厂工作经历。马石头提出是否可以先试用一下的时候,那个人事部漂亮的女经理叭嗒着红嘟嘟的嘴唇,委婉而严厉地说:

"谢谢,先生,不必了。"

没有工作经历呵,人家无一例外青睐的都是那种一上来就能拿得起放得下独当一面的员工,而不是学徒。因此,郁闷的马石头那些日子一连几天没有出门,他就躺在地下室的小床上,他也不知道他在等待着什么。

那天尽管睡得很晚,但袁小玲还是一早就起床了。她精心地收拾好自己,从头到脚,一丝一毫也不马虎。马石头也在她就要出门的时候,从小床上坐了起来。

马石头说:"我送你去上班吧!"

听了这话,袁小玲突然显得有些紧张,她说:"不用了,我已经知道坐哪一路车了,公司离这里其实很近的。"

袁小玲这么说,马石头就重新躺下了。

袁小玲出门不一会儿,马石头也起身出去了。他觉得自己不能就这么一直躺下去了,这样躺下去,将来有一天,连回家的路费也许都不得不向一个女人伸手。

# 第 十 章

## 三十七

　　整个秋天,欧阳嘉禾老人都陶醉在自己不可一世的讲述中。令所有人都感到奇怪的是,王春麦竟然在熬过了最为艰难的那段被迫聆听的日子之后,真的对厚街的历史入了迷。后来,居然可以就一些历史事件的前后次序,以及其在时间上的连贯性向欧阳嘉禾老人提出异议,并由此更正了欧阳嘉禾老人讲述中的诸多谬误。也因此使得关于厚街几近淹没的历史,从星星点点的传说中走了出来,在她的脑海里更加清晰有趣地展现开来。

　　……

　　在欧阳家族来到这里的数百年间,那座看上去并不显眼的小丘,像一只巨大的蘑菇一样渐渐从沼泽地里显露出来。它从泥水中隆起,浮出爬满水蜘蛛的寂静的水面,在那里形成了半个圆球的形状。欧阳家族也和这个大蘑菇般的山丘一起,在这块日后被命名为厚街的土地上渐渐显赫起来。

　　后来——

　　大约是欧阳家族的祖先来到厚街一百年后的一天——据推测或者演绎——那是一个天气晴好的早上,一个精明的外乡人来到了厚街。他分别站在离那座山丘同样距离的四个方向,咕咕叨叨地琢磨了一个上午。夕阳西下的时候,他又用同样的方法将上午的做法重复了一遍。第二天清晨,这个一脸精明的外乡人站在一片灿烂的阳光里,伸出修长的手指,指着远处的山丘自言自语似地大声宣布:

"哦呀,那的确是一只浮出水面的龙珠哇!"

兴奋不已的外乡人后来毫不掩饰地告诉厚街的先民们——潜伏的巨龙隐藏在水中,正待蓄势冲天而起。那时候,欧阳家族的一位祖先除了耕种面积不大一些的水田之外,还经营着一间仅有八九张床铺的小客栈。他用十二分的热情和十分简陋的设施,招徕过往商客。这个外乡人刚刚来到厚街,就已经进入他的视野了,他的目光紧盯着他的一举一动。这个外乡人又用了整整一个白天的时光,手捧罗盘测量了厚街周围那些大小不一高低不等的洼地和山包。天色昏暗下去之后,他的工作才告一段落。因此,外乡人不得不在小客栈住了一宿之后,又超计划地多住了一个晚上。

那位欧阳家族的先祖,是个少有的明白人。当那位一身麻布破衣的外乡人披着一身晚霞向他的小店走来的时候,他迎上去的热情又增加了几分。那时候,他心里所想的,已经不是能够赚取几分碎银那样的事情了。

外乡人在客栈里要了当时这家小店最好的酒菜,毫不避讳地以一次酣畅淋漓的大醉来庆祝自己终于觅得并且确定了佳穴的位置。

第二天一早,吃完鸭蛋炒河粉的早饭之后,那个外乡人就兴高采烈地离开了。他的小船在江面上渐行渐远的时候,欧阳家族的那位先祖,在自己的小店门口满腹狐疑地张望了很久。他觉得这个外乡人的神情太有些古怪了,他的所作所为,更是在他的脑海里浮起了许许多多的疑问。在接下来的许多日子里,他除了经营自己的小店,剩下的时间里,他便细心地琢磨起那个身披麻衣的外乡人的诡异行径来。

他头脑里众多的疑虑尚没有解开,时间已经到了第二年的春天。

在一个晴朗得如同刚刚擦洗过的蔚蓝色早晨,那个精瘦的外乡人又来了。他同时带来了一包咔隆作响的父亲的骸骨。当他在小店里歇息了一夜,准备央求去年的旧识——欧阳掌柜,帮他雇请土工,前往一年前自己测定的佳穴位置为父亲的尸骨修坟造墓的时候,却意外地发现那个圆形的林木葱茏的小山丘,已经变成了欧阳家族的新墓地。那里到处散发着皮肉腐烂之后离开骨头的怪味道。

这个外乡人和那包咔隆作响的骸骨,就在厚街留了下来。

这个身披麻衣的外乡人像一条野狗一样居无定所,常常在厚街周边的山山水水间孤独而神秘地游走。山峦河汉间,到处都留下他的影子。很多人多次看见他常常站在海边的一块巨大的礁石上,望着远处水雾蒙蒙的岛屿长叹。

多年之后,他才告诉精明厚道的厚街人——根据多种星相和方术的兆示,最早接受龙珠滋润的家族,将在六百年后相当长的一个时期,连同这块土地一起,享受大海带来的财富。这个时期,大约是二百年。当时,欧阳家族的祖先来到厚街已经一百年了,他们对这个预言充满了希望,同时又因为这个预言过于遥远而觉得无比荒唐。尽管如此,他们依然像计算着娶回新娘的日子一样,计算着五百年后的那一天。

但厚街人毕竟是厚道的,他们在谋得了外乡人寻得的佳穴之后,很有一些过意不去。于是,由欧阳家族当时年轻的族长出面,在那家小店里大摆酒席,隆重地宴请了这个望洋兴叹的外乡人。并恳请将他从遥远的家乡背来的其父亲的骨殖,安葬在欧阳家族坟地的一侧,按照欧阳家族男人们的推测——那样的话,他们的后世也将与欧阳家族一起,在五百年后一同享用大海带来的财富。

外乡人听了,连一碗米酒也没有喝完就愤然离去。

"卧榻之侧,岂容他人酣睡!就没有见过像你们这么欺负人的。"

说完这句话,身披麻衣的外乡人就头也不回地走了,没有谁在意他的眼睛里隐藏着的石头一样坚硬的仇恨。

当后来这个关于龙珠的传说渐渐被人们淡忘的时候,欧阳嘉禾却在他的曾祖行将就木的时候,重新记住了它。

那时候,他形容枯槁的曾祖躺在一张陈旧的竹榻上,呼吸声像一只出生不久的小猫一样微弱。年代久远的竹榻已经被几辈人身上渗出的油渍浸透了,在阳光下发出一层褐色的红光。曾祖身体的表皮部分,已经几乎全部老化了,皮屑像成熟的苇絮一样纷纷扬扬地在小屋里飞翔。他的呆滞的目光已经不能转动,所有的一切都仿佛在告诉来到他面前的每一个人:再过一秒钟,他也许就没有说出下一句话的力气了。那时候,欧阳嘉禾还是个沉默寡言的孩子,他的额头和眉宇间,看不到人类最为高深的智慧,他的头顶时常被一层木讷的光圈笼罩着,距离曾祖所期望的开悟之路,已然遥遥无期。曾祖显然对这个欧阳家族的第三十九代长孙有些失望,但一切已经不容他做出别样的选择了,他剩余的不多的时间,在紧紧地逼迫着他,他只得在万分不情愿的情况下,把那个传说最后的结局和象征族长权力的一摞发黄的纸片交给了他。同时交给欧阳嘉禾的,还有一把已经锈蚀了的宗族祠堂门上的铜钥匙。

曾祖说:"嘉禾贤孙,记住,在你五十八岁的时候,将是我们欧阳家族首次接受龙珠滋润六百年的日子。"

后面的话,曾祖还没有说完就失望地合上了眼睛,因为他看到欧阳嘉禾并没有意识到他五十八岁之后的那一天,到底是个什么日子,更不清楚那一天对欧阳家族和整个厚街来说,到底意味着什么。

后来,这位曾祖的骨殖,在新族长欧阳嘉禾的主持下,被装进了一只坛子,它们只占到了那只半大坛子的不到一半。欧阳嘉禾带人将它埋在了那座山丘底端的一个高处,有人曾在选择坟址时为此说三道四,但当它被欧阳嘉禾的双手放入那个高大的青砖墓穴之后,无论什么样的说法都变得不那么重要了。

他们最后说:

"族里的事,我们全听族长的。"

那是一个粗暴而动荡的年代,祠堂里的一些仪式已经被责令取消,除了一些族里的丧事需要族长出面以外,欧阳嘉禾的族长身份,很多时候都被族人们遗忘了。这种遗忘,后来竟然传染给了欧阳嘉禾本人。后来,除了那几间破屋子改建的学校之外,他竟然连祠堂也很少光顾了。

六百年过去了,那座小山和欧阳家族的先人们一起生长着。仿佛他们并没有死去,而是站在那个凸起的高岗上,每天看着自己的子孙在脚下的土地上忙碌。而他们,也在不知不觉中接受着子孙们日复一日的仰望。

没有人知道欧阳嘉禾对那块高地的凝望是从什么时候开始的。

更没有人会想到有一天,那块高地会在人们的眼皮子底下不翼而飞。

当欧阳嘉禾对祖先的凝望成为一片空白,他老迈的身体无声地坐倒在地板上。那时候,他还没有想到要把那些花盆全部摔掉。那同样是他注入了心血的东西,但他没有意识到那是他们为他的生命精心安排的结局。他蓦然发现,六百年后的他,已经远没有他六百年间过世的先祖们那样幸运了——他最后将被几把可怜的掺着砂石的泥土埋葬在一只小号花盆里。

这个结局,是欧阳嘉禾用一双昏花的老眼在无意间看到的。他确信它们看到了一切。

"没错,那肯定是他们干的。"

欧阳嘉禾颤抖着说。

"阿麦,阿麦——阿麦——"

欧阳嘉禾愤怒地叫道。

"把阿冰给我叫回来。"

"好的,好的,我这就打电话。"

王春麦在旋转楼梯口应了一声,去了电话旁。

那时候,保姆阿香和正在烧早点的李阿姨也已经冲到了楼下的大厅里,她们都以为楼上的老人发生了意外。当看到欧阳嘉禾羸弱的身体依然躺在落地窗前那张竹榻上的时候,她们才相互对望了一眼,悄无声息地重新去做自己的事情了。

王春麦在电话旁边站了一会儿,见欧阳嘉禾已经安静下来了,就把抚在电话机上的手挪开了。

她轻轻走到欧阳嘉禾老人跟前,为他拉了拉身上的单子,细声说:

"阿爷,我们是不是该吃早茶啦!"

欧阳嘉禾一脸茫然地"唔——"了一声。

"我们坐着吃呢,还是躺着吃?"

"唔——"

这样古怪的吼喊声,在这个公寓里是经常都要发生的。大多时候都莫名其妙,但只要习惯了,所有他身边的人,那种紧张感自然也就会来去自如了。

一个到了耄耋之年的老人,吼就吼了,来得快,去的也快。过上三五分钟,连欧阳嘉禾自己也不知道刚刚是因为什么,使他发了脾气。于是,他的生活又在片刻的躁动之后,从空寂中恢复了平静,紧接着,他也许会因为一口正好煲到了火候的老鸭汤而笑逐颜开。

"嗯——好喝。"他说。

早茶时刻,或者早茶之后,一般也是欧阳嘉禾开始他讲述的时间。迎着朝阳,他一面细心地品味着小几上名目繁多的点心和热粥,一面千方百计地把厚街的过去向着今天拉近。当然了,他的讲述是不可能避免重复的,但多数时候的重复,都会引出新的内容,从而使关于厚街的故事在王春麦的脑海里更加清晰。就像一个在雪地上不断滚动的雪球,滚动的时间越久,它的体积就会变得越大。

在欧阳嘉禾五十岁的时候,一股风把沉睡的厚街吹醒了。

那风的确是从海上吹来的。更加确切地说,是从一个由英国人占据的小岛上吹过来的,那风带着海水的辛苦与腥鲜。那风刮过来的时候,势头非常凶猛,虽然眼睛看不见,但却没有一处能够躲避它的存在。

坐在藤椅上的欧阳嘉禾深情地说:

"哈呀,那个时候,我们真地有了土地。"

王春麦觉得诧异无比。

"土地?你们这里——你们厚街哪里看得见土地呀!阿爷,到处是钢筋水泥高楼大厦。"

欧阳嘉禾转了下身子,慢腾腾地说:

"有的,有的,那时候,我们厚街的水田是五千八百三十二亩,旱地是三千六百零七亩……还有水塘……"

王春麦听得一片茫然:"水塘可不是土地呀,欧阳爷爷。"

欧阳嘉禾说:"如果水塘不算土地,那水塘究竟是放在哪儿的呢!"

他这么一问,一片茫然的王春麦就更加茫然了。

这样一来,欧阳嘉禾就孩子似的高兴起来。他说:

"当时呢,我是厚街大队小学的老师,大队统计上的事情,我也做一些,所以——这个数据是可靠的。"

欧阳嘉禾接着说："有了土地真好呵……但是现在……土地又没有了。"

王春麦想了想，才说："我们的厚街，现在家家户户都有土地。"

"土地好呵！有土地好呵！"

欧阳嘉禾的感叹，比迎面吹来的腥骚的海风还要悠长。

"不过我觉得，还是你们这个厚街好——没有土地的厚街好，一个看不到泥土的地方，看上去是多么干净呵！"王春麦说。

欧阳嘉禾盯住她的眼睛看了会儿，慢慢地说：

"你还是小孩，因为这样的话，只有小孩子的口中能够说得出来。人怎么能够离开土地呢！"

王春麦说："我已经不是孩子了。"

欧阳嘉禾又补充说："小孩子家总是觉得越热闹越好。"

王春麦又说："我真地已经不是孩子了。"

顿了一下，欧阳嘉禾那张长满斑点的脸开心地笑了笑，伸出那只干枯的手，抿着王春麦乌黑的头发。

"所有的小孩子，从刚刚懂得一点事情的时候，就认为自己已经长大了。"

王春麦睁大眼睛，她用她那双水汪汪的眸子盯着那张已经被斑点覆盖的脸，突然像吞了一个热芋头一样，一时什么也说不出来了——她发现欧阳嘉禾老人的手，已经从她的肩胛上滑下去，停在了她被薄衫覆盖的胸脯上。

## 三十八

在欧阳家族来到厚街一百多年后的另外一天，一个年轻的寡妇来到了这里。

那是一个俊美而娇小的女人，她的身材只有牛公的臀部那么高。她用一条露出衣袖的莲藕般的胳膊，领着一个看上去不满十岁的儿子。那时候，厚街已经是一个拥有上百口人的村庄了，无论是三鸟的啼叫还是草丛里的虫鸣，都在潮湿的阳光下显示出人丁兴旺的兆头来。这个娇小俊美的女人，像伯乐相马一样，站在不远处打量着这个村子。

人们在一条巷口看到这对母子的时候，并没有在他们身上看到逃荒者惯有的凄惶神色。他们像逛街一样从村巷里走过，几乎没有人不注意这对年轻的母子。当好心的厚街人给他们端来米饭疙瘩和芋头的时候，这个妖娆的寡妇轻轻摇了摇头，从宽大而洁净的衣袖里拿出一锭白得耀眼银子，意味深长地说：

"我们不是乞丐。"

当好心的欧阳家族族长提出给她和她的儿子调配一间房屋，再接济一些稻米以供他们暂时栖身度日的时候，同样遭到了这个俊美妇人的婉言拒绝。

这个娇小的女人在来到厚街三个月后的一天上午,纠正了厚街人对那座埋着欧阳家族祖先的山丘的认识。

那时候,沼泽地的境况已经大大改变了,眼前江河交错,立在高处放眼望去,四周水天一色,南面的更远处,万川入海,气象宏大。这样的地方,让那时代所有人的想象力都走向了崩溃的边缘。树木葱茏的倒映在荡漾的秀水中,花开潋滟,稻谷飘香,果树上红果累累,牛羊遍野,房前屋后鸡鸭成群,一派水乡秀邑景象……没有人能够说得清楚这里是一个什么样的地方。

……真的没有人能够说得清楚,这里是一个什么样的地方。

不仅如此,那时候的厚街人,已经开始用莞草来编织自己的梦想了。每家每户用篱笆围起的院子里,大垛小垛地堆满了已经沤制好的莞草,一些色泽鲜艳的、等待着即将被人们沤制。人们在整理过的平地上,或者一些木支架上为自己的梦想辛劳着,手舞足蹈地陶醉在编织的欢乐当中。已经成型的最为粗糙的草编物,堆放在一处处平整出来的空地上。它们不断被人装上大大小小的船只,一阵号子和桨叶的划动声过后,这些莞草编制的席子就被运走了。

四通八达的水路让这些水生植物摆脱了被牛啃羊嚼的命运,它们有的远度重洋,有的去了北方。时间没有过去多久,这种草编的活计在厚街以及周边的许多地方,就变得更加精细起来。事实上,正是古老的欧阳家族首先看中了那一望无际被风吹动的莞草。最初当然是出于生活的需要,他们用它编制草鞋,搭建房屋。他们的手艺渐渐稔熟起来之后,其精细程度已经到了能把沤制好的莞草编成丝绸一样细密而柔软的席子。很多年之后,当一批流浪画家发现了它的书写及装裱价值的时候,这种莞草编织物的意义,已经完全改变了。

这种草编的出现,似乎是欧阳家族最早发迹的一个先兆。但当时谁也没有意识到它,人们都沉浸在近乎疯狂的编织中。这是厚街人第一次从大地之外的另一边——海洋那边获得的实惠。但这数目可观的收入只是富裕了不多的几个大户人家,真正割草编席的人家,仍然过着温饱左右的苦日子。

这个妖娆的寡妇,注定是为改变厚街命运而来的。

真的,如果不是她的到来,后来的厚街,也许永远不会与皇城联系在一起。

三个月前的那个下午,这个妖娆的寡妇在欧阳家族村落东面的山坡上,选择了一小块平坦的地方,依靠一棵碗口粗的小叶树,搭起了一间仅能容身的窝棚。这个一身白衣的妖娆的寡妇,用整块的银子在厚街圩市上买来了必要的炊具和粮食。直到有一缕炊烟在黄昏时分从东面的小山包上升起的时候,欧阳家族的祖先才兴奋地断定,这个云朵一样缥缈的女人,可能暂时不走了。他们中的大多数,因此而感到暗暗的幸福在身体里涌动。

从那个黄昏起,便有一缕清香不断从她居住的山坡上飘过来,萦绕着厚街。

一开始，人们并没有马上捕捉到那缕奇异的香气。当有一天太阳和鸟儿一起盘旋在那片山林上空的时候，他们才发觉，天上那空前稠密的鸟群是追随香气而来的，它们拍打翅膀的声音把阳光震哗哗响。经过一番探索之后，他们更加惊奇地发现，那撩人的香气竟然来自那对寡居母子的窝棚。那些香气散发出来的时候，看不见任何踪影。

欧阳家族当中，的确有一些好心肠的男人们。他们在感受着某种幸福在内心涌动的同时，也像鸟儿一样跟着香气来到了那片山坡上。他们以编制莞草的精巧手艺和能够独臂撑船的巨大气量，在不到一天的时间里，就为那个妖娆的寡妇搭起了两间宽敞的茅屋和一间杂物房。不仅如此，他们还在它们的周围竖起了一道半人高的篱笆。

他们一边抹着额头上的汗珠，一边幸福地说：

"挡一挡吧，这山上，可能有老虎呢！"

尽管他们从来没有在这里见到过老虎，甚至连一声老虎的吼叫也没有听到过，但面对一个娇小而美丽的寡居妇人，他们还是不约而同地这么说了一声。

欧阳家族的男人们这样说的时候，那个妖娆的寡妇朝他们每个人都灿烂地笑了笑。

那笑靥里渗透的是感激呢，还是别的什么，他们因为兴奋和冲动，没有一个人读懂。后来，他们普遍意识到，那笑靥里的内容是极其复杂的，它像狮子洋的洋底一样，即使水性再好的男人，也是摸不清楚。

到底最初这种诱惑了欧阳家族男人们的笑靥是怎样一种迷人的风姿，除了依稀仿佛，现在已经无据可考了。但在距此事发生约五百多年后的公元1974年，人们在厚街东北方向的下虎山麓，一个被称作飞娇峰的地方开山取石时，发现了一座用六块很厚的整板棺椁精心下葬的大墓。棺内的女尸被丝织物和棉布层层包裹，出土时竟然完好如初葬，连眼珠都黑白分明，丰腴的肌体更是无比奇怪地仍然富有生命的弹性。这个身长一米五八的女尸，头发乌黑，无一根白发，竟然连眉毛和牙齿也是整齐完好的。这把当时南粤省城里下来的专家都给惊呆了，他们无一不为数百年前这个标致的人体标本啧啧称奇。这虽然已经和古老的欧阳家族扯不上什么关系了，但在欧阳家族隐约的记忆里，似乎五百多年前以及之后相当长的一段时间里，厚街的许多事情，都与一个外来的漂亮女人有关。这个女尸到底是不是那个遥远年代里曾经在厚街出现过的妖娆的寡妇呢？没有人能说得清楚。

但在许多厚街人看来，这无疑是欧阳家族历史上的重要一笔。就像一个人在启蒙时刻留下的记忆往往最为深刻一样。有这样一个女人，她的确出现并且留存在了欧阳家族的历史里，从而使厚街乃至整个东莞大地后来的历史变得生动艳丽起来。

那时候的厚街，已经因为欧阳家族的到来而成了一个相对富庶的地方，他们广开沟渠，将多余的水排入江中，把湿地变成了稻田，不出三年，他们饲养三鸟的数量已经超过了人口总数的数十陪，他们在开阔处建圩市，定期开市进行贸易，用草编换来了大量的银钱。鱼虾根本用不着养殖，那是怎么吃都吃不完的东西。也许正是看中了这一点，那个妖娆的寡妇一来到厚街，就决定停下来不走了。

三天后，这个寡妇从厚街圩市经过的时候，男人们看到她穿了一身他们从来没有见到过的衣服，那飘逸的质地以及柔和得扎眼的颜色，像一只木棒一样在他们胸膛里摆动。她的头发在头顶上绾成了一个黑塔一样耸立的髻，发髻上的坠饰发出稀有金属的光芒。她的出现一下子把整个圩市都照亮了，几乎没有一个男人不随着她脚步的移动缓缓转动自己呆滞的眼球。她的身影所经过的地方，无论是交易的商人还是闲散的田汉，一律将目光聚集过来，他们中的大多数，都在自己毫无知觉的情况下流下了长长的涎水。他们在心里惊叹，原来女人是这样的，原来一个女人可以是这样的，衣服可以这样穿，头发可以这样绾起来。而且令他们更为惊异的是，那萦绕着厚街的奇异香气，竟然紧紧跟在她后面，如影随形。当天晚上，就有人去推操那道竖起来不久的新篱笆。

第一个在夜色中走进那道篱笆的男人，在不知不觉中被一片莫名的香气迷倒了。当他在晚来的夜露中清醒过来的时候，发现身边躺着几个正在渐渐苏醒的同伴。他们悄悄地醒来，憨厚地坐在地上，相互自嘲似的笑一笑，身体里除了被夜露浸润后的神清气爽之外，并没有感到有什么不舒适的地方，只是他们的表面和内心，都分别掩藏了一丝尴尬。他们在离去的路上，都抬头看着天上的星星，然后若无其事地相互谈论着各自家里的田地和生活。

他们这样三番五次在篱笆内外的出现，自然引来了无数议论，也为丰富的汉语世界早早地奉献了一条俗语——寡妇门前是非多。

世界上最早尝到葡萄的狐狸，现在已经没有办法确切地知道它是哪一只了。但在厚街，最早尝到美丽寡妇这颗葡萄的，是一个名叫鬼苗的男人。他的过分贪婪，终于迫使红了眼的男人们将他堵在了寡妇的茅屋里。

在女人的事情上，一开始欧阳家族的男人们是小心谨慎的，大多有贼心无贼胆，但他们有的是捉贼的精神和本事。在这种情形下，一贯谨小慎微的鬼苗几乎没有可能不被堵上。因为长久以来，许多男人都觊觎着那间茅屋轻掩的柴门，他们中没有一个不希望自己是第一个趁着夜色溜进那道柴门的人。

欧阳家族早在厚街立村之初，就从遥远的珠玑巷带来了完善的礼法宗治。他们在族长鸣钟之后，以最快的速度聚集在了新建不久的宗祠里。那时候，两根巨大的红烛摇曳着昏黄的光亮，先祖的牌位下已经洒上了宁静的香灰。然而，祠堂内的气氛却像一锅将要开爆的豆子，等待着最后一点火候。参加议事的男人们像青蛙一样鼓着肚皮,一句话也说不出来。面对最早的那个被蚊子夺去了生命的祖先的亡灵,他们在毫无准备又无可奈何的情况下,做出了罚没均分鬼苗家一口三百斤肥猪的决定。

翌日傍晚,厚街家家户户屋里都飘出了瓦罐炖肉的香味。那个带头捉奸的捉手,兴高采烈地得到了一只带有奖掖性质的肥猪头。这样蹊跷又无可奈何的处罚,被许多吃着猪肉的男人看在了眼里。接下来的一些时日,这种性质的猪肉像大水一样不断地涌到了各家各户的厨房里。有的人家一时吃不掉,就将猪肉挂在了屋顶吊下来的钩子上。转天傍晚,他们发现猪肉上已经爬满了胖墩墩的白蛆。当他们带着一腔莫名的愤怒吃掉那些肉虫儿的时候,发现更加想念那个住在东面山坡上肤色雪白的寡妇了。

令那些德高望重的欧阳家族先祖们没有想到的是,他们在众目睽睽之下惩戒了一个鬼苗之后,那些前赴后继的鬼苗却更多了。那以后的许多年里,厚街一带几乎所有的成年猪都被厚街人津津有味地吃掉了。他们在吃掉这种大水一样不断涌来的猪肉的同时,渐渐发现吃这种带有惩罚性质的猪肉,除了多出了一些忍俊不禁的谈资之外,味道与其他猪肉并没有什么两样。那时候厚街圩市的几家豆腐坊,因此生意都不景气,后来甚至到了门可罗雀的地步。再后来,就不得不关门歇业了。看着那些被雨水淋蚀得不成样子的豆腐坊招牌,有人便发出了厚街人有肉不吃豆腐的感叹。渐渐地,他们便为汉语世界推广了"吃豆腐"这句隐喻占女人便宜——但一般辞书均不收录的歇后语。

是的,许多年代过去了,豆腐的价格一直都要比肉便宜一些。

……

王春麦无法定位自己在欧阳嘉禾老人身边这种工作的性质,保姆?听众?似乎都不大合适——她在倾听,他在倾诉;他在为一个家族在时间的长河里悄悄迷失而苦恼,她在为把老人家的讲述复原为某种可以信赖的真实而努力。他们一老一少,一南一北,被一种看不见的东西拴在了一起。事实上,欧阳嘉禾老人的讲述在一天当中占不了多少时间,他的讲述大部分时间应该定义为他们的谈话。如果不是王春麦及时的引导,他的讲述在漫长的一月之中都有可能只是翻来覆去的一句话。更多的时候,他的心绪和行动都需要王春麦的启发和牵引。在日复一日的乏味的相处中,王春麦发现这个比自己没有见过面的爷爷还要老上几岁的老人是可爱的,也是执拗的。他和几乎所有的老人都不完全一样——除了早上阳光升起的时候他不大会轻易入睡之外,其他任何时间,他都有可能在一句讲述被年迈的记忆梗阻之后,悄然昏睡过去,好像是有意给王春麦提供对事件本身加以复原确认和思考的大片时间。人们对厚街近三百年的历史并不感到模糊,因为这本身就不是一笔难查的糊涂账。欧阳嘉禾老人一直关心的,是它们三百年前的从前。因为他似乎觉得,厚街的这一天,似乎就是三百年前某一天的复原。

一个被认为头脑已经出了问题的老人的思考,完全是没有理智的。因此,没有人愿意把它与一些高深的哲学概念牵扯在一起,因为这种兢兢业业的重复,已经远在形而上之上了。一个人被妄想、痴呆、讲述、重复、思考、昏睡这些东西包裹起来的时候——而他已经年迈,他的思想将由什么来左右? 这是一个连哲学家也回答不了的问题。

很多时候,王春麦都觉得欧阳嘉禾老人其实只是一个三岁的孩子。而且,这种感觉在时间走过的地方,越来越明显。

# 第十一章

## 三十九

"阿发——"领班在过道里轻轻喊了一声。

三楼的领班是98号,他已经习惯将88号马石头喊作阿发了。98号不光是领班,也是现在纤纤沐足城男技师里手法最好的。他个头不高,身材却是修长的,无论说话还是做事,都有着与他年龄不相称的稳重。马石头更想不到的是,他面皮竟然那么白净,谈吐也十分不俗。马石头老是想找茬跟他多聊聊,但是除了工作以外的话,他几乎不多说一个字。最重要的是马石头羡慕他捏脚的手法,一个男孩子,动作竟然那样娴熟,那样轻柔。在纤纤沐足阁,他的手法在男技师中是稳坐第一把交椅的。只要是经他捏过脚的女宾,只要是纤纤沐足的回头客,不用说都会主动去点他的号。

领班从休息间门口伸进脑袋来,眼睛盯着马石头说:"阿发,你上次用过的创可贴有没有剩下的?"

马石头站起身迎上去问:"怎么了,你怎么了?"

领班有点焦急地说:"不是我用,一层、一层新来了一个——肯定是个新手,弄疼人家了,客人发火了,蹬了一脚,额头碰破了,流血了,得马上用创可贴止住。"

马石头忙打开自己的小柜子,从一个角落里摸出那片创可贴,但发现它角上不知什么时候沾了块三角形的污渍。马石头犹豫着还要说什么，领班已经一把抓在手里，转身快步离开了。

仅剩的那片被推到柜子角落里的创可贴，是马石头刚到纤纤沐足阁的时候用剩下的。那是他开始上岗的第三天，不，也许是第二天，或者就是第一天。总之那一天是他始终不愿提及的一个灰色的日子，从它开始的那个时刻起，马石头就决定将它忘却。然而，忘却又一次次充实了他的记忆，愈是想要忘却，那个情景就愈是在他脑海里反复出现，并给那段记忆增添了许多色彩。

那是他接待的第一个女宾，那天是领班98带着他一起过去的。女宾年龄不大，身材并不很高，只是稍稍有点肥。她往沙发上一躺，就指着站在她对面的马石头说："就你了靓仔，今天你帮我好好捏一捏，我都快累晕了。"

她的女伴是一个相对清爽的姑娘，无论个头还是身材，都仿佛比她小了一个号。她坐下去的神情十分优雅——轻轻裹起裙摆，轻轻抬起腿，然后在大腿下掖好，然后轻轻将后背靠在宽大的沙发上。这些动作相互连贯着，但她做得不紧不慢，完全是那种淑女的样子。沙发和她纤瘦的身子很不成比例，然而宽阔的沙发却没有将她的优雅陷落。那是马石头的第一单生意，虽然他已经鼓足了勇气，也做好了足够的承受一切的心理准备，但当他在双手捏到女宾脚心的时候，还是因为手法生疏没有掌握好力度被女宾下意识的一脚蹬了过去。

在一片惊慌中，他的身体斜斜地倒了下去……

"你要掐死我呀你。"

女宾一边从沙发上坐直身子，一边大声叫嚷。

领班马上起身为他解围。也许他一开始就看出马石头是个新手了，所以他才有意带他一起做这第一单生意。在沐足这个行当里，是不大有人愿意带人的，大家都很有兴趣看一个新手出洋相。这个道理非常简单，一个新手出师，一个技师在某种程度上自然就会少一单生意。少一单生意，就意味着少一份实实在在的收入呵！

那天马石头的额头出血了——它蹭在了小角几的边上。他没有退缩，他在惊慌中站起身向客人鞠了三个躬。

"对不起，大姐，刚刚是我走神了。"

那位有点发胖的女宾还要发作，结果被她清爽优雅的同伴挡住了。她拍了拍她粗粗的白胳膊说：

"好了，雪姐，让98给你捏吧，你把人家小靓仔可吓坏啦——瞧，人家都已经出血了。"

马石头还要坚持给那个被叫做雪姐的女人捏脚，被98拉过去了。他小声说："行了，你已经叫人家不高兴了，还要人家吵到前台去吗？"

马石头从他的眼睛里看到了一些别样的东西，他知道98并没有责怪他，甚至连他担心的他会告诉大堂和老板的这件事,后来也没有发生。

离开的时候,那个被喊做雪姐的女人从夹子里扯出两张百元新钞放在小几上说:"今天是我心情不大好,很不好意思的,不过这小靓仔可是的确有点手生呵！"领班因此又给她说了许多好话,才相互客气地送她们下楼。

来到休息间,领班从自己的柜子里拿出几片创可帖塞给马石头说:"把额头的伤口洗一洗帖上吧,防止感染。"当时,马石头差点就哭出来了,他拿起那两张百元新钞要把它撕碎的时候,98挡住他的手说:"怎么都行,但你不要跟钱过不去。"事后马石头才从谈话中知道,那几片创可帖,是98自己刚开始的时候用剩下的。

马石头一直在想,98当初被蹬过去的时候,是伤在哪儿了呢？

就是那个被马石头认为是灰色日子的日子,却也是他在东莞的真正的开始。那天晚上接下来的时间,他一共做了八单生意,他用从雪姐女伴脚上体验到的手感,让女宾们的呼吸和呻吟时而紧张,时而舒缓。那天,是他第一次抚摸女性的脚,他没有想到他会用去那么多的心思和柔情。从不能接受到接受,从紧张到坦然,这一切就在一个晚上全都发生了。那是种体验是别样的,简单中包含着复杂,主动中潜藏着被动,厌恶中浮荡着好感。第一天晚上,他的收入就超过了八十元,这是他没有想到的。当他在深夜走进那间地下室的时候,袁小玲发现他额头上贴着创可帖。马石头它的解释是:"加班打瞌睡不小心在桌子上磕了一下,只是蹭破点皮。"

事实上,袁小玲的工作也是一路磕磕绊绊,她脸上十分镇定,嘴上也不多说,但马石头能觉察出来,即使看不出来他也能够感觉得到。东莞这样一个高速发展中南方城市,几年间吸引了近千万的外来者,除了小偷乞讨者和拾荒者,在这里你想拥有任何一份工作,都面对着许多竞争者。这一点来东莞已经几个月的马石头感受是深刻的,说穿了,这里并不是一个你想干什么就能干什么的地方,这就是生活在东莞的压力。一个人生活在这个世界上,什么样的压力都是会有的,对于生存的压力大家都能感受得到,只有当你远离故土不得不靠自己独自打拼的时候,这样的感受才最为真切。当然,也只有你自己亲身经历了,才会更加地真实。

马石头的手法已经很熟练了,说实在的,马石头本就是那种心灵手巧的小伙子,在学校如是,在工地上如是,来到纤纤沐足阁,亦如是。初来东莞的时候,他曾经有一些日子怀疑过自己,他不是一个笨拙的人呵,为什么来到南方之后竟然百无一用了呢？那些日子,他对自己的人生的确进行了一番别样的思考。马上找到王春麦,然后灰溜溜地回去？那样子他在她心目中会是个什么样子？这种思考加上他在求职中一次次的碰壁,把他心中的那份镇定一点一点消磨殆尽了。来到了东莞,才是他步入现代社会的真正开始。当他意识到这些的时候,找到王春麦已经变得不再那么重要了。

两个月之后,马石头在纤纤沐足阁已经是有点名头的技师了。一周之内,他被客人点名服务的次数,少说四五次总是有的,有时候六七次也不止。这除了能够印证自己的手艺和服务态度以及质量之外,更加重要的是它直接地关系着他的收入,被客人多点名服务一次,光分成收入就能上一个不小的台阶。

那个名叫欧阳雪被人喊作雪姐的女人又来了,她套装里面的身体不知道是从什么时候开始瘦削下来的。欧阳雪已经有些日子没有来纤纤了,大概有半个月了吧,也许还不止呢!她只要来的时候,一般都要点阿发——马石头。第一次欧阳雪说要点阿发的时候,机敏的大堂迎上来说:"要不……给您换个手法别样的技师?"

欧阳雪说:"我就点阿发,怎么,不可以吗?"

大堂说:"好的,好的,我看看他这会儿是不是有空。"

三楼的人几乎都知道这位叫欧阳雪的女人是88号的滑铁卢,遇到这样的事,大堂和领班都是会安排回避的。但那时候,马石头已经听见声音从休息室里出来了,他迎着欧阳雪走过去,叫了声雪姐,然后就在众人担心的目光里,将客人引进泡脚屋里去了。所有人的担心,都被雪姐满意的笑靥否定了。后来,他们中甚至有人开始妒忌起马石头——他竟然能在这么短的时间里就有了一位三五天必来一次的老主顾。

雪姐又来了,她套装里瘦削下来的身体显现出一种说不出来的风韵。马石头问欧阳雪:"今天您是一个人吗?"其实他不用问,宽敞的三楼接待大厅里,只有欧阳雪一个客人。

欧阳雪笑了笑说:"那你希望我跟谁一起来呀!"

马石头腼腆地朝她笑了笑,再什么也没说。

进了房间,欧阳雪很疲惫地把身躯重重地摞到沙发上,然后就一动不动了。她已经不叫马石头发发了,也不叫他阿发,她叫马石头小发。她说小发好听呵!

躺了一会儿,她说:"小发,你怎么还在这里呀?一个男孩子是不可以这样的,如果我没有记错的话,你在纤纤沐足阁已经干了好几个月了吧?"

马石头一边往泡脚池里放着热水,加着草药粉,一边把脸埋了下去,他不敢看这个被他喊做雪姐的女人那张嫩嫩的粉脸。几个月的时间里,她的身材在每一次见到他的时候,都会有一些微小的变化。先是她背上的余肉少了,接着是小腿细了,再接着,那张圆脸渐渐地显出了清秀的轮廓。当她的脸孔显出棱角的时候,马石头发现这个被他叫做雪姐的女人,其实很好看,而且她的年龄,也并不是他原来猜测的四十岁那么大。

马石头的每一个细节都做得非常仔细,水温试好了,草药粉搅匀了,说完话的欧阳雪躺在泡脚沙发上闭着眼睛,没有动。马石头将她的两只变细的小腿抬起来,小心地脱了鞋……马石头突然犹豫了,欧阳雪今天穿的是一身淡绿色的套裙,属于职业装,脚上和腿上是一条天鹅绒长袜。脱了鞋子以后,马石头不由自主地愣住了。毫无疑问,欧阳雪今天穿的长袜是连裤的那种。马石头有些为难了,这为难之中,更有许多难为情的意思。马石头把眼睛转向了欧阳雪的脸,她打了腮红的面庞在灯光下泛着一层晶莹的细白,眼睛闭着,微微翕动的鼻翼带出轻轻的呼吸。马石头压低声音说:"雪姐,袜子……是您自己脱吗?"欧阳雪展开的身体依然没有动,也没有说什么,只是呼吸声有了一些不易察觉的轻微的变化。

马石头站在那里不知所措,以往欧阳雪过来的时候,都是自己脱鞋脱袜子的,有几次是喝多了例外,但那几次她穿的都是短袜或者中袜,这样尴尬的场面,马石头还是第一次碰到。真的,马石头从心里是有些感谢眼前这个女人的,她是他进入纤纤沐足阁当了一名洗脚工之后,服务的第一个客人,也是往后在他的沐足工生涯当中,主动点他捏脚次数最多的女宾——这为他在纤纤沐足阁赢得了荣誉。

僵持的几分钟就像是几个小时,马石头试了试水温,两只手相互搓了搓,轻声说:"雪姐,您今天很累吗?"欧阳雪依然没有吱声。马石头走过去,用手试着轻轻揪起裹着她丰腴大腿的那层薄薄的丝袜。他想把它拉下来,可是丝袜弹性太好了,要想把它的上部从她的胯上拉下来,他的手不接触到她裙子下面的臀部或者腹部显然是不行的,否则它很可能宁为玉碎,不为瓦全。欧阳雪有在泡脚和捏脚过程中昏然睡去的习惯,每一次她闭上眼睛的时候,马石头都会拿一条毯子搭在她的小腹上。空调开着,眯过去的时候感觉总是会有点凉的。然而今天,马石头觉得欧阳雪的眼睛比以往任何时候闭得都更早些——脚还没泡进水里呢!

马石头俯下身,将两只修长而有力的手小心翼翼地伸进了欧阳雪的裙摆里。他想尽量地不接触到她的肌肤,尽量地不去惊动她的身体……

当马石头感觉到欧阳雪脸颊上那一片冰凉的时候,他已经被一束猛力拉倒在沙发里,他的身体像一朵轻云,飘在欧阳雪柔软的身体之上。欧阳雪的两只手将他箍得很紧,她的胸脯在猛烈地起伏,马石头能清晰地感觉到她是在抽泣。

欧阳雪一共加了两个钟点。走的时候,欧阳雪挑了一片端上来的水果,一边吃着一边说:"小发,人生是需要有第一桶金的,第一桶金很重要,这个我知道,如果需要帮忙的话,可以联系我。"说着,她从手包里抽出一只蓝色的皮夹,递给马石头一张精致的名片。灯光下,散发的香味的纸片上面有一串很小的字——欧阳雪总裁,万光汽车有限公司。

临出门的时候,欧阳雪愣了一下,轻声说:"小发,能……抱抱我吗?"

马石头迟疑了一下,然后故作轻松地张开臂膀迎了上去。

欧阳雪用细嫩的脸庞摩挲着马石头的脸颊,一边享受着他的拥抱,一边用低沉的东莞口音说:

"小发……我……离婚了……半个月前,我离婚了……"

顿了顿,欧阳雪又说:"你知道那个现在成了我前夫新婚妻子的女人是谁吗?"

马石头摆了摆头。

欧阳雪说:"就是你第一次给我捏脚时陪我一起来到纤纤沐足阁的那个女孩——我原来的副总经理——林燕。"

欧阳雪接着说:"不过……我……并不恨她。"

欧阳雪走了,马石头一直送她到了楼下。

上车的时候,欧阳雪朝他摇了摇手说:"小发,今天真地很感谢你,记得给我电话。"

马石头一时不知道说什么好,只感觉鼻子有点酸,他说:"我也十分感谢你,雪姐,欢迎下次光临。"

欧阳雪微微笑了笑,然后那辆红色的宝马就钻进明亮的夜色中去了。

这个晚上,马石头再也没有接生意,当流水牌上的号码挨到他的时候,他就把自己的号码移到后面去了。他静静地坐在休息室里,什么也不想做。和马石头相对要好的68号前天走了,他离开的时候静悄悄的,离开前根本没有表现出要走的迹象。马石头曾经猜测过他的去向,但他一直不能确定。也许再在东莞大街上碰到他的时候,他已经不是那个和他在纤纤沐足阁曾经共事的同事了。马石头想,他可能已经拿到人生的第一桶金了,他的生活可以真正开始了,他再次来到纤纤沐足阁的时候,一定已经是另一种角色了。或者,他可能永远将纤纤沐足阁这几个字在他的记忆中抹去。

马石头始终觉得自己最不能面对的其实是王春麦,确切地说,是不能以洗脚工这样的身份去面对她。甚至不能以这样的身份面对现在的袁小玲——他向她隐瞒的时间已经太久了。如果说他与她的相遇是偶然,那么他对她的隐瞒又应当怎样去解释呢? 马石头曾经想到过在他手头稍稍宽裕一些的时候,就离开纤纤沐足阁。可是离开了纤纤,他又能去哪里呢?回家是他来到纤纤沐足阁之后想都没有想过的事情,因为家里和几乎全村人都知道他马石头在南方干得挺好的,而且他比王春麦那个早几年就来南方闯荡的表舅刘三旺更有发财的迹象——他在南下不长的时间内就先后两次给家里寄去了两千块钱。马石头不愿走回头路,在他心里,已经对那个遥远的厚街感到失望了。这种失望是不可能不在他的心中产生的,如果说他在河西走廊的那几年那种对比还不够强烈的话,当他的脚步一踏上南方的土地,内心就不由得不为眼前的一切感到惊诧,那种南北两重天的现实,在他心里形成了天上地下一般的巨大的落差。一个没有希望的地方,是激不起人们向往的。他要在南方留下来,他要像成千上万南下的人们一样,在岭山南北留下来,哪怕这种停留是暂时的。

快凌晨零点钟的时候,马石头提前一个小时回去了。一进门,他发现袁小玲呆呆地坐在小桌边,灯光从头顶上罩下来,她的身上洒满了昏黄的光晕,她的手里握着小巧的手机,脸颊上是两条清晰的泪痕。马石头走上前去,扳过她的脸,他一下子愣住了,袁小玲额头的右边,斜斜地贴着一片创可帖。那创可帖的一角,有一处马石头熟悉的三角形的污渍。

袁小玲一边用纸巾拭着面颊,一边站起来说:"小马,今天……你怎么提前下班了,没有加班吗?"

马石头没有回答她,盯着袁小玲的额头问:"你这里……怎么了?"

袁小玲轻轻走过来把马石头抱住了,还掂起脚尖将下巴搁在了他的肩头:"没什么,搬东西不小心在文件柜上蹭了一下,很快就会好的,没事的。"

袁小玲这么说,马石头突然反过来把她搂得更紧了。马石头用生怕惊动她的声音在她耳边说:"今天晚上,九点多钟的时候,在……纤纤沐足阁一楼,一个新来的姑娘,因为手生,被客人推倒了……她的额头流血了……有人上三楼给她找了一片创可帖……"

袁小玲身子开始嗦嗦地抖起来,她哽咽着说:"马石头……你不要说了。"

马石头没有停,但他的声音已经平静下来了。

"那个给她创可帖的人,就是我——三楼的洗脚工,88号——他们都叫我……阿发……"

说完,他们就相拥着大哭起来。

# 四 十

前几天,袁小玲一直打工的那间洗衣店倒闭了,据说是因为老板早就偷偷吸上了白粉,几次送进戒毒所死活戒不掉。为日后生计计,老板娘不得已,将一些资产悄悄转移了。最后,十分红火的洗衣店也不得不宣告关门,挂出了"此店外盘"的幌子。

洗脚工——洗衣工——

这样的无论在工种在什么时候,对于一个年轻人来说都是难以启齿,放在她一个刚刚毕业不久的大学生身上,就更加地不伦不类了。况且,她是从那么遥远的地方来到这里的。马石头曾想在他干上几个月的时候,咬咬牙告诉袁小玲他工作的真相,但在他还没有完全下定决心的时候,上天却为他们做了这样的安排——他们双双成了同一家沐足城的洗脚工,这是在他来东莞之前无论如何也没有想到的。有时候他想,这是不是上天对他们开的一个玩笑?

这一切公开之后,马石头和袁小玲都没有了窘迫,反而变得坦然了。在他们眼里,其实东莞就是这么个地方,现实得很。然而,眼下中国哪个地方又不这么现实呢?他们之间没有了往日的遮遮掩掩,说话也没有了昔日的吞吞吐吐,就像当初那两张小床不知不觉给拼到一起一样。有时候上班下班,他们也开始成双入对。

马石头第一次接到欧阳雪的电话,是在一个下午,那时候沐足阁没什么生意,他们几个三楼的技师都聚在休息室里斗一把一块的地主。马石头本来对这种游戏是没什么兴趣的,但因为一次带了一块钱的小彩儿,权当消磨时间罢,有时候也能弄到几十块。这样的游戏,马石头输的概率一般情况下不是很大。但每次马石头只要是赢了,过了那么一个数目,啤酒呀什么的总是少不了要提来几瓶的。说穿了,大家挣钱都不容易。那天欧阳雪的电话打过来的时候,马石头的手机在震动上。他一看屏幕上出现的是欧阳雪的名字,就扔下刚刚接到一半的纸牌出去了。后面有人说阿发不玩了呵?这么好的手气。他急匆匆地说我去接个电话。

马石头快步来到楼道最里端,按下了接听键。

"雪姐呀,你已经到纤纤了吗?"

欧阳雪在那边说:"不,我在外面。"

顿了一下,欧阳雪又接上说:"小发,呆会儿一起吃饭好吗?"

欧阳雪那带着浓浓东莞口音的语气里,有一些探询征求的意思,却暗暗隐藏着一丝不容置疑的命令。

马石头说:"很不巧,我是下午和晚上的班呀,雪姐。"

欧阳雪说:"小发,你这就换上衣服到嘉宝丽门口,我十分钟就过去。"

说完,欧阳雪的电话就挂掉了。

马石头进休息间换衣服的时候,大家都把目光移过来看他。他拍了下领班的肩膀说小声:"我有点事呵,房东找我,可能是自来水出了问题,我得赶紧过去一下。"说完也不等领班回答,就匆匆地出门去了。

嘉宝丽是新城中心广元路上的一家大卖场,距纤纤沐足不足二百米,马石头刚刚到大门口,欧阳雪的车就在街边停下了。欧阳雪按了两声喇叭,然后从放下玻璃的车窗口向马石头招手。欧阳雪今天换上了大号的宽边太阳镜,上半张脸几乎都给遮住了。马石头刚刚伸手拉开后面车门,欧阳雪却招呼马石头,"坐前面呵小发,没有别人的。"

关上车门,车子就悄无声息地启动了。欧阳雪随口问:"你有没有中意的酒店呀?"马石头说:"没有,就随便吧,现在吃饭……还有点早呢!"欧阳雪说:"那好,咱们现在先找个喝茶的地方喝会儿茶,然后直落好吧!"不等马石头说什么,欧阳雪的车子已经绕过新城市广场的地下立交,就近穿过东莞大道,一路向南奔厚街方向去了。

那天的下午,他们是在花园粥城度过的。

花园粥城是一家坐落在近郊的田园式休闲会所,一条弯弯曲曲的回廊加上无数草木掩映着的甬道和流水,配上低矮的建筑和一些园林式的景观设计,营造出了一种闹市中独特的淡雅氛围。几乎有点儿岭南名园可园的味道了,但它的宽敞是小巧精致的可园是没有办法比拟的。欧阳雪要了一间屋檐上挂下水帘的屋子，它在通道末端靠前的位置。屋子从外观上看着小，进去到里面却很宽敞，外间是一圈宽垫布艺沙发，里间喝茶的地方有做工考究的木椅和原木。茶几中央的茶具中，茶壶和茶盅看上去分外精致，一看就知道出自上等紫砂师傅之手。服务生端来一个托盘，里面是上等的茶叶。欧阳雪让马石头自己选，马石头自己不怎么会，就要欧阳雪来，服务生忙凑上去，在她面前一一将茶叶盒打开。欧阳雪很在行地挨个看了看，随手点了一种。经过洗茶和冲茶之后，欧阳雪示意服务生可以出去了。显然，她是想拥有一个属于自己的宁静空间。

几分钟后，壶盖被雪姐打开，一缕清香瞬间溢出，马石头禁不住长长地舒了一口气。他的这个小小的举动给雪姐捕捉到了，她直了下身子，笑着说："小发，这几样都是上等茶呢，花园这边的茶叶，你大可放心。"欧阳雪一面倒着茶汤，一面轻轻摇着茶壶，淡绿的茶汁丝线一样在茶盅上飞旋，那样子娴熟又内行。

三盅铁观音顺下去之后，马石头觉得自己上下贯通了。他突然觉得那次欧阳雪给了他名片之后，他应该主动先给她打一个电话才是对的。不为别的，问声好，就冲他在纤纤沐足阁这几个月来她对他生意的照顾。欧阳雪的脸看上去又白净了一些，她穿了一条长裙，上面是吊带，所以她胳膊向上一提时，两个平时不容易看到的肩头就圆润地露在了马石头眼前。他还没有开口，欧阳雪却先说话了。

"小发，你应该给我一个电话的呀！"

欧阳雪这么说，马石头就轻轻放下茶盅，很内疚地收了手，将它们放在膝盖上。

"你不应该在纤纤这种地方干这么长时间，"欧阳雪停了一会，呷了口茶，接着说，"你有女朋友了是吗？一定是你们纤纤的女孩子吧，怪不得离不开那儿呢！"

说着话，欧阳雪吸了口茶，抿起嘴轻轻笑了。

马石头突然觉得在欧阳雪面前，自己一句话也说不出来了。其实前一阵子他是想给欧阳雪一个电话的，但不知道出于什么原因，刚刚拨出去的号他又给取消了。自从那次欧阳雪将他揽入怀中之后，一想到欧阳雪，他的内心就会猛然变得复杂起来，这不光是她那对结实的乳房给了他迷惑之中强有力的冲撞。时不时的，他便把欧阳雪袁小玲和王春麦放一起进行比较。这样的比较，往往会使她们的形象在他脑海里更加混乱。他觉得自己变了，来到南方后他变了，已经变得和那个厚街村的马石头不一样了，和那个在工地上的马石头也不一样了。在他们厚街村或者外面的工地上，一提到王春麦，马石头就有一种强烈的渴望，即使是黄老板带他们去西部大酒店发生了那件可耻的事情之后，马石头对王春麦的渴望不但没有减轻，反而愈加强烈了。否则他也不会拗着父母的意愿，仓促地做出南下的决定。当他决定南下的时候，寻找王春麦已经成了一个他离开厚街的借口。他想的更多的，是自己给自己一个机会。这些在他脑海里依然朦胧的想法，与父亲马文革是讲不通的,如果说马石头对自己的人生已经重新有了一些思考的话,那么父亲对人生的认知其实是相当有限的。

当他和袁小玲在东莞不期而遇的时候,他的想法如一棵拔节的麦子一样青翠。他没有想到,他对一个女大学生竟然会没有丝毫的怯懦,反而在一些小事上显现了自己的优势。他和她——在家乡也许连说话机会都不是太多两个人,当命运把他们驱赶到南海之滨的东莞之后,却放在了同一起跑线上。尽管他为此感到过兴奋,但自卑似的迷惑一直在他内心深处隐藏着,他觉得袁小玲头脑中有他永远也无法琢磨的东西。这东西不仅仅是因为她是一个女人。这也许就是他不敢主动给欧阳雪打电话的原因吧,因为欧阳雪比之袁小玲,与他似乎更有着许多陌生和距离。

欧阳雪呷着口茶,把两条白腿并排放平了,让目光盯着马石头的眼睛。显然,今天的欧阳雪是化了淡妆的。马石头第一次见到欧阳雪的时候,她就是淡妆,后来的也是一样。只是有时候眼影重一些,有时候又巧妙地突出了腮红和唇彩浓度。这之中,她的发型倒是有过两三次变化。马石头刚刚在纤纤见到她的时候,她的发型是那种挂到后背上的波浪。几个月后,它们又给拉直了,直到上一次见到她的时候,欧阳雪的发型就成了现在这个样子——看上去是前后都给胡乱打碎了的直发,到了三分之一处,又成了那种流水样的大波浪。颜色也染了,而且上下不一,由深到浅渐次过度,到了发梢上,便泛出淡淡的米黄来。她的唇彩是粉色的,很眩目,又配了粉底白花的吊带裙和银灰色凉拖,细细一比较,她已经完全不是马石头第一次见到的那个欧阳雪了。人说岁月催人老,眼前的欧阳雪却明明比几个月前更加年轻了。如果第一次马石头目测她是将近四十岁的样子,那么眼前的她,只能说是徘徊在将近三十这个岁数上。而且如果是第一次见到,甚至不会用三十这个数字去猜测她的年龄。

喝着茶,欧阳雪也是一副有话要说的样子,又仿佛隔着层什么,一时开不了口,但与马石头相比,欧阳雪毕竟是那种见过世面的女人,表面上根本不可能表现出像马石头那样的局促。

"小发,你以后……有什么打算呀,不会打算在纤纤干一辈子吧!哦小发,你还没有告诉我你的名字呢!"

欧阳雪说着,放下茶盅,抬起自己的一只手,眼睛盯着马石头的脸。

马石头把眼睛抬起来,看了眼欧阳雪说:"我叫马石头,我是西北人。"

马石头这么说,欧阳雪突然咯咯咯地笑了,她边笑边说:"就你这块头这口音,肯定是北方人了。我不是查户口的,我对你的出身没有兴趣。说吧,你想不想换个环境——我是说你的收入比现在肯定不会低。"

马石头这一次镇定下来了,他看着欧阳雪的脸,想了想说:"当然想过,我来东莞之前根本就没有想过自己会去做洗脚工……只是没有办法。"

欧阳雪直了下身子说："那你愿意到我的公司做吗？工作不会比你现在累,薪水也不会低的。"

"你的公司？"

欧阳雪说："是的,我和前夫的生意已经分开了,现在我是万光的董事长兼总经理,我现在需要几个能干的年轻人——真地很需要。"

# 第十二章

## 四十一

　　王春麦觉得自己变了,她的脑海里,那个遥远而贫瘠的厚街正在一点一点远去,就像一块冰糖丢进了水里,时间一天天过去,它已经融化得所剩无几了。相反,另一个厚街却像一棵营养充足的树一样在她的脑海里生长起来。有时候她又觉得不全是这样,而是她自己变成一棵小树生长起来了,她在厚街中心位置上,一天天长大长高,窜出鳞次栉比的楼群,从高处俯瞰着这片繁华的土地。

　　在陪护着欧阳嘉禾老人的许多个日子里,她一边聆听,一边整理,一边复述。对于厚街的历史,她似乎比欧阳嘉禾老人有了更加流畅的记忆。她发现这当中有许多东西,是她曾经苦苦寻觅过的。在那个遥远的厚街,对今天这样的生活,她曾有过梦一样迷茫的追寻,也对马石头有过一些期许,但她最后还是选择了离开。这种离去她把它认定为自己的新生,她没有想到她的一切,将在另一个名叫厚街的地方重新开始。她情愿沉浸在这一片陌生当中。

　　在欧阳嘉禾津津有味然而又杂乱无章的讲述中,一个女人曾经在厚街无限地风光过。他的讲述加上王春麦依据几本厚书的判断和有条不紊的推理,便使厚街历史的"这一段"变得精彩起来。这种结局,似乎是连欧阳嘉禾本人也没有完全想到的。但在王春麦眼里，故事的发生就是这样的——从来没有一个故事因为没有女人而精彩过——从来没有一段历史因为没有女人而鲜活过。

……

儿子长到十八岁的时候，那个娇艳的寡妇看上去依然光彩照人。她的天生丽质是今天任何高明的化妆品都没有办法实现的梦境。

在她儿子刚满十八岁的这一天，她对厚街最有威望的那个人说：

"你们得把村庄用石头围起来了。"

这个厚街最有威望的人，是一个男人，他沉默了一会儿之后，从这个俊俏的寡妇脸上移开已经愤怒起来的目光，用有点上翘的宽大鼻孔喷着粗气，不以为然地沉默着离开了。

在后来的一段日子里，他依然没有听从这个身影经常在他脑海里晃动的寡妇的建议，他用赌气和轻蔑的方式沉默地拒绝了她，因为多年来他已经为如何让厚街人少吃大水肉伤透了脑筋。他曾经无数次在祠堂里例行的各种议事会议上，建议将这个寄居在厚街东岗坡上的寡妇赶走，但却遭到了几乎所有族中成年男性同样次数的反对。他们普遍认为，有一种香气笼罩着厚街这样一个相对富庶的地方，是很有必要的。很多人带着各种各样的使命，想方设法试图打探到这个女人的来龙去脉。他们有的北上，有的南下，但最终得到的还是只有她告诉他们的那么多——她是某个暴死男人的妻子王氏。这样的结果更加逗起了厚街男人的好奇心，他们不仅纷纷为这个女人无与伦比的美色所倾倒，近而又为她扑朔迷离的身世感到迷惑不解了。这种迷惑给他们带来了许多说不清楚的神奇的快乐，他们甚至觉得这个与众不同的女人，是偶然迈错了脚步从天上掉下来的，她和那些柔软的莞草编织物一样，都是上天赐予厚街的财富之一。因为欧阳家族来到厚街，或者说自从厚街有了人类以来的数百年间，从来没有出现过如此让他们眼目炫惑销魂散魄的尤物。

当有人问及王氏为什么选择厚街这样一个地方落脚的时候，她仰起满月一样的一张桃花脸说：

"我是寻着一缕香气从遥远的地方来到这里的。"

继而她又说：

"我一直在寻找香气，没有香气，我就会死掉。"

她说这些话的时候，声音是娇滴滴的，但不哕不媚。那时候，厚街人才突然找到了王氏之所以香气四溢的秘密——原来她必须吞咽香气才能活着。

那几年，王氏以每年一胎双生的速度生出了十个芳香四溢的女儿。她们的名字从大娘一直排到了十娘。那时候，住在东冈坡上的王氏，除了生养之外什么也不做地过着神秘而优雅的舒心日子。

厚街人对这十个没有父亲的女孩子爱不释手,她们一生下来,就被一层香气包裹着,她们的每一声呢喃都能使人在一丝莫名的清香中醉倒。她们的端庄使所有见到过她们的人都感到沉迷。更加不可思议的是,她们中的每一个,看上去都是那个年轻寡妇王氏更加鲜嫩的翻版。

当她们中的最后一双在一片香气中落草之后,有人在她们标致的身体上找到了更加细微的共同点——她们十个姐妹的左屁股上,无一例外都有一枚稻粒大小的鲜艳的红痣。随着年龄的增长,那枚红痣渐渐发出了宝石一样耀眼的红光。这样的发现使厚街的许多男人都大惊失色,因为在他们的屁股上,根本找不到与红痣有关的任何证明。他们由此揣测,她们共同的母亲——那个妖冶的寡妇王氏不是一个贞洁的女人。于是,他们又对探索王氏屁股上是否有红痣暗暗产生了兴趣。但他们中从来没有一个人得逞过,因为他们早在靠近那道木门之前,就已经完全迷失了。

有人因此想出了用另外的方法来证明,自己就是那些美丽女孩的亲生父亲——他们用竹签在左屁股中心的皮肉上刺开一个圆洞,然后在汩汩流血的伤口上滴入鸡血石磨成的红色粉沫……据不完全统计,那时候至少有五名欧阳家族的强壮男子因此送了命。后来,他们改用了相对昂贵的朱砂,但事实证明,它的效果并不比鸡血石粉沫好到哪里去。

关于寡妇王氏为何怀孕的事情,在后来就成了一个永远的迷。在厚街古老的传说中,那似乎与那棵散发着香气的小叶树扯上了关系。因为那时候,成精成怪的物什使女人怀孕的事情,是经常都在发生的。

## 四十二

厚街第一次遭到外人的劫掠,是在一个黄昏。那时候,太阳已经把远处的狮子洋染红了,空气刚刚由闷热变得潮湿起来,山林的影子斜斜地洒在地上,有几户人家的房顶上已经早早升起了炊烟。在街口的圩市上,做生意的人在收摊,做田的人在晚夕的余晖中荷锄回归。另外一些人,正在把放牧的牛羊赶回去。这是一种叫人向往的图画一样的景致。就是在这种图画一样的美景中,一伙强悍的男人从这幅水墨画的边缘闯了进来。

当他们手中的柳叶刀架在一个成年男人脖子上的时候,他没有反抗。因为身份的缘故,他的脸色没有来得及害怕就变得镇定下来。但他的身体却很不争气地开始发抖,这个与他身份不相吻合的举动,让他为自己感到失望。

他扭过被冰凉的金属压下去的脖子,脸对着那个领头的汉子,艰难地说:

“我……我是族长。”

领头的男人满意地笑了笑,自信地对他说:

"当然了,我们找的就是你呀!"

在欧阳家族来到厚街一百多年的时间里,从来没有哪一位族长是以这样的方式与外族或者官府议事的。他的两条胳膊被四只有力的大手向后拧了过去,他还想骂一句成何体统之类的话,但话只在他嘴里转了半圈就被后背上渗出的冷汗冲到尻门槽里去了。

在欧阳家族来到厚街八百年的时间长河中,任何一位族长行将就木的时候,都会适时地依照古老的族规,把族长这个凝聚家族人心的角色有序地传承下去。一旦接受了传承,这个扮演着族长角色的男人,就意味着比另外一些男人为欧阳家族和整个厚街承担更多的东西。这些承担当中,理所当然地包括凉丝丝的刀片最早架在他的脖子上。

当厚街大多数男人都被那伙手持利器的强人吆喝性口一样集中到那片空场上的时候,他们的勇气在相互的对望中又重新凝聚起来了。连续不断的大水肉将他们的身体养得像公牛一样强壮,面对另外一些男人,他们当然会躁动不安。他们反抗的苗头刚刚冒出一丝端倪,一颗欧阳家族成年男性的头颅就被剁了下来。它像一枚震落的荔枝一样,咚地一声滚落在空地上,一束鲜红的血柱从断颈上射向暮霭沉落的天空。那时候,所有的厚街人都被眼前的景况惊呆了!多少年来,他们从来没有经见过这样血腥的场面——即使是一头真正的公牛的脑袋,也不会在利刃劈下之后断然离开自己的脖项。身体中涌出的战栗,使男人们瞬间变得虚弱起来。因此,那伙强人在接下来洗劫厚街的过程中,再没有遇到任何有效的反抗,甚至连一声叫骂也没有传到他们被风声抚摸的耳朵里。

那天傍晚,厚街连平日看家护院的狗都悄悄溜走了,由于羞愧于面见主人,它们不得不选择在夜深人静时才各自溜回家去。那伙强人披着第一缕匆匆沉下来的夜色欣然离去之后,空场上已经瘫软的男人们才从草堆里拔出脑袋来。族中有人落下了一颗脑袋,族长的头颅却因为吆喝众人不准反抗而在被削去了一只耳朵之后,安然地留在他结实的颈项上。

直到那时候,他们中的许多人才强烈地意识到,厚街是应该有一座坚固的寨子了。

"没有一个坚固的寨子,那些手持大刀片的强盗,不是随时都会把大刀架在我们的脖子上吗?"

有人这样说。

"是的,是这样的。"

有很多人这样回答。

少了一只耳朵的族长没有停留在刚刚失去耳朵的悲痛中,他将那只已经停止跳动的血淋淋的耳朵从地上拾起来,用麻纸一包,便投入了对于厚街往后岁月的筹划之中。

那是一个漆黑的夜晚,没有风,寂静淹没了恐惧和死者家属哀伤的嚎叫。人们从稻场上散开,沉默像石头一样压着每一个人。

当他们跟随族长聚集在油灯下,正在为修筑一座怎样的村寨一筹莫展的时候,王氏已经十八岁的儿子送来了他早已在山羊皮上绘制好的图纸。那是一幅用整张的山羊皮绘制出来的无比详细的城堡图,设计者把厚街周围的山水地势已经完全考虑进去了——这座城堡的蓝图将村子周围的十二条溪流设计成了大大小小十二条水道,然后把街巷按阴阳五行的算法有秩序地排开,东南西北四座大门之上,全部上修碉楼,下筑瓮城。所有的街巷和通道,都按照易经八卦演绎出来的相关原理,精确地推算出了许多看似简单实则玄妙无比的设计。比如面对某一堵高墙,看似已经无路可去,但只要挪动一块看似闲置的碎砖的位置,前面一条狭长的通道就被豁然打开了。顺着一口吃水的深井下去,可能会直接通到村外很远的官道上。如果误动了一个什么机关——譬如一块路边的石头、墙上的一块悬砖,大榕树上便会嗖嗖落下飞蝗般的箭雨。这样的设计使这座森严的村寨城堡乍一看是方形的,细看又是圆形的。它使居住在村寨任何一个旮旯里的男人,都能在相同的时间里赶赴村寨中央大榕树下集合。有个最聪明的欧阳家族的年轻人甚至在那上面看出了龟背的形状,但他的猜测一出口,就被那个十八岁的英武少年否定了。

"错了,"他指着摊开的羊皮图说,"这是一只昂首的金鳌。"

厚街人这时候才在一片啧啧声中发现,寡妇王氏的儿子已经像座铁塔一样立在他们眼前了。

## 四十三

修建村寨的浩大工程,一直持续了三年。

当三座山包被夷为平地之后,一座结实的城堡便傲然耸立起来了。这座巨大的村寨在原来的沼泽地上耸立起来的同时,厚街男人的身体里也被注入了更为强悍的活力,他们的内心甚至一下子变得比公鸡还要好斗。他们的精力在搬完石头垒起高墙之后,已经没有地方使用了。面对崭新的城堡,他们不知道去哪里验证自己生长起来的力量。

这时候,那伙不知好歹的强人又在夜色的掩护下来到了厚街,他们远远望着壁垒森严的石砌寨墙,猛然意识到自己走错了地方。那时候,角楼上的水牛皮巨鼓已经被巡逻的村丁敲响,男人们根据鼓点的指示,手持梭标和农具,以最快的速度集中到了南面的寨门楼下。

最先打开寨门站在强人面前的,是一个铁塔一般的汉子。他用公牛发情呼唤母牛时的声音对踟蹰不前的强盗们说:

"没错,这就是曾经被你们抢掠过的厚街,你们今天必须把一颗脑袋留下来。因为你们早在三年前,就欠下厚街一颗人头了。"

那颗为首者的头颅与那汉子的声音几乎同时落在了地上,当他再次举起手中闪着白光的无影大刀时,贼人们已经撂下一具无头尸体撒腿逃命去了。

那伙群龙无首的贼人四散逃窜之后,在不远处东江的一条河汊里留下了五条轻便好使的快船。厚街人抬着那只被砍下的强盗的头颅和那五条轻便木船庆祝自己的胜利,少了一只耳朵的族长声泪俱下地主持了这场空前盛大的庆典。在被篝火映红的庆祝仪式上,尽管他一再地否认,但欧阳家族大多数上了年纪的男人还是从那颗被砍下的头颅上,清晰地看到了多年前那个身披麻衣愤然离去的外乡人的痕迹。

欧阳家族的祖先更没有想到的是,厚街的第一个称得上英雄的男人,竟然是一个与厚街历史毫不相干的外姓人。而且他的身世,对于厚街人来说一直以来都扑朔迷离。更加离奇的是,即使到了他已经成为厚街英雄的时候,他们依然不知道英雄的名姓。直到另一位厚街德高望重的老者提醒族长,应该感谢一下这个年轻人的时候,少了一只耳朵的族长才带领一大片沉浸于兴奋之中的人众,在庆典刚好达到高潮的时候跪倒在地,哀求面前这位一刀剁下强盗首领脑袋的英雄留下尊姓大名。

这个伟岸的年轻人像一段松木一样笔直地移到一张竹桌边,他伸出阔大的手掌,慢慢端起一海碗米酒,豪爽地一饮而尽之后,才抬手抚掉嘴角上的一丝细酒说:

"现在,我已经不得不说出我的身世了——上一朝的江山,就是咱们家的。"

厚街的先民们这时候才在一片惊诧中明白过来,原来眼前这条身似铁塔的好汉,就是早年传说中那位落难后游离民间的皇子。而他的母亲——那个妖娆的寡妇,就是传说中倾国倾城的王皇后。

事情就是这样突兀,突兀得叫人不得不感到麻木——厚街这样一个小地方,突然长期以来居住着一位皇子和他的母亲,而他们却从来没有真正认识过。这在他们看来,当然是一件不可思议的事情。

那时候,前朝的遗老遗少们已经秘密为王氏和她的儿子送来了用以传国的某种宝器和一些精美的玉雕小兽,以及一张前朝财富向西南转移之后的藏宝图。事实上那之前的许多年里,一个伟大的复国计划已经早在酝酿之中了。将厚街村寨修筑成一个高大结实的城堡,这事实上就是他们伟大复国计划的一部分。据说古老的厚街村寨,就是按某个朝代的都城临安缩小十倍建造的。它最重要的特点之一,就是以千军之力布防驻守,可挡精兵十万。厚街人第一次亲眼目睹了那些精制的皇家器物之后,才知道了这世界上真正的宝贝是什么样子。但他们不知道那些玉雕小兽中的其中一对,就是传说中能够调兵遣将的虎符。那时候的王氏,已经在一间属于自己的宽大屋子里摆起了殉国天子的牌位,那几位她后来名义上低价收买的老家奴,转眼间便成了大殿上老谋深算的辅臣。

于是,这个前朝的皇子在没有龙袍和龙椅的情况下,选择了一个日出时分仓促地举行了登基仪式,那个欧阳家族中最有声望的单耳男人,荣幸地被拜为相。他至死也没有想到,失去一只耳朵的劫难和不幸,会给自己带来如此至高无上的荣誉,也因此使他在整个欧阳家族中的地位变得更加牢固了。他死之后,他最亲近的后人曾试图将他的尸骨葬在整个欧阳家族墓地的最上首,在一个死人的地位上,企图让他超过那个被蚊子致死的先祖。这个举动几乎遭到了所有欧阳家族成年男子的反对,但由于新族长的出面,这件事情很快就被不明不白地平息了。因为他们讨论的最终结果是:那个单耳丞相的权力,事实上从来没有超过任何一个在厚街能够呼风唤雨的欧阳家族族长。

在那个黎明到来之前的登基仪式上,同时受到秘密册封的欧阳家族的男人还有不少,他们都在那个白天到来之前的瞬间,幸运地触到了王太后修长而光滑的凝脂般的手指。

太阳出来之前,刚刚登基的年轻皇上就带着他的第一批将士们秘密出发了,他们的行动严密得除了他们自己几乎没有人知道。

出征前,他们举行了神秘的出征仪式。仪式上没有杀鸡,也没有喝向天地起誓的鸡血酒。因为那十个香气四溢的皇妹在母亲的带领下,已经用一种奇怪的露出肚脐眼的舞蹈让他们在出征之前就热血沸腾了。

那一刻的厚街,仿佛正在孕育着一个伟大时代的开始,莫名的狂躁使每个人都像春天的青蛙一样,在内心发出巨大的鸣响。

# 第十三章

## 四十四

南方的海鲜是会叫人上瘾的,盐虾,香蟹,生蚝,小海虫……这些小东西经过简单的烹制,配上生啤酒,嘿——与那些大鱼大肉的区别,可真是太大了。每过一周左右,马石头和袁小玲就会一起来到这里放松一回。不光他们这些收入不高的打工者选择这里,就连一些东莞本地人也喜欢晚上来这里吃海鲜,吹凉风。白天实在太热了,仿佛只有半夜人们才有这种海吃海喝的好胃口。

袁小玲提出要从地下室搬出去自己另住的那天傍晚,他们就坐在南城靠近老护城河边的海鲜广场上。那时候,马石头已经不像初来东莞时那样做什么都小心翼翼了,他们像满大街被喊作靓妹靓仔的任何一对青年男女一样,有意地忽略掉晚饭,而选择傍晚宵夜这种浪漫又悠闲的餐饮方式。

吃到一半的时候,袁小玲捧住啤酒杯的修长的手指突然一动不动了,她定睛看着马石头,细声说:

"小马,我在纤纤这种地方做,你不会看不起我吧?"

马石头没有想到袁小玲会说这些,他愣了一下说:"咋会哩!"

袁小玲停了一下,又说:"其实我一直都在重新找工作,但没有一个比这里收入更理想的,我也想找个体面一些的工作,可……你不会看不起我吧马石头?"

马石头咽下一口啤酒,说:"那我不成了五十步笑一百步了嘛!"

袁小玲说:"你在这边的情况……家里那边知道不?

马石头说:"具体干什么不知道,我只说自己在一家公司上班,我连工地都没有说。"

袁小玲轻轻点了点头,没有再说什么。

心不在焉地吃了一会儿,袁小玲又说:

"石头,我想……我想搬到纤纤的员工宿舍去,他们已经空出床位了,这样……我可以省下房租。"

马石头愣了一下,差点给一团虾肉噎住。他睁大两只眼睛盯着袁小玲看了一会,像是没有听清她在说什么,接着便低下头去了。虽然他早就知道会有这样一天的,从他们初来乍到不期而遇的那一天开始,他就意识到她终究会有离开的那一天。但袁小玲突然提出来的时候,他还是感觉有些突兀。那时候,已经是夜里十二点钟了,整个海鲜广场的摊位上,没有一张桌子是空着的。加工海鲜的腥味烟雾和酒气掺杂在一起,弥漫在熙熙攘攘的人声当中。这种气氛是一种鲜活的民间气氛,十分诱人。它避开高楼大厦,在暗中隐藏着一股说不出来的活力和激情。也许正是如此,尽管这里看上去并不是十分讲究,但很多人还是喜欢选择来这里宵夜。

马石头愣在那里的时候,邻桌一个穿小背心和短裤的靓丽女孩看着马石头的样子,抿起嘴儿笑了。马石头赶紧把刚刚扭过去的头又扭了回来。然后,他就听见袁小玲又把那句话重复了一遍,这一次她的声音低了一些,但显然已经是经过深思熟虑的。看着马石头木然的样子,袁小玲说:

"我没有别的意思,真的没有,你不要多想,来,咱们喝一杯。"

说着,她就端起啤酒杯和马石头的杯子碰了一下。

马石头疑惑地端起杯子,看着灯光下袁小玲已经泛起红晕的脸说:

"你是不是已经有新的打算了?"

"你指什么?"袁小玲说,"是指我要搬到纤纤员工住处这件事吗?"

马石头点了点头:"是,但也不全是。"

袁小玲放下杯子说:"你不要多想了,不必想那么多,咱们毕竟已经不是刚来东莞那会儿了。"

说完这些话之后,他们都变得沉默了,是那种心照不宣的沉默。他们吃,他们喝,但话是明显地少了。

是的,他们的确已经不是刚来东莞那会儿了。马石头不是了,袁小玲也不是了。他们已经变得相对成熟了,他们已经能够很好的把握自己,也能把握东莞这个地方了,和刚来这里已经完全是两个样子了。一句话,他们都变了。

　　那天晚上,他们回到住处已经很晚了,马石头心里想了好久的关于是否向袁小玲求婚之类的话题,自始至终也没有在海鲜广场宵夜的过程中说出来。他突然觉得这件事情,他其实并没有完全考虑好。他曾经有过放弃王春麦而选择袁小玲的打算,但他又隐约意识到他们是根本不可能走到一起的。他和她同居一室,只是暂时的相互取暖。或者说前一段这个想法他是已经考虑得差不多了,而现在,它又需要重新考虑。

　　尤其是那天傍晚从花园粥城离开之后,欧阳雪又带他去了她的公司。她所说的确不假,她的公司是几大名车在东莞的唯一指定代理销售商。虽然经过分割后的公司规模已经没有原来那么大了, 但它在这些品牌汽车及其零配件销售方面,依然是东莞南城和厚街一带的龙头老大。欧阳雪的前夫已经从这个行业里彻底抽身了,这就是当时她痛快地答应跟他离婚的条件。同样的,他答应的也出奇地痛快,对欧阳雪来说,这甚至有点不占而屈人之兵的意思。除此之外,欧阳雪还有一些自己用来出租的房产。转了一圈之后,马石头答应欧阳雪可以过来试试,但马上又说还得容他推后几天。欧阳雪想说什么又犹豫了一下,然后似是而非地说了声好的。

　　马石头当时其实没有别的意思, 就是想用几天时间抽空对袁小玲做个解释,他是真的不想在他们之间闹出什么误会。但他对欧阳雪的解释是,我得把手头上的一些事情都打理清楚。

　　马石头还没有来得及开口,袁小玲却把他想说的话说了出来。他知道,她的这种离去,就意味着分手。

　　那天的后半夜,也许是作为告别,他们很自然地做爱了,汗津津的,但两人都因为对方的投入而感到非常尽兴。完事后,他们相拥着静静地躺在床上,小桌上的熊猫闹钟正在嘀嗒嘀嗒地伴驱赶着时间向前走,床头上的台灯将一团黄光悄悄洒在他们疲惫的腰身上。在东莞这样的地方,如果房间里不装空调,两个人在一起永远都是汗津津的。南方的天气毕竟不同于北方,地下室的温度仿佛成了一种更适宜人类生存的温度,只是不怎么通风,他们每一次做爱之后,这个狭小的空间里好几天都弥漫着那种令人心醉的爱的腥骚味。在这个空间里,往往是前一次的味道还没有完全散尽,它引起的又一轮温存已经将它的浓度增加了。

　　这样的生活发生的马石头身上,是不可思议的。但在东莞这样的地方,什么都有可能发生,什么都可以不足为奇。从向往到懵懂,从懵懂到热烈,马石头在女人这件事情上,已经并不陌生了。他心里是感激袁小玲的,感激她对他人格上的信任,感激她在这件事情上对他的接纳。这短短几个月来她给他的也许还不止这些,但马石头知道袁小玲的这次离去意味着什么。

　　袁小玲一早就开始整理自己的东西,从衣服到洗漱用品,再到各种颜色的文胸和薄如蝉翼内裤,林林总总,装了一只很大的手提箱。在马石头看来,南方有一个显而易见的好处,就是在穿衣这件事情上投入不大——天热呀,穿多了起痱子。几件T恤加几条短裤之类的小件,几乎就能将一年对付过去。女孩子似乎更容易一些,一年四季都是裙子。袁小玲将行李打点清楚后,马石头要送她,袁小玲执意不让,她双手将他的身体轻轻压下去,要他重新躺下后,还用手指刮了下他的鼻梁。因为在袁小玲一早准备起身的时候,马石头又扳过她做了一次。他们心里明白,这一次对他们双方意味着什么。因此,他们做得细致而伤感,完全有点生死离别的意思在里面了。马石头被推倒在床上的时候,一扭头,发现自己流泪了。但那时候,急于离去的袁小玲并没有看到。

马石头的确有点累,那时候他真的意识到一些什么,只是那隐隐约约的伤感被他强烈的自制压在了心里,其实它们时刻都在冲撞着他的内心。毫无疑问,他和袁小玲的一切就此结束了,尽管一开始他就知道他们的关系只是暂时的,是一种几乎没有任何前途的,对此他心里已经有所准备。但当她真的离去时,他还是被一种巨大的失落击倒了。他有些恨自己——先提出离开的应该是他,就像当初提出可以考虑两人合租一室的是沉着冷静的袁小玲一样。

两个人就这样分开了,再次见面的时候,他们是不是会形同陌路?袁小玲的离去,迫使马石头进行了一番别样的思考。人与人之间,一切关系似乎都显得不是那么重要。这与他以往的想法是完全不一样的,以前在他的观念里,两个人在一起了,好上了,就要永远地在一起。而在东莞这个地方,走到一起或者分开,似乎都是无比合理的事情,这里有偶然也有必然,没什么可大惊小怪的。因此也只有在东莞这个地方,他马石头才能与袁小玲保持这样一种不清不楚的男女关系。他甚至觉得在这里即使遇到王春麦的时候,他也会对此有许多种合理的解释。而他之于当初危难中的袁小玲,也不过是倦鸟偶然停留的一块滩头湿地罢了。

临出门的时候,马石头突然坐起身对袁小玲说:"小玲,我这几天……想重新找个工作,沐足这个行当,我不想干了。"

袁小玲站在原地,回过头来说:"这个行当,如果不是万不得已,谁又愿意干一辈子呢!"

说完,他们就双双一言不发地愣在了那里。袁小玲的这些话,进一步印证了马石头的猜测——她一直没有放弃寻找新的机会,就像他没有把沐足看作是他在东莞的终点一样。

袁小玲出门的时候,马石头说我会去找你的,但那声音细得连他自己也没有听到。

## 四十五

马石头过去的时候,欧阳雪已经什么都准备好了。马石头的名头是总经理助理,他的房间就在总经理室的隔壁。他的办公室还算宽敞,里外两间,外大里小。里面是装修时隔出来的一个小间——是个休息室。休息室里,欧阳雪连他要换的行头都准备好了——西装领带皮鞋什么的,挂满了一个白色的双拉门衣柜。是呀,坐在这种地方,穿T恤总是不太合适的。马石头偷偷看着镜子里自己,蓦地有点自惭形秽。衣服的事他是想过要换的,但并没有想到这应该是上班第一天就应该做的事。

欧阳雪指着那些衣物说:"这是我这几天买的,也不知道你喜欢不喜欢,先换上试试看吧!"

马石头下意识地又看了下自己的一身便装,不好意思地说:"我本来是准备要换身衣服的……"

但他的话马上被欧阳雪打断了,她说:

"你能下决心过来,我很高兴,这就算是我对你到来的欢迎和感谢吧!"

说完,欧阳雪就出去了。

马石头西装革履地出现的欧阳雪面前的时候,她两眼一下就亮了。很显然,她是在为自己的眼光暗暗感到骄傲。马石头刚刚要说几句感谢的话,欧阳雪却先开口了:

"小马,我想你眼下最要紧做的事情,应该是马上拿个驾驶本回来,一个卖汽车的,总不能自己都不会开汽车吧,那也太说不过去了。再说了,不会开车的确很不方便。"说着,她就手递给马石头一个信封,"这是上驾校培训班的手续,我已经给你办好了,你先去报个到,然后抽时间去学习。"

驾校不远,也在南城。报了到,领了一堆书,马石头随手翻了翻,不过是一些交通法规什么的,外加一些发动机原理,竟然还有一本交通事故案例选编和一本一位交通电台记者采写的通讯作品集。学开车发这些书,总是让人觉得有些不伦不类。这一定是那种搭车的捆绑式销售,或者就是上边压下来的,叫人一点办法没有。这种情况,马石头在黄老板那里打工的时候就不止一次地听黄老板说起过。和袁小玲在一起的时候,也听她说过类似的事情:一个教授的学术成果出来了,从学校拿了经费印一本书出来,然后就变着法子往学生手里塞。有的其实也不是什么成果,不过就是一些东拼西凑的东西,有的甚至是从自己学生那里淘来的,凑一块也印出来往学生手里硬塞。高校的一些教授们,都是这样发家致富的。和企业和大学相比,驾校这两本,简直是太客气太小儿科了。

马石头是来到欧阳雪公司的第五天，从地下室搬出来的。那时候，马石头已经不叫欧阳雪雪姐了，欧阳雪也不叫他小发了，他叫她雪总，她叫他小马。公司其他人，则叫他马助理。但在私下里的时候，欧阳雪还是要马石头叫她雪姐。

"雪姐——这个我爱听。"

雪姐帮他在南城的阳光花园小区租了一个小套，她说租金贵一点不要紧的，公司对中层管理人员是有租房补贴的。马石头搬到阳光花园以后，一切都变得十分方便了。

那时候他想，是不是应该开始打听王春麦的下落了？但一种偶然涌起的心绪，又使马石头放弃了这样的打算。厚街与东莞已经连成一体了，虽然对外有一个厚街镇的建置，但事实上已经完全是东莞城区的一部分了。马石头一个人坐着公交去过那里好多次，对照着地图几次走下来，厚街在他的脑海里已经不怎么陌生了，然而，那些豪华而密集的五星级酒店群却使他感到前所未有的恐惧。一开始的时候，他还害怕会在厚街碰到王春麦呢，在厚街走了一圈之后，他才发现自己的想法是十分可笑的。在这个地方，两个互相不通信息的同乡能够在无意中相遇，已经成了绝对的小概率事件。

雪姐公司的一切，其实都在有条不紊地进行着，看上去并没有因为马石头的到来有什么新的变化和起色。广告一如既往地做着，汽车一如既往地销着，售后服务什么的都与以前没有什么两样，二十几个员工都那么兢兢业业地忙碌着。马石头能够看得出，欧阳雪其实是那种很有经营管理能力的女人，她不露声色地就把公司的一切打理得井井有条。事实上这么多年一路下来，只要按部就班就行了。马石头每周一三五下午去南城驾校学车，他在西北老家的时候，开过小四轮，但它和开小汽车的确不是一码事。四轮他是外面在工地上开的，去年父亲种了五亩地的孜然，从孜然开花的时候价格就开始向上升，到了打碾下来的时候，一公斤的价格却落到十块了。父亲觉得还可能再涨，就放了个大胆子压下了，结果他们五亩地的孜然就以每公斤八块的价格卖掉的，这使父亲要打了一个翻身仗的计划泡了汤，一心想要在儿子结婚前喜气洋洋地添置一台四轮车的梦想也没有实现。所以，马石头重新手握上方向盘的时候，就有了一种陌生又熟悉的心酸的感觉。他真地希望自己有一天开着一辆小汽车出现父亲面前，当然，小车里最好还拉上漂亮的新娘。就驾驶来比较，小汽车的灵巧和轻便是不言而喻的，虽然教练车已经十分老旧了，但它和农用小四轮依然是天壤之别。如果说在他们遥远的厚街村拥有一台四轮车是一件奢侈的事情的话，那在东莞这个地方，没有私人小汽车已经完全是贫穷的象征了。

与以往所不一样的新生活，就这样悄然开始了，这是马石头做梦也没有想到的。在欧阳雪的公司里，马石头要做的事情并不多。这样的生活，刚刚来到东莞那会儿马石头根本没有去想过。他本就不是那种不切实际的人，来到一个如此陌生的地方，凭他自己的能力，他根本不会去想坐在办公室里的工作。在多次求职失败后，他甚至设想过那些郊区以外没有资质的小建筑工地。但自从认识了袁小玲以后，他的那些想法就偃旗息鼓了。后来进了纤纤那个地方，去工地做苦力的想法就在他心里完全死掉了。他的很多想法随之改变，他觉得其实有许多事情他都可以去做，至少可以尝试去做，就像能填饱肚子的不仅仅只有馒头这个道理一样。这就是他答应欧阳雪跟她过来的原因——对于一个几乎一无所有的人来说，什么时候都意味着新的开始。

欧阳雪这边，应酬相当多。做生意就是这样，不是请别人，就是被别人请，生意场几乎就是一个迎来送往的地方。一天早上，欧阳雪和马石头在一间粥城吃早茶的时候，碰见了林燕。

看见欧阳雪，林燕老远就朝她轻轻嗨了一声。其实，欧阳雪已经先于林燕发现了对方，只是没有先打招呼而已。林燕冲她摇手的时候，她才看似热情地抬手做了个招呼林燕过来的动作。

林燕的脚步在楼道口的地板上稍稍迟疑了一下，才心事重重地朝这边迈了过来。

林燕的样子十分清纯，完全是那种很现代的女孩形象——小背心，长长的浅粉色裙子，彩绘的脚趾，纤小的身材，头上烫染过的长发被倒梳了一下，一部分被束在脑后，一部分又散落下来，整个发型被随意地打理成一种更加随意的样子，形成那种可爱的流行娃娃卷。整张脸看似没有经过细心打理……蓝色的眼影，上挑的睫毛，透明的唇彩……但却完美得无可挑剔。

林燕的样子着实让欧阳雪暗暗吃了一惊。林燕坐下来之后，看似不经意实则认真细致地打量了马石头一番，然后才看着欧阳雪说："雪姐，最近看上去气色不错呵，怎么样，我给你推荐的瑜伽还不错吧？"

欧阳雪不接她的话，却把菜单推到她面前，示意她点自己喜欢的菜。林燕为自己要了一份虾粥和一份炒河粉。马石头注意到了，林燕心里还是有那么一点尴尬的，尽管她隐藏得很深，只要细心观察还是能够看得出来。同样的，这种尴尬在看似大度的欧阳雪脸上，也有那么一点，但欧阳雪却在她们的谈话过程中将那份尴尬轻描淡写地拨拉过去了。

欧阳雪为林燕介绍马石头说："这是我公司新来的助理小马，怎么样，是不是很靓仔呵！"

林燕刚坐下的时候，其实已经在不经意间将马石头打量了一番。欧阳雪介绍的时候，林燕就伸出细嫩的手指与马石头的手指捏了捏。很显然，林燕已经从马石头脸上觉察到了那种似曾相识的表情了，但她并没有说出来，只点点头说了声：

"幸会,幸会。"

欧阳雪和林燕喝着粥,聊着一些不咸不淡的话题,有时候用的是普通话,有时候是马石头不大听得懂的南方语言。但能看得出来,两人都在有意地回避着一些什么。单单从表面上看,两个女人却表现得十分投缘。

河粉吃完一半的时候,林燕推说有事要走了,欧阳雪也没有挽留。她的目光一直送林燕进了电梯间,这才自言自语似的说:"小马,你说我是不是应该恨这个女人才对呀!"顿了顿又说,"可恨人家又有什么意思呢?要是一个男人已经打算从你身边离开了,而你还死赖在那里,那不就等于身边养了一个嫖客吗?和一个嫖客一起过日子,有什么意思啊!"

欧阳雪说着话,声音一点一点变得坚硬起来。

这次与林燕见面不久,也许就是第二天,或者第三天,欧阳雪又带着马石头请林燕出去过一次。先是去一家茶楼打牌,然后又是去搓盐泡牛奶浴,反正就是胡乱地耗了一天。

晚饭是在新城市中心的一家湘菜馆吃的,菜超辣,相当过瘾。那晚,雪姐和林燕都喝了不少黄酒,话也特别多,情绪上来的时候,还做了几个十分亲密的搂抱动作。欧阳雪尤其显得热忱,那样子,仿佛她与林燕本就是一对无话不谈的知心姐妹。在别人眼中什么情敌呀,夺夫之恨呀这些都是谈不上的,根本就是无稽之谈。甚至连马石头也觉得雪姐与林燕之间的那些过结,已经悄悄给掰开了。

那天晚上,马石头没有回自己住处。

"去我那里看看吧!"

雪姐的话连一点商量的余地也没有,这和她以往说话的口吻不大一样了,语音里也有一种暗暗的霸气。

在寂静而幽暗的空山别墅区,雪姐连车子都没有入库就直接打开房门,引着马石头上楼了。在此之前,许多事情马石头都想到了,但他没有想到一切开始得竟是那么突然而又畅顺。

宽敞的可以用来跑步的卧室里,隐蔽起来的灯光散发着魅惑,巨大的窗户上落地的窗幔垂挂在地上,几盆一人高的植物立在窗户附近,一个风格别样的花架上,巧妙在点缀着叫不出名字的花束。整个卧室的装修风格,堂皇中荡漾着妙曼。显示着主人的某种心性,也渗透着主人对生活的理解与向往。空气中有一丝说不清的香味,也许是花香,也许是香水,也许是女人身上特有的气味,它们弥漫在房间的每一个角落里,又仿佛正在从每一个角落里散发出来。卧室被空调永远定格在一个适宜的温度上。一张能并排放下四个枕头的大铜床,摆在距离屋子中央三分之二的地方,它的正对面墙壁上,是一幅两米见方的油画,画面上一个全裸的妇人闲散地坐在地上,靠着一张铺着兽皮的椅子,伸开的修长的两腿根部,盖了一支撩人心魄的鸟羽。这个带有暗示性的定格后的画面,出现在摆着宽大铜床的卧室里,是极富挑逗性的。

雪姐从更衣室出来,睡衣挂在她陡峭的肩膀上,下面的波浪形花边部分,刚好淹没了她微翘的臀部。室内的灯光被雪姐手中的摇控器无声地变幻着,时而炫耀,时而柔和。马石头并没让自己在这种恍惚的影像中走失,他突然发现对于雪姐这样一个女人,自己其实是能够接受的。因此当一切到来的时候,马石头就没有了那种应有的拘束和不安。有了在塞外小城里迷醉中的开始以及与袁小玲从不安到心惊胆战的继续,面对异性,他已经不再是一个蒙昧的青年了。他在迟疑中走进她,她用她的宽大热情地接纳着他。雪姐和这宽敞的卧室已经融为一体了,他被她的气味覆盖,然后被整个淹没。

雪姐的娴熟使她相对要贪婪一些,马石头骄人的青春和结实的体魄令她着迷。又因着迷而兴奋,因兴奋而战栗,因战栗而啸叫。一场欢愉就这样持续着,直到她丰腴的身体不断被皮肤下涌起的潮红冲撞得松弛下来的时候,黎明的第一缕曙光已经悄然泼洒在了卧室的窗棂上。隐约的鸟鸣在楼顶上盘旋,萦绕在卧室里的疲倦与兴奋,一时挥之不去。

新的一天就这样开始了,从黎明前最后最浓的黑暗中,霍然拉开了一道口子,而且那口子迅速向前敞开,平坦得连一点磕绊都没有了。

马石头在那套租来的一居室里住了没多久就搬出去了,那幢位于水濂山下空山别墅区的别墅,成了他的新天地。在他——这是很不可思议的事情呢,然而就是这种不可思议,却实实在在地在他身上发生了。

马石头的生活,就从那时候开始变得闲适起来。有时候,那幢三百多平米的别墅里就马石头一个人,他从睡梦中醒来,大多已经是过午时分了,他什么也不穿,直接去冲澡洗漱,然后随便套一件什么,一身清爽地下楼。餐桌上牛奶麦片一应俱全,连他喜欢吃的白馒头也摆上了,还有红油油的油泼辣椒。有时候他需要做的,只是把它们放进微波炉里转一转。他去不去公司已经成了不很重要的事情了,马石头能够感觉到他这个助理的角色在那里根本就可有可无。

通常的时候,雪姐会在下午五点之前来到空山别墅。那辆新换的奔驰600在电动门徐徐开启之际,无声地沿着路面滑进来,在门口小砖铺就的平地上停下。嘭的一声,雪姐从里面下来,门铃叮咚一声响过之后,他们的身体就在门厅里紧紧地挤在一起。

有时候,他们会就着火热的拥吻跑上二楼的卧室,有时候,他们就趁火打劫似的在一楼大厅的地毯上把什么都办了。总之六点钟之前,他们是要准时准点出门的,即使不请别人也不被别人请,他们也要出去。夜生活已经成了他们生活的主要部分,没有夜晚的生活,在他们已经不叫生活了。

## 四十六

离开马石头之后,袁小玲并没有搬到纤纤沐足的员工宿舍去住。

其实,袁小玲做出要搬出地下室的这个决定,来得十分突然。那天,马石头匆匆换了衣服下楼出去的时候,一楼的袁小玲看见他了。看着他行色匆匆的样子,她本来是要问一声的,结果她匆匆忙忙跑到大门口,马石头已经奔到街对面去了。上班时间,她不好出去乱跑,就在里面隔着落地大玻璃看着他的一举一动。袁小玲是亲眼看着马石头钻进欧阳雪汽车里去的。虽然袁小玲并不认识欧阳雪,更没有见过她,但袁小玲从车窗里看到了她没有被眼镜遮住的那半张脸和披在肩头的大波浪卷发。

那之后的好几天,袁小玲都在期待着马石头能对她说些什么,譬如那个女人和她的汽车什么的,她其实不是要他解释得一清二楚,哪怕只是轻描淡写地一带而过呢!或者干脆说个谎也行,因为他们毕竟不是一对没有其他关系的同乡——他们毕竟是住在同一间屋子里呀!但一连几天,马石头都对那天的事情只字未提。那天下午他没有再去纤纤,而且是很晚才回地下室去的。毕竟是和另外一个女人出去了大半天又半个晚上呵,袁小玲也曾想过直截了当地问个明白,但她没有问,她突然觉得她其实是没有权力过问这些的。她已经差不多把马石头当作自己的男友了,尽管内心有一些缺憾牢牢地存在着。可事实上她发现他们除了睡在一张床上之外,其他什么也不是。在东莞这样开放度超高的地方,像他们这样的年轻人太多了,甚至不光是年轻人,只要愿意,任何一对男女都可以是这种样子。袁小玲突然对这样的生活感到反胃,她不能这么快就容忍背叛,而这背叛恰恰来自她认为最不该背叛自己的马石头。再见了马石头的那张脸,她心中就莫名地多出了一些厌恶。

袁小玲重新思索了很多,其中之一便是:在南方沿海如东莞这样一个充满变数的地方,一个男人要和一个女人厮守一辈子,是不是一件异想天开的事?所以那些日子她就感觉和马石头在一起的这种不明不白的日子,是应该到了结束的时候了。袁小玲进纤纤沐足,其实是洗衣店的同事小吕介绍的。小吕在洗衣店还没有散伙的时候,就为自己找好了后路,初来南方那种朝不保夕的生活,已经锻打出了小吕未雨绸缪的习性。小吕不止一次地对袁小玲说,她刚来东莞的时候,一时找不到工作,就在一家不大的洗脚屋干。后来,老板一再动员她为顾客做一些特别的服务,她不干了,就去另外一家正规一点的沐足城。但她天生奶子大,到了那里,也免不了老被前来泡脚的男人们捏一下摸一把的。摸了捏了还不付小费,小吕当然不高兴了。咯老子的,哪有这么便宜的事,四川妹子的妞妞不是白给你又摸又捏的。

一生气,小吕便不在沐足这个行当混了,就到了洗衣店。洗衣店活儿虽然苦,但人不受欺负。没有想到生意十分红火的洗衣店,说散就散了,小吕就拉着走投无路的袁小玲去了纤纤沐足阁做洗脚妹。其实小吕早就觉察到洗衣店要关门歇菜的迹象了,一个男人如果吸了白粉,家破人死亡两不知是迟早的事。

袁小玲从地下室搬出去后住在了小吕那里——小吕在号称"城中村"的一栋旧楼里租了个二居室,她答应腾一间给袁小玲。

"过来吧小玲妹子,和一个男人住久了是容易受到伤害的,尤其是你们这样不明不白地住在一起。人家睡你不掏钱,你给睡成烂货人家一点责任也不担,你即使给睡烂了,什么也不会有。"

小吕这样对袁小玲说着,能看出来她是那种没上过几天学但很精明的女孩子,因为在社会上趟得早,看上去已经有了一些说不出口的狡黠。这种狡黠让人生厌,但对于现世的人生来说,又很实用。

与袁小玲的猜测差不多——马石头果然在袁小玲离开地下室几天之后从纤纤浴足阁离开了,而且没有给她言语一声,连个电话也没有。来到东莞这段时间,袁小玲已经改变了不少。那种只身闯荡走投无路的艰险,已经将她身上的清高尽数消磨了。甚至包括对人生,对爱情,对婚姻,她心里都有了一些新的看法。不走出校园,永远不知道生活和书本的距离有多大,或者说不来到南方就根本不知道什么叫真实的现代生活。南方的生活就像海浪,后浪不停地推着前浪,前浪不住地消失在沙滩上。人不是海滩,经不起一个大浪又一个大浪的冲刷和淘洗,但只要这个人经过淘洗后还能站在沙滩上,那他肯定已经不再是原来那个没有经过打磨的自己了。袁小玲觉得自己就是这样的,因为她对以前的自己——那个在西北家乡的省城上了四年大学的自己,已经感到陌生了。在珠三角地区,这种改变是必须的。

袁小玲本来是想找马石头理论一番的,或者是找他发一通脾气也行,但这样的想法一产生就被她一盆凉水给浇灭了。她突然发现自己一气儿读了十六年书,到头来竟然比只有小学文化程度的小吕还要傻。难道她是真的要把马石头当作自己现在的男友将来的丈夫么?这她真的没有好好想过,当初他们住到一起的时候,是一种偶然——也是她的内心向生活妥协的必然。他们当时是被一种心照不宣的窘迫挤压着,他们谁也不甘心才刚刚开始的人生,马上就走回头路,更别说选择那种狼狈的离去了。那种离去也许会叫刚刚走出大学校园的她更加看不起自己,一辈子都在自己面前抬不起头来。当那种因为窘迫而必须的依靠渐渐变得不那么重要的时候,尤其是当她发现了他生活中的一些变化的时候,袁小玲觉得,自己应该彻底从马石头身边走开了,而且是应该永远地走开了。

袁小玲是在确认了那间地下室已经有了另外的承租者之后,才把手机卡扔掉的,她选择了一个傍晚,把它扔在了可园的那片宁静的湖水中。

在大学袁小玲学的是中文,大学图书馆泡了四年,读过一些闲书,自然知道可园与当年十分有名的岭南画派的关系。所以,在她和马石头对东莞不再陌生、手头也不是十分拮据的时候,便选择了一个下着细雨的日子,花十六元钱在那个清代的私家园林里度过了整整一个下午。那座小巧的岭南园林,见证了他们无声的依恋,现在回首,那注定是他们在东莞最有纪念意义的一天了,那时候袁小玲触景生情,在那个人工湖边上看着水面上的白鹅和水中成群的红鲤鱼,真的曾经动过与马石头白头到老的心思。但那个念头在傍晚他们走出可园的时候,立马就消失了。是的,在那种时候,那种情况下,突然想到那样的问题,真是天真得到家了。婚姻以及组成家庭的诸多要素,他们除了身体本身之外,别的一个也不具备。后来,那样的想法就再没有在她的心里浮起过,即使是在他们疯狂做爱的时候,她甚至也觉得做爱与爱情、与婚姻,根本就是互不搭界的两件事——爱与性,居然是可以分开的。她倒是很希望马石头能将婚姻这件事情提出来,然后他们至少可以心平气和地为各自将来的日子盘算一番。但没有,她感觉到马石头和她一样,都在有意回避着这个话题。从哪里开始,就在哪里结束吧!袁小玲决定把有关马石头的这一页翻过去,从心里彻底忘掉。尽管看上去马石头能干而可靠,但她还是觉得他们生活在一起的可能性极小。

袁小玲捏脚拍背的一招一式,都是从小吕那里学来的。小吕教导袁小玲说:"背井离乡大老远来这里,目的只有一个——那就是挣钱。只要能赚钱的事情就要去做,挣足了钱回家盖一栋小楼,没有一个人会小看你的。或者那样也行——找个好男人把自己嫁出去,嫁得好了,女人就不用奋斗了。但是依你的自身条件——能嫁个啥子样子的男人呢?"

小吕这样说的时候,袁小玲是不会生气的。她知道自己的长相在别人面前能打多少分——仅仅是不丑而已,如果不是身材稍稍修长一点,作为女人,她根本没有什么优势。上大学不上大学,在一些行当里是根本没有用的,根本没有优势可言。小吕经常挂在嘴边的一句话是:"我多想让有钱人给包起来哟!包上三年,就等于我少十年的辛苦喽!"

这样说的时候,她们就会相互逗上一番。

那天晚上,袁小玲下班回去的时候,感觉屋子里的气味有点异常。她刚刚打开灯,小吕就在自己房间里叫起来:"喂,把灯关了。"

袁小玲关灯的时候向她那间敞开的房门瞥了一眼,小吕床上还有一个人,袁小玲没想那么多。床前明月光,地上鞋两双。她当是小吕带男朋友过来了呢!在洗衣店的时候,常常有个骑赛车的小伙子来找小吕,有一段时间老是下晚班的时候来接她。今天这样的情况,当然只能是男朋友了。她当然知道一对热恋中的青年男女睡在床上,是要做什么的了。袁小玲轻轻走进自己房间,关上门,连卫生间也没有上就和衣躺下了。

只安静了一小会儿,隔壁房间的动静就从黑暗中浮了起来。先是小吕裹了棉花一般柔软的呢喃,这呢喃有点假,也有点做。接着是又细又长丝绸一样的呻吟,之后小吕就十分爽朗地拐着弯儿叫了起来,而且是此起彼落的,有种珠江后浪推前浪的意思。这种情况下,袁小玲根本不可能进入睡眠状态,她尽量地不去听,但听力反而被无限度地增强了,她的耳朵几乎捕捉到了他们做爱的任何一个细节,包括抚摸,亲吻,吮吸……当最后的尖叫穿过墙壁扑过来的时候,袁小玲提心吊胆的惊悚已经达到了极限——她发现自己除了身体在不停发抖之外,还差一点把自己的手臂咬破了。

小吕推门进来的时候,袁小玲的身体依然蜷缩在床上瑟瑟发抖。袁小玲侧身用目光问她,"走了?"小吕用一片散漫的目光回答了她,"——走了。"

小吕在袁小玲床边坐下来,大大咧咧地拍了下袁小玲的细腰,用普通话说:"怎么地了,这么个事看把你吓成这个样子,你又不是处女。"

袁小玲坐起身子,忿忿然说:"小吕,拜托——以后男朋友来的时候,你能不能把房门关上呵!"

穿着睡裙的小吕说:"男朋友?呦——新鲜了,不关门有啥子关系嘛,房间这么小,关门多闷呵!你没来这之前,我是从来都不关门。今天还好——我至少关了一半。"

袁小玲就伸手在小吕脸上刮了一下。

"就没羞得。"

小吕却认真地说:"这样吧小玲,咱们宽松一些,往后你带人来的时候,你也不用关上门做,咱也别太委屈自己呵——根据我的经验,开着门做男人们进入高潮会比关起门来快一些,动作也省好多噢!"

袁小玲听了,就在小吕圆屁股上狠狠捏了一把。

小吕说那个男的不是她男朋友,以前骑赛车接她那个,也不是她男朋友——她根本没有什么男朋友,或者说她男朋友多了去了。她说只要她方便,他们想过来她从来不拒绝。有时候他们方便她也方便的时候约她出去,她也不会拒绝。吃饭喝茶游泳打牌什么的,她都陪着他们。

小吕说:"我是一个女人呵,乖乖,我为啥子要拒绝男人嘛,男人从来就是女人的依靠。"

袁小玲想骂小吕一声"暗娼",还没等她说出口,小吕就自己说了。

"你觉得我是个暗娼是不是?呵呵呵,你说谁又不是暗娼呢?我们女人哪个不是暗娼?你和你的那个马啥子睡这么长时间,你以为你不是暗娼呵?不是暗娼你以为你们那叫爱情?你其实连个暗娼还不如——人家说蹬不是起身一脚就把你给蹬了？你给睡了半天，到头来你啥子也没有哦！我才不像你那么傻逼，我是明码标价一睡一结账，白条的事——咯老子是从来不带有的。"

袁小玲没有想到自己竟然被小吕给说哭了。

"你做么哭了？你为啥子哭了？东莞本来就是个不相信爱情的地方。要想守着你的爱情，你最好躲在你们西北的穷乡村里整天吃糠咽菜地去守。那多崇高呵！在这种地方，你一个洗脚妹，爱情这个事你最好想也不要想。最好现在不要想，将来去想得了——将来赚到钱了，怎么好怎么去想。"小吕接着说，"其实，你把每个男人都看作是男朋友，也没有啥子不好的，男朋友不结婚生娃娃之前，不就是做那个吗？"

小吕这么开导袁小玲的时候，看上去她自己很有成就感。在她眼里，一个刚刚走出大学校门的学生妹，其实和一个刚刚走出幼儿园的孩子一样傻。他们总是拿书本子当饭吃，他们不知道那是根本不会饱人的。不在苦水里泡一泡，他们就不知道啥子是真正的现实生活。

"在洗脚间偶然被人家摸一把的时候，你千万不要拒绝，否则你就是在拒绝生意和小费。陌生人的电话，你最好也不要拒绝……"

那天晚上，袁小玲下了半夜的决心要从小吕那里搬出去，但直到早上天已经大亮了，她都大睁着眼睛躺在床上没有动。

# 第十四章

## 四十七

半年之后,王春麦在厚街的生活渐渐由闲散变得忙碌起来。这种看似循序渐进的改变,连王春麦自己也没有感觉到其中的变化。欧阳嘉禾老人对她的依赖已经到了沉迷的程度,这不仅让保姆阿香吃惊,连感觉迟钝的厨娘李阿姨也诧异起来。从来没有一个走进这套公寓的聆听者对一个老人的讲述如此痴迷过,也从来没有一个年轻的聆听者会吸引住这个孤独而有些任性的老头。不是她们的轻浮激起老人的愤怒,就是老人口中的陈年旧事很快将她们轰出门去。

这样的情形的确省去了老人的女儿欧阳雪和儿子欧阳冰很多的麻烦事情,他们都是厚街这片土地上的新主人,更是有头有脸的人。在他们眼中,父亲对这个名叫王春麦的女孩儿的依恋,已经悄悄暧昧起来了。这也正是保姆阿香感到吃惊,厨娘李阿姨感到诧异的。然而作为子女的欧阳冰欧阳雪他们,却是破解了多年来笼罩在父亲身上的一个巨大的迷团——父亲已经衰老的身体里,是不是又有了一棵青春的嫩芽呢?关于这棵嫩芽,早年的时候——也就是十几二十年前,他们都是排斥的,到了现在——十几二十年之后,他们却觉得它萌动得有点儿晚了。但晚了总归还是比没有萌发要好,这个时代已经完全与以往不同了。作为欧阳家族的族长,他们的父亲——欧阳嘉禾也应该比以往有所不同——甚至比以往任何一个欧阳家族的族长都应当完全不同。

嘉禾老人的儿子欧阳冰,拥有一家大型的石材厂,据说在全国同行业中是最大的。南海边上最繁忙的虎门港口,每天都有为他运送石料的货轮停靠在那里,它们来自意大利,来自澳大利亚,来自一些叫不上名字的国家。这些大小不一的石头被欧阳冰的工厂加工成各种装饰性建材,然后销往全世界各地。而且只有那些高档的场所和有钱的人家,才能用得上它们。他和他的妹妹以及其他厚街的欧阳家族的子孙一样,热烈而灿烂地忙碌着,也灿烂而热烈地享受着大海带来的财富。

每当欧阳嘉禾的讲述出现停顿的时候,王春麦如果不即时跟进,他的喘息就会猛然变得急促起来,有时候甚至会像委屈的小孩子一样伤心地抽泣。他零散的思绪已经没有办法把脑海里本就并不稔熟的记忆连缀成一个整体了,就像他只有数不清楚的砖头,而无力修筑起一座完整的房子来。当王春麦为他口液翻飞的讲述提供了一个恰当的过度的时候,欧阳嘉禾老人就会安静地躺回藤椅里,自言自语般地说:"是的,当时……的确……真的是这个样子的。"那情形,似乎他真的是那件事件的亲历者。

王春麦能够感觉到欧阳嘉禾老人那种不甘心让厚街历史继续沉淀下去的焦虑,老人带她走遍了厚街所有能够勾起他记忆的地方——交错的街心屹立的八角厅,经过扩建的浩大的欧阳家族宗祠,那些已经被辟为公园的山地丘陵,那些被点缀上绿地的水塘,那些靠近东江的水道河汊,那棵如今已经偏居一隅却曾经是厚街中心的大榕树,那几段零星的厚街村寨遗留下来的石墙……它们一次一次使曾经在这里生活过的他们,在这片热闹的土地上重新复活。王春麦的脑海里,越来越多地注入了与这个厚街紧紧相连的东西,而那个她所熟悉的遥远厚街的影子,却在她脑海里渐渐生疏起来。她甚至已经忘记了马石头,忘记了父亲王大平,忘记了母亲刘兰香,忘记了那个嫁给了三元子身怀六甲现在恐怕已经做了母亲的小学同学刘玉芬……忘记了他和他们的生活。她已经喜欢上了厚街这个没有冬天的地方,喜欢上了这个被疏朗的高楼大厦点缀着的繁华之地。王春麦对厚街历史的生动复述,竟然使欧阳嘉禾老人感到诧异继而迷恋起来了。

"阿麦,讲下去,你接着讲下去。"

王春麦竟然也喜欢上了欧阳嘉禾老人阿麦阿麦地这样叫她,这声音简直就是一种神奇的招唤。

"讲下去,阿麦,是这个样子的,一定就是这个样子的……甚至完全一样……阿麦,你讲下去。"

这样的催促使王春麦大脑的运转速度空前提高。为了将欧阳嘉禾老人那些零星的然而又是翔实的事件联系起来,又不使它们之间出现不恰当的缝隙和纰漏,王春麦陪老人走遍了厚街的每一片土地之后,她自己的脚步停留在了宽敞明亮的图书馆。那是一座功能齐全的公共建筑,巨大的玻璃幕墙使它与外界在视觉上保持着零距离。精制的书架,舒适的坐椅,芬芳四溢的洗手间,馆内的任何一个地方都流露出亲切温和的感觉。王春麦隐隐觉得这个地方,这个名叫东莞的地方,这个名叫厚街的地方,才是真正属于自己的。因为,她已经比了解那个遥远的厚街更了解这里了。

　　王春麦用了三天时间熟悉了图书馆的每一个角落,历史、地理、方志、文学、宗教、传记……这里几乎有她需要知道的一切。她像一只饥饿的兔子跳进了草海,她想把自己马上吃成一只大象。

## 四十八

　　在厚街立村之初的很长一段时间,它的历史都是由一个女人——那个妖娆的寡妇王氏——那个暗中的皇太后秘密书写的。她从那个神秘的晚夕之后,便被厚街人悄悄地顶礼膜拜了。厚街所有人都和欧阳家族一样,从来没有距离皇权中枢这样近过,他们的激动埋在心里,微笑挂在脸上。他们中的不少人,因为渐渐增多的许诺而变得蠢蠢欲动。即使那只是一个写在黄麻纸上很快就能烂掉的许诺,也足以使他们的举动变得轻率起来。他们中的一些人,甚至认为接受了龙珠滋润后的欧阳家族的兴旺时间,已经因为一个女人的到来而大大提前了。因为在某种意义上,厚街已经无可非议地成了一座将要在人类的历史长河中星星一样闪耀着光芒的皇城。对于一座村庄来说,这肯定是一件无上光荣的事。而对于这里世代生活的村民们来说,已经有了一步登天的飘然之感了。那个年轻的皇帝还没有来得及在他登基的地方颁布一道诏令,就带着一部分心甘情愿去为命运冒险的厚街男人离开了,而把一座崭新皇城的大小事务,交由一个妖冶的女人去管理。

　　那时候的每一天,厚街人都为迎接龙驾回归默默做着细心的准备。他们没有一天不在盼望复国战争在远方打响,并一举获得胜利的消息。他们甚至在厚街这个隐秘的后方,为那个远征的皇帝暗中选好了数十个嫔妃。他们坚定地相信——他是会回来的。他的回归,将是厚街乃至整个世界变得不一样的开始。到了那个时刻,厚街将是一个怎样荣耀的村庄呵!

　　在这样的等待中,他们在由谁家的闺女来担当皇后这个角色的问题上,产生了十分荒谬的分歧。经过无数次夜以继日的争辩,最后的焦点问题落在了皇后在成为皇后之前,是不是应当是一只鲜鸡蛋一样完整的处女?关于这个问题的争论非常漫长,因为从来没有一部公开的法典对此做出过这样明确的表述。至于欧阳家族在厚街的族规,距此就更加遥远了——因为厚街成为一座皇城,的确是所有厚街人意料之外的事。

日久之后,这一分歧便在厚街演变成了一场又一场亦明亦暗的争执。那时候的厚街,已经是莞州大地上绝无仅有的一个没有族长而拥有太后和丞相的村落了,人们解决一些鸡毛蒜皮的小事,都可以直接找到相府,甚至可以亲自禀告给妖冶无比的皇太后。为争当未来的皇后发生的争执在厚街渐渐转入白热化的时候,这件事很自然地摆在了皇太后面前。

听完当事者的陈供和丞相的综述,王氏在夕阳的笼罩下轻轻放下手中的青瓷茶碗,用一只光滑的弯弯的长指甲在额角扫了一下,然后才用十分沉稳的声音轻轻地说:

"那么——把姑娘们都领过来吧,按照祖宗的规矩,无论如何都是要精心挑一挑的。"

丞相一边弯下腰,一边深情地唱了一个"喏——"

按照留存在王氏脑海里已经变得十分模糊的宫廷选拔程序,又在众臣你来我往的劝谏下因地制宜地删繁就简,去粗取精。每一次删减,都为重新增加选拔科目埋下了伏笔,结果使这件事情变得比宫廷选拔程序更加复杂了。

经过七七四十九轮名目繁多的测试和九九八十一场千奇百怪的角逐,皇后的人选最终也没有确定下来,那个耀眼的光环总是在为数不多的几个姑娘头顶上影子一样徘徊,就像一只企图咬人的蚊子,只是盘旋,却不肯落下来让某个人在享受疼痛的同时,也享受被扎中的快乐。那些面貌相对姣好的姑娘们,比任何人都更加热切地盼望那个远征的英武皇帝早日归来,因为她们时刻都在等待着那一锤定音之后自己命运的全新走向。

那时候,欧阳家族乃至所有厚街人的想像已经受到了严重限制,但他们都被一种潜在的东西鼓舞着,内心时刻都有跳跃的感觉。他们的身体里充溢着气体,就像水塘里那些鼓起肚皮呱呱乱叫的癞蛤蟆。

在王氏经管厚街事务的许多年里,厚街的村寨严实得像一只铁桶。人们日出而作,日落而息,过着表面上无比平静和顺的好日子。他们内心激荡的风雷,谁也看不到。

那个被拜为相的单耳男人,已经把族长的身份完全忘掉了,他废寝忘食地跟随在生活简朴的皇太后王氏左右,每天都在密室里商议经国治世的大事。直到更夫的小鼓第三次响起时,他们才从困顿中拔出身体,各自回去安睡。

他们谈论的话题渐渐变得暧昧起来的时候,已经是那个流落的小皇子登基继尔出征五年之后的事情了。五年里,他们没有一天放弃过那个伟大的复国梦想,他们的内心,坚定得像那个石头垒起的厚街城堡。当一种躁动的心绪渐渐平复下来的时候,另外一种东西已经早就在他们身体里萌芽了。他以出人意料的自制力,将那团能够将一头成年水牛撂倒在地的蠢蠢欲火,在自己身体里掩藏了五年。那一天,当夜幕在更深的地方降临下来的时候,蛙声已经从巨大的聒噪中歇息下来,寂静像一块巨大的幕布把一切都遮住了。那个时刻,他突然莫名其妙地在王氏面前虚弱地跪倒了,他再也抵制不住内心冲动对身体的碰撞了,却又迫于太后这个生发着皇权光辉的威严称谓,使他长久以来什么也做不成。他被拜为相的五年,事实上是他灵魂和肉体同时被煎熬的五年。他曾经无数次想要探究王氏身上那暗香涌动的来龙去脉,五年之中,那个炽烈的念头无一例外地发于心,止于礼。但在那个看似寻常的闷热的夜晚,他像一只寻找腥味的小猫一样,终于捕捉到了王氏不仅身体上藏着暗香,内心也掩藏着天一样空阔的寂寞。在那个更夫即将第三次敲响报时木器的深夜,他跪到在她脚边,情意绵绵地喊了一声:

"太——后——"

他的叫声还没有在闷热的密室里完全散去,泪水就开始在他的面颊上肆意滂沱了。

那时候,室外水塘里所有的蛙们都在寂寞中兴奋地聒噪起来,它们的呱呱声向空中扬起,像暴雨一样笼罩了整个厚街。在蛙声的掩盖下,他五年来想做的一切,都在那个闷热的晚上发生了。当他们从一团迷乱的情欲中清醒过来的时候,他突然后悔自己竟然把它推迟了五年。

从那个蛙声四溢的夜晚开始,欧阳家族的单耳族长对那个流落皇子的复国计划就更有信心了。他还出面从厚街几个外姓人家,挑选出几个干练女子,充当了宫女,来照料王氏一家的饮食起居,使她们一家的生活看上去更像皇室。因此,王氏看上去也就更像一个皇太后,而那个掌管着厚街大小事务的单耳朵男人,也就更像一个大腹便便的丞相了。

所以后来许多有学问的厚街人,都十分得意地这么说:

"我们厚街曾经是一座皇城。"

——而且更加骄傲地说:

"我们厚街是出过宰相爷的地方。"

事实上,自从那个妖娆的寡妇王氏在坚固的厚街村寨里开始享受太后礼遇的那一天起,就再也没有接到过有关他儿子以及那支远征将士们的任何消息。有人说,他们的木船在天亮之前的黑暗里弄错了方向,本来应该按计划北上去某个山洞提取前朝转移藏匿的宝藏,然后向东,与另一路已经暗中起事的人马会合,再大肆招兵买马,光明磊落地举起复国的大旗。但他们却在黑暗里迷失了方向,将数十条大小不一的木船组成的船队驶向了南面的大海。据说,他们在不知道漂流了多少个日夜之后,在木船即将散架之前,在一片更加炎热的土地上无望地靠了岸——他们已经找不到回家的路了。

又数年之后，为了表达厚街人对他们母子复国大业的响应和支持，那些浑身散发着香气的皇妹们，也只得在厚街屈尊下嫁了。

欧阳家族除族长之外的几个主事者，尽管有种上当受骗的感觉，但在皇太后王氏不到垂暮之年就抱恨而死之后，他们还是尽其所能地厚葬了她——据说为了留住她美丽的容颜，他们想尽了当时所能想到的一切办法，最后竟然连昂贵的水银都用上了。

## 四十九

欧阳家族从来不缺乏生存的智慧。

在美丽的皇太后王氏去世不久，他们就开始用自省的方式回忆起他们祖先来到厚街之前那一代人的历史。事实证明了他们之所以背井离乡，一开始就与一个走出皇宫的女人有关。这个姓氏不明的女人，因为伺寝当晚兴奋的双手弹错了一支花好月圆的曲子，被已经极度疲软的皇上打入冷宫。

她是在看不到出头之日的那天晚上悄悄逃离皇宫的。据说她在逃离皇宫之前，把仅有的几件首饰都送给了一个手可通天的小太监，最后还不得不让他用尽吃奶的力气揉搓了自己青木瓜一样饱满硬实的乳房。

那时候，一个正在京城专门跑衙门买卖的南雄府大财东，意外地收留了这位差一点沦落风尘的宫中佳丽。据说，他是首先被她那一身骚骨迷住的，其次才是她清丽婉转的涧水样的歌喉。仁义的大财东匆匆顺水路北上，回到自家的深宅大院之后，便不再是一个土拨鼠般不解风情的粗莽男人了。他在自家后院里，为这位流落民间的宫中佳丽建起了后花园。他们在花园里时而卿卿我我、继而热情似火的情爱举动，不仅深深感染了池里的闲鱼和水面上安详的鸭子，连那个正打着光棍为他们跑前跑后的家奴，也对那两只躲在香云轻纱后面青木瓜一样耸立的乳房产生了浓厚兴趣。

可惜，他的念头刚刚萌芽就被男主人一把掐断了。面对一个爱不释手的女人，任何一个男人都会像一只护食的狗一样，对掠夺者发动致命的攻击。在吃了一顿暴打之后，怀恨在心的家奴选择了一个非同寻常的日子，将这个私藏宫人的秘密悄悄向官府抖了出去。在灾难即将降临到那片名叫牛田坊的土地上之前，是一个名叫罗贵的中年男人首先出面，秘密策划了珠玑巷九十七户人家的集体南迁。欧阳家族当时就是那九十七户人家当中最早响应罗贵南迁计划的几个旺族之一。虽然那个胆敢私藏宫人的大财东是否真的出自欧阳家族已经无据可考了，但因为一个女人而使他们不得不选择背井离乡的长途迁徙，却是无可辩驳的事实，因为那的确留存在他们一代一代的记忆里。

　　欧阳家族从来不缺乏生存的智慧。他们在灾难到来之前，义无反顾地选择了南迁，那压力始于当时的朝廷和官府，但他们能够顺利南迁又同样得到了官府的允许。他们的头脑在因为一个寡妇而发热了许多年之后，澎湃的心潮也渐渐像退潮后的海岸一样平复下来了。在即将出将入相飞黄腾达的梦想被扼杀在摇篮里之后，他们突然发现银钱不论对于一个王朝还是一个家族来说，什么时候都是无比重要的。

　　厚街人大约用五十年时间，一边认真生活，一边深刻地总结了这些世事变迁中发现的问题。

　　当厚街人省悟到这些朴素的真理之后，却发现另一个渐渐强大起来的村庄已经占据了厚街周围许多的土地和池塘。后来，他们竟然开始觊觎起了那片散发着香气的山岭。

　　那时候，厚街人才在一片暗自的惊慌中发现，从大娘到十娘这十个已经年迈的皇妹的身体，已经完全不香了。她们的身体在夏天的时候，同样散发着田家女人身上那般的汗酸味。厚街的男人们开始无端地沉溺在一片阴暗的失望当中，男女之间一些惯常的事情，他们也因为少了个中情趣而疲于应付。这其中，首当其冲的便是那醉人香气的消失。这时候，他们中自然有人想起了山坡上那座已经荒芜的、被篱笆围起来的茅屋——他们需要在那里重新找回对于一些事物的激情。

　　篱笆安在，一些灌木在无人问津的寂寞岁月中生发了新枝，一些不能生发出新枝的，变成了它们攀附的支架。

　　年复一年的攀附，已经使原本单薄的篱笆变成了一道名符其实的植物厚墙。那几间茅棚已经完全被青藤覆盖起来了，木桩没入泥土的位置上，生长着名目繁多的黑色菌类，环顾整个篱笆以内，这里已经在不知不觉中变成了植物的乐园。他们惊奇地发现，被人类忽略的地方，时间并不会将其遗忘。更加令他们惊诧不已的是，这个被篱笆围得密不透风的茅棚院落，依旧被迷人的香气悄悄笼罩着。支撑着茅棚的那棵小叶树，几十年中又长大了几轮。然而，除了树干变得更加苍老之外，它的高度并没有增加几尺。在男人们又一轮更为细致的探索中，他们终于在它弯曲的树腰部位，发现了一个疑似天然生成的椭圆形树洞。那个酷似女性生殖器官的洞孔，正以渗出汁液的方式，渊源不断地散发着与已经远去的寡妇王氏身上雷同的香气。

　　据那几个已经年老色衰的皇妹们回忆，那时候的每个夜晚，她们的母亲都是用一盆树上的香汁浸泡过的温水擦洗自己身体的。而她们一生下来，就被首先浸泡在这种带着树脂香气的温水中……事情就在这种时候渐渐变得明朗起来了。当大多数人意识到一些什么的时候，那个洞孔里渗出的汁液在时间的搅拌下凝结起来的近乎透明的褐色块状物，已经被公认的厚街最不聪明的一个老实人取走了。

而在接下来分配那些为数不多的能够流出香汁的小叶树时,的确不出所料地没有了这个老实人以及很多像他一样的老实人的份额。人们争先恐后地拿上各种工具,在分配给自己的树干上凿出千奇百怪的洞穴,期望那些香汁能像水一样从树干深处流出来。有的人甚至在阳光下揭开树皮,去探寻那能够使女人馥郁无比的香汁的根源。

青绿的山林瞬间变得满目疮痍,无上的苍天就这样把神奇的木香送给了厚街人,厚街人又几乎是在一夜之间让神奇的木香走向了濒临灭绝的边缘。

但命运注定厚街人在首先拥有木香之后,在保卫这神奇木香的过程中,必须为之战斗,并付出一些代价。因为上天总是不会无缘无故地把集天地之气于一身的灵物轻易地送给哪一个人群。

那时候厚街,已经是莞州大地上最为强大的村落之一了,他们修筑的村寨,半个世纪来一直没有哪一个村落能超过它。

这样的宗族之战,在遥远的当年几乎是不可避免的,因为每一个村寨都得积累丰厚的财富才能使自己的村寨更为强大,而土地是获得财富最直接的资本。与厚街暗暗作对的,是一个名叫金屯的村子。这个庞大的金氏家族传说来自遥远的北方,他们的先辈曾经是马背民族的后裔,所以他们来到水濂山下的时候,仍然没有改变食用牛肉羊肉的习惯。因此,他们比谁都更需要足够的土地来放牧牛羊。人口越来越多了,他们所占有的草场就显得捉襟见肘。尽管他们喜欢的口感上好的绵羊肉已经被腥膻的山羊肉所代替,但他们仍然摆脱不了它们的诱惑。

那是一个初夏的上午,阳光在一场小雨过后变得和青草一样新鲜。就在这画一样的情景中,金屯村的牧童赶着牛羊,来到了那片有树有草的山坡上。他们像小鸟一样叽叽喳喳地唱着天真烂漫的童谣:

> 大雨大雨随山去,
> 日头日头里边来,
> 阿爹在田锄田角,
> 我在山上掌羊牛,
> 快把禾苗抚齐整,
> 五谷丰登乐悠悠。

一开始,那个在山坡下做田的厚街人的举止,是温和的,他用几乎是商量的口气,让金屯的孩子们把牛羊从山坡上的田地边赶走。孩子们陶醉在自己的歌声中,他们并没有理会厚街人的劝慰,他们继续唱着歌,继续像顽皮的小狮子一样相互追逐打闹着。他们中一个年纪最大的男孩,甚至用奚落的口气对那个向他们发出禁令的厚街男人叫嚣起来：

"最香的地方可不完全是你们厚街的。"

这句简单的话把这个厚街的男人激怒了，他觉得这是对他的污辱，更是一种显明的挑衅。作为一个欧阳家族的男人，他觉得自己不应该被一个孩子这样目中无人地欺负。作为一个厚街人，他觉得这个身份本身就是他在这片土地上不能受到欺辱的理由。于是，他抬手给了那男孩子一个嘴巴。

起初，这个孩子并没有哭，当他看到另外那些看着他挨打的孩子仍然无动于衷的时候，又看了看眼前那个中等身材的厚街男人，然后他才大哭着跑开了。他一边跑一边叫喊：

"厚街人要抢我们的牛羊啦，厚街人要抢我们的牛羊啦！"

另外的孩子随着那个厚街男人的一声断喝，也撇下自家的牛羊大叫着跑开了。他们的牛羊依然若无其事地隐没在绿色中，寻找着自己认为最好吃的树叶和青草。

那时候，最先听到孩子们呼喊的金屯人已经拔出插在水田里的双脚，开始站在了田埂上张望，刚刚唱着歌去放牧的孩子突然又哭喊着往回跑过来——他为此感到极度惶恐。这里的山岭里，自从他们到来之后从来没有发现过狼的痕迹，但他们曾经听说有人听到过老虎的吼声。孩子突然哭喊着跑回来了，他好战的血液马上激荡起来，他只向邻近的金屯人招呼了一声，就提上一件手边的农具迎着孩子们的哭喊声跑了过去。

事情就在这种简单的突兀中发生了。

那个厚街男人是在猝不及防的情况下被击倒的，他没有能够扛得住那重重的一击，他的脑壳上瞬间凹下去一个碗口大小的深坑。那一刻，那个最先冲过来的金屯汉子，突然发现自己其实是最强大的——即使是在传说中老虎吼声出没的地方。他往山坡上挪了挪脚，双手叉腰站在那里，用胜利者的目光注视着清晨水濂山下迷人的风景。他发现这些惯常被视而不见的山乡河汉之地，竟然在眼前蒸腾着不可遏止的祥瑞紫雾。

上午明丽的阳光下，紧接着传来了死者亲属哀号，它以数倍于鸟叫的高亢音律从那面山坡上雨水一样洒落下来，淋湿了几乎所有厚街人的眼睛和心坎。当那个被敲偏了脑袋的男人的尸体被抬到欧阳家族宗祠里的时候，厚街男人的愤怒已经像驱寒的碳火一样被点燃了。他们在那个暗中的皇太后在世的时候，就悄悄准备了足够武装起十倍于厚街成年男子的标枪和大刀，他们为一场伟大的复国战争其实已经暗中准备了很久，他们聚积起来的勇气和精力从来没有在任何地方释放过。因此，他们并没有在宗祠里停留多久，几声呼喊过后，他们就以一种训练有素的形式离开了自己的村寨。

一开始,厚街人并没有什么过分的要求,他们只是理所当然地要求杀人者为死者偿命,而杀人者的家人,则将被死者的家族充作家奴。但当厚街人浩浩荡荡扑过来的时候,已经退入村寨关紧了寨门的金屯人却放出话来,明确表示只接受用两头牛和一只山羊的代价来了结这桩意外的命案。

这样吃明亏的事情厚街人从来是不干的,但金屯人也用自己强悍的性格支撑着,丝毫不做出让步。因此这样的对峙局面,便一直从上午持续到了傍晚时分。

当第一缕落日的余晖夹杂着死者亲属的哭声再次飘过来的时候,厚街男人的忍耐终于达到了极点,他们用柴火烧开了金屯村高大结实的寨门,从东西两个方向对曾经好战的金屯人展开了屠杀。金屯人的抵抗一开始是顽强的,他们用暗暗藏匿的弯刀与来犯的厚街人展开了激烈的巷战。但残存在脑海里的那一点只能在马背上才能施展的手段,在已经杀红眼的厚街人面前,根本占不了上风。而且,那是在没有马匹的窄小巷道里。那是一个没有黑暗的夜晚,冲天的火光与喊杀声斯叫声纠缠在一起,把天空都照亮了。最后,连水濂山上栖息的鸟群也不得不因为恐惧而惊慌失措地连夜飞走了。

这场规模宏大的宗族战争以厚街人的胜利而告终,他们用北方民族入侵南方最习惯的方式对付了那些四散而逃的金屯人——烧毁了他们的房屋,抢夺了他们财物,虏掠了他们的女人。所有参战的厚街人,都获得了这次争斗的战利品。轮到瓜分那些年轻女人的时候,他们感到为难了。那些行动不便的老妪已经被杀,被虏的大多数是青春年少的妇女,说穿了,没有一个参战的男人对那些老妪和襁褓中的幼女感兴趣。

那些抢夺来的财物是堆放在宗祠里完成分配的,按参战者功劳大小,几乎做到了人人有份。那些外族的女人,自然是不能带到宗祠这样高贵的地方的。宗祠——那可是祖先灵魂栖息的地方呵,连本族的妇女都被禁止涉足,外姓的她们,怎么可能被堂而皇之地摆到这里来呢?即使作为祭品,那也完全没有可能。女人生来就是不洁的,一个外族的仇家的女人,就更加不洁了。

尽管甚为不洁,但她们显而易见地是此次械斗最重要的收获,没有人会对她们的去向漠不关心。在分配方案没有出台之前,她们被集中在了厚街圩市的一间茶肆里。


五十


关于这些妇女的分配问题,厚街男人们端着茶碗,坐在自家的宗祠里,在新任族长的主持下商量了整整三天。每一种分配方案公布出来的时候,都遭到了至少十种理由的强烈反对。那时候,人们突然怀念起了那个已经辞世的不为大多数世人所熟悉的皇太后王氏,他们相信如果她依然在世,关于这些外族女人的分配,将不会是摆在厚街人面前的一道难题。而那个曾经被拜为相的欧阳家族的单耳族长,那时候已经过世多年,他独断专行的丞相特权也因为王氏的辞世早就在厚街这片土地上失灵了。他的代表着族长的权力,当然不会随着他的辞世走向消亡的结局,而是在他辞世之际,就以他过人的机敏和非凡的智慧,巧妙地延续了下来。

厚街那时候的情况,的确又回到了从前。

那时候,欧阳家族已经发展出了几条粗壮的支脉,像一棵大树分出若干枝杈一样,没有哪一个枝杈是情愿被风随意刮断的。当时能够进入宗祠参与讨论外姓仇家妇女分配方案的,都是年纪上了六十岁的男人,他们几乎代表着每一个枝桠的主干。而且,参与械斗事件的男子,还有除了欧阳家族以外的许多外姓村人,他们从厚街立村之初,就陆续来到了这里,他们和欧阳家族一同见证了厚街从无到有的世事变迁,这样的分配,不可能没有他们的份额。并且,欧阳家族最有威望的几个人都一致认识,这些掳获的女人,如果没有外姓村人的份,无论如何是说不过去的。

这样三番五次的讨论,最终得到的仍然是一个混乱不堪的局面。那几个年事已高德高望重的老者在经历了至少三次血冲脑顶差点送命的危险之后,终于不再据理力争,反而心平气和了。因为,早在那个年轻的寡妇王氏寄居在村东那片山坡上的时候,厚街的男人们已经懂得了女人与女人之间的巨大不同,因此那几个有着北方民族血统的年轻女人分配给谁,这样的结局都会因为僧多粥少而显得极不公平,甚至会埋下宗族内部争斗的祸根。就在大家相持不下进退两难的时候,第四天大清早,那个精明忠厚的茶肆老板娘,为那些仍然坐在祠堂里争执不休的男人们出了一个主意。随后,这个问题就在欧阳家族年轻族长一声清脆的应充之下,如同冰块见到的阳光一样——很快化解了。

"我看——这样——最好!"

欧阳家族年轻的族长,当时应该是这么说的。

说完这句话,他款款地从一把木椅里站起身来,伸了伸僵硬的腰腿,径自出门去了。

根据欧阳家族一辈辈人向上的追溯和记忆,这个茶肆的老板,应该就是那个年龄最小的皇妹十娘。她迷人的身姿将年轻的丈夫——欧阳家族主脉上一个为大家公认的最孔武的男人早早送入一只土瓮之后,就一直没有再嫁。她时刻与自己惊人的美艳对抗着,贞洁地寡居在厚街的一条不起眼的巷子里。

在距离熬得一座贞节牌坊还有很长一段时间之前,她不得不走出家门,为生机操劳了。她选中了圩市边一片开阔的空地,开设了一间简陋的茶棚,用最简单的方法赚取茶客们手里分量最小的碎钱。没过多久,这间茶棚就以惊人的速度变成了一处拥有一进一出三个开间的茶肆。当她用一张丰腴的笑脸迎进一个个面露春光的茶客时,她对那座贞节牌坊的向往,已经完全消失了。因为不论是在别人眼里还是自己心中,她的行动已经距离贞节牌坊的标准越来越远了。

那场与金屯人的争斗,她和她年幼的儿子没有获得任何财物,但当那些被虏掠来的妇女被一伙男人吆喝着关进茶肆后面那间堆放柴草杂物的空屋里的时候,她突然意识到,一个崭新的时代可能已经在厚街神秘地来临了。

最先享受到这些仇家女人的,自然是那些在争斗中表现出众的汉子。当规定的几次费用豁免用尽之后,厚街的财富就像流水一样,一部分进了欧阳家族宗祠的公账,一部分钻进了十娘包着铜角的香樟木银匣。十娘那三间新设了床铺的茶肆,已经严重制约了厚街人的享乐生活,因而她不得不在一片强烈的呼吁声中,于这一年秋天,搭起了享誉莞州大地的女儿香茶楼。

那时候,厚街以外的世界正在经历一个混乱的时代,一场大规模的杀戮正在地球的东方由北向南次第展开,偏居南方滨海一隅的厚街,作为遥远而不起眼的后方,却因此正在经历那个混乱年代里少有的好日子。从金屯房掠来的田地可以耕种,房掠来的财物,更是可供他们完全不用劳作就安享五载三年。那些房掠来的外族女人,经过十娘一番精明细致的调理之后,每天用木香水浸泡过的身体,像伺候小孩一样无微不至地伺候着一批批不倦的厚街茶客。

她们披着轻纱的身子,在被木香熏过的茶楼床榻上鱼一样轻盈地游动。时间渐渐流逝的同时,也带走了她们对厚街男人的仇恨。而他们对她们,也变得更加勇猛和体贴了……

# 第十五章

## 五十一

马石头一直想弄清楚雪姐前夫的基本情况,但很长时间过去了,他所获得的依然只有欧阳雪主动告诉他的那么多。后来连马石头自己都觉得这样的用心,事实上对自己缺乏实际的意义。本来么,欧阳雪前夫是什么情况跟他马石头有什么关系呢? 他发现根本连他自己也越来越说不清了。这件事情把马石头搞得心慌意乱,欧阳雪与林燕的关系应该是情敌才对呀,她应该对她怀有巨大的夺夫之恨呀! 马石头依稀觉得他们的离婚,并不是第三者插足那么简单,否则,欧阳雪怎么可能和林燕相处得亲姐妹似的呢? 这太不能让人理解了,即使是在开放的东莞,这依然是件不可思议的事情。

两个月后,马石头的车本拿上了。现在凡是一些暴利行业,办事效率就高。这当中驾校应该算是一个了,学员一拨一拨的,期期都是满员。尽管考试过关交警方面组织得非常严,但校方还是把所有的事情都能搞掂,保证你掏了腰包就能过关,就能顺利拿到车本。看上去有点黑社会的意思——拿人钱财,替人消灾。

马石头拿到车本的那天,欧阳雪十分高兴,晚上叫了几个人为马石头庆祝。也没去什么远的地方,就在南城的明珠酒店。欧阳雪力主一定要喝酒,她自己和林燕是女的,要了两瓶国产的干红,掺了罐装雪碧喝。其余三个都是男的,一律白酒伺候。林燕是湖北人,猜不出年龄,如果不是深知底细,更弄不明白是不是已经嫁人了。马石头在女人这方面真的没有慧根,尤其是面对南方女人的时候,他的判断往往会出现更大的偏差。再说了,在一个现代社会里,人与人之间是不大打听年龄的,这已经属于隐私的范畴了。林燕个头不高,长相小巧,额头却饱满地凸出来,因此给人一种无法言说的感觉。马石头第一次见到她的时候,就觉得她十分特别,不光是因为她为他解过危,更重要的是他发现她与袁小玲有几分相像——尤其是鼻头以下,嘴角以及两个浅浅的酒窝,微笑时特别动人。在应酬方面,马石头还不怎么游刃有余,因为他毕竟不是那种十分机敏的人,相反他倒是很多时候都显得有些木讷。酒喝到一半的时候,马石头的眼睛已经有些迷离了,目光就时常离开欧阳雪,去寻找林燕那凸出的白亮的额头。

结果到了下半场,欧阳雪就笑呵呵地使坏给林燕灌酒,还不让她再掺雪碧。到了后半场的时候,林燕就与众不同了——露在衣服外的细白的脖子全都变红了,斜靠在椅子里,头歪过来软软地架在脖子上,眼睛盯着欧阳雪粉嘟嘟的脸一个劲嘿嘿笑,不一会儿脸也红扑扑的了。看着两个女人闹酒,马石头不知所措,又怕冷场,就劝她们喝口水。另外两个男的马石头不熟悉,见这情形,他们便起身给欧阳雪和林燕敬了杯酒,然后说有事,就先走一步了。到了最后,虽然没有不欢而散,但两个女人都喝飘了。回去的时候,欧阳雪叫马石头去送林燕,自己连车都没开,揽了辆的士一闪身钻进去就走了。

林燕喝得东倒西歪,打开车门,几次都没有将车钥匙插对地方。马石头看着雪姐远去,想给她一个电话,但又不知道当着林燕的面他应该说什么。看着林燕的样子,就赶紧过来帮她。马石头扶林燕坐到副驾驶位上,将她的手包和手机一起放在她怀里,然后帮她系上安全带,从她手里接过车钥匙关好车门,过去找开左侧车门,坐在驾驶位上。车子刚刚启动,马石头就感到自己的手机在振动,他抽出手打开一看,是欧阳雪打过来的,急忙去接,刚刚举到耳边,那边却挂断了。

林燕靠在车椅靠背上,头伸向前面,脖子有点歪,整个身子又缩在那里,有点想要挣脱束缚的样子,但一条安全带将她小巧的身体牢牢套着,这样一来那模样看上去便十分滑稽,也十分惹人怜爱。

马石头伸手将林燕的身子扶好,大约是他的动作把她弄醒了,林燕抬起头来,醉眼迷蒙地看了他一眼,她头发有点乱,目光也被它们遮住了。马石头刚刚坐正准备开车,林燕突然打开保险带,头一歪扑倒在他腿上,嘤嘤地哭了。马石头发现,这时候的她与白天那个干练的小女人林燕已经完全可以判若两人了。马石头下意识地搂住她的脑袋,却一句话也说不出来。

哭了一阵,林燕调换了一个相对舒适一些的姿势,依然倚着马石头的胸

脯说:

"你为什么不送我回去?你是不是不情愿呵?"

马石头说:"你这样,我怎么开车呀?"

林燕什么也没有说,慢慢坐起来,那样子仿佛她已经酒醒了一大半。

已经是半夜了,大街上行人和车子都不是太多,但大街上依旧灯火辉煌,一些只有夜晚才热闹的地方,依旧门庭若市。在一些酒店门口,一些衣衫褴褛的孩子和成年人组成一支规模不小的乞讨队伍,他们有的伸着手,有的端碗或者小罐子,反正就是用各种各样的方式向进进出出的客人们乞讨。这样的情景马石头已经碰到过很多次了,也许从他刚刚来到东莞的那一天就看到了,他们在火车站,在过街天桥上,在主要的公交车站,在地下通道口,在红绿灯下……这些乞讨的孩子当中,有一些身上有着这样那样的残疾孩子,看上去楚楚可怜。在这样的夜晚,马石头寻思着眼前掠过的一切,一种莫名的东西触动着他的内心。他觉得自己其实距离那些孩子很近,尽管他开着小车,但事实上他也一无所有。

车子在林燕的指挥下无声地滑过深夜的闹市,沿着一条小河绿化带向东,驶进了一个名叫沁心园的新建的高档小区。

停了车后,马石头有些犹豫,是不是应该送林燕上去在他心里已经成了一个问题。他正忖度不定,林燕却一把抱住他的胳膊,小声说:"小马,你送我上去呀,我好像有点晕。"

马石头说:"要不……叫……他出来接你吧!"

林燕一边靠着马石头的身子往前走,一边说:

"这里……是我自己的房子。"

马石头便没有听懂似的没有再说什么。

高层——有电梯,十分方便地就到了十层。

进了屋,林燕看上去已经完全清醒了,她熟练地打开几个墙角的侧灯,使客厅里的光线透出无限的迷离。她脱了鞋,走过来殷勤地把马石头按在宽大的布艺沙发里,又给他拿来三种口味不一的果汁,之后便在朦胧的灯光中消失了。

不一会就传来了哗哗的流水声,接着便是无数挂在身上的泡沫被水花撒冲下去的声音——水的冲击力被泡沫吸收之后,声音就在突然之间暧昧起来。马石头听着这样的声音,感觉有点不自在起来。片刻之后,小巧的林燕已经裹着一身浓烈的香气出来了,她湿漉漉的身体被白色的浴衣包裹着,头上包着条粉色毛巾,像一种热带地方人的装束。马石头平时也不是没有接触过香水,便没有太在意。当林燕坐在他身旁的时候,他突然觉得她身上的这玩意儿猖獗得几乎叫人闭气,甚至对人的某种情欲也有着一定的催促作用。马石头下意识地扭过头,猛地抽了几下鼻子,身体里所剩的那点酒劲早过去了。林燕白皙的脸孔正对着他,浴衣套得松松垮垮,两只结实的乳房有一半露在浴衣外面。陷在沙发里的马石头其实是想做点什么的,但他自己控制着站了起来,很突然地说:"林燕,我该走了。"

说完,马石头就逃也似的打开房门,头也不回地快步出去了。

电梯仿佛专门停在那里等着他,他的手指一触到向下键,舱门就铮地一声打开了。

到了一层,马石头脚还没有迈出电梯舱,手机就开始在他手里剧烈地振动起来。他接了,放到耳边。林燕那种细声细气的声音完全变了,变成了真正的歇斯底里的怒吼:

"马石头,你回来,今天你走出去……你会后悔一辈子的。"

马石头刚刚开口支吾了一声,林燕接着说:

"你不要去欧阳雪那里,你再不要去欧阳雪那里了……你不要去自讨没趣。"

马石头一愣,无话可说了,甚至慒了一会儿。他突然有了那种搞不清楚自己的感觉,在这段时间里,他感觉自己的身体和内心完全给一种奇怪虚无的东西搞乱了。他不知道自己是抱着一种怎样的心情与欧阳雪接触的,更弄不明白在与袁小玲分开之后,自己为什么竟然会一直没有再去找过她。而千里迢迢来南方寻找王春麦的计划,也在来到东莞之后被一拖再拖。他给自己的回答是找了,但是还没有找到,还在继续找。他给他爹马文革的信中也是这么说的,他还用了一个他爹能够理解得了的比喻——在东莞这种地方找一个人,就像在咱村西梁以西的无边沙地里找一粒颜色差不多的沙子一样,渺茫得很。但是——他马石头会找的,会一直找下去的。在东莞这样的地方,一个人的梦想每时每刻都在滋生,每时每刻都在破灭。在马石头心里,他原来那些想法以及他原来追求的生活,其实是十分荒唐的。只有到了南方,到了东莞,你才知道一个人应该过一种什么样的生活。林燕……林……燕……这个名字在马石头心里很陌生,又很熟悉。

马石头快步走出宽阔的门厅,走出侧门离开了沁心园小区。

他没有回欧阳雪的空山别墅,径直打车去了纤纤沐足阁。正如马石头料想的那样,他没有找到袁小玲,因为那时候袁小玲的确早已经不在纤纤干洗脚工了。她的去向,和她已经无法接通手机号码一样,在马石头的脑海里成了一个谜。马石头一个人走在空荡荡的大街上,头顶上星星的光亮已经将城市的灯光完全覆盖。虽然路灯是通宵亮着的,但在深夜里,它的光芒的确已经暗淡下来了。长街前面铺展着的依然是长街,一眼看不到尽头,马石头的内心也是一片空荡荡的。

在一个十字路口,马石头迎面碰到了一个衣衫破旧的中年男人,他身后跟着五六个七八岁的孩子。那中年男人看上去身材魁伟,面色红润,那些孩子却一个个面黄肌瘦,和电影里的小叫花子差不多。马石头认出来了,他们就是那些经常在豪华地段活动的乞讨者,他们现在开始收工了——凌晨三点钟。迎面一闪而过之后,马石头突然觉得那个男人有点面熟,好像在哪儿见过。但这个念头只轻轻一闪就在他的脑海里消失了——在东莞,他不可能认识和他爹马文革一样年纪的男人。

后半夜了,星星差不多都已经睡了,马石头迈步走进沁心园小区的侧门,然后进了高层大厅。进了电梯舱门的时候,他拿起手机,按了一个回拨。

电梯在十层停下的当口,手机通了。

"你能出来一下么?"

"你在哪里?"

林燕迷迷糊糊地说。

马石头没有直接回答他,又说:"你……能出来一下么?"

林燕没有再说什么,听筒里传出一阵杂乱而匆忙的声音,然后是嗒嗒的脚步声。

厚重的房门砰地一声开了,一袭轻薄睡裙的林燕出现在门口。那时候,马石头的身体正疲惫地靠在对门的大理石墙面上……他们两个都愣住了——

# 五十二

"你和他……你们没有结婚?"

"一个刚刚离了婚的男人,你以为他会马上结婚?这太可笑了。离婚是什么呵——解放,解放你知道不知道呵?就是从旧社会到新社会——从一个时代到了另一个时代。"

林燕穿着睡衣,娇小的身子窝在宽大的沙发里。清晨的阳光穿过窗玻璃洒在卧室的木地板上,马石头坐在她的对面,小口吃着面包,突然愣住了,他显然为林燕的这番回答感到惊诧。

"你们都以为他是因此我才和欧阳雪离的婚,哼——我只不过是个由头。爱在他眼里——在他们眼里,已经成了一种存在的形式,难以启齿的形式,附庸风雅的形式。这些我已经看透了——这样的地方,这是没有办法的事,想不通不行的。"

为了防止咽住,马石头拿起茶杯喝了口水。他发现自己一直处在一种自己不能解释自己行为的懵懂之中,他突然觉得没有办法对自己来到东莞所做的一切做出解释,甚至连自己当初只身南下的决定,现在看来都是莫名其妙的。他不能解释在一片无奈的泥淖中与袁小玲走到了一起,不能解释鬼使神差地走进了欧阳雪位于水濂山下的空山别墅,更不能解释的是自己突然地就没有了拒绝林燕留宿的能力。他隐隐约约地踏上了一种混乱的人生,比之以前,他已经完全不认识自己了。

"谁不想过无忧无虑的幸福生活?这样的生活必须由足够的物质基础来保证,所以说,一个人追求金钱是没有错的,它和追求真理追求理想一样,都很崇高。我说的意思……你明白吗？"

林燕这样问马石头的时候，马石头的脑海里其实一片空白。因此，他只能是不置可否地轻轻摇了摇头，什么也没有说。

"所以你不要看不起我林燕，我也不会因为你住进了雪姐的空山别墅，就看轻你。人活着，都不容易。好了，咱们去吃早茶吧！"林燕说着，突然从沙发里立起身子。

林燕上前一步，双手搂住马石头的脖子，在他嘴唇上猖獗在吻了一阵。

"我喜欢你……你和你的名字一样——硬气。"

马石头双手一抬，就卡住了林燕的细腰，将她托到了自己胸前。

"叫上雪姐？"林燕说。

"随便。"

粥城的早客已经散去，这时候来喝早茶的，都是一些悠闲的人。他们大多都是成双入对，或者是一对老夫少妻的夫妇，领着一个花朵一样新鲜细嫩的孩子。马石头和林燕选择了一个安静的台子坐下来，他们很快分别点好自己喜欢吃的东西，服务员拿了单子下去了。上班对于马石头已经无所谓了，上与不上，总之到了月底的那个时候，他的银行卡上就会按时增加一个相对稳定的数目。和欧阳雪这几个月下来，马石头已经适应了这种无所事事的享乐生活，从上午一直到晚上，这样的生活是最能消耗时间的，这种生活使他感到空前麻木。茶点很快上来了，林燕小口地吃着，她的清纯和秀丽，衬出她的慢条斯理的温婉。马石头的吃相则要残酷得多，无论是小鱼包，还是小点心，他总是一口一个。

"我现在需要快乐。"

林燕突然用纸巾拭了下嘴唇说。

"活一天，我就要快乐一天。"

林燕说。

"我现在已经释然了。"

林燕说。

"我曾经那么的有理想……因为贫穷……我又曾经那么贪婪……"

林燕说。

"我曾经那么贪钱……"

林燕说。

"现在我释然了——就在前几天，我释然了……现在我只需要快乐。"

林燕说。

"贫穷的时候，每个人都是贪婪的。"

林燕说。

"我现在释然了——因为我的钱已经足够我这辈子用了，释然了之后……我就觉得我真正需要的是快乐。"

林燕抬起头来的时候，发现马石头的目光并没有盯着自己。他连咀嚼都停止了，大约是一只包子还完整地含在嘴里——腮上鼓着一个明晃晃的大包。林燕顺着他目光锁定的方向望去，大厅向阳一侧的一张长方形台子旁，面对面坐着一对男女。女的很年轻，穿着入时，男的是典型的南方的，大约五十岁上下了，但完全看不出五十岁上下的样子。马石头连眼睛都鼓起来了，林燕盯了他好一阵子，他竟然毫无察觉。林燕就抬起一只手，在他眼前上下晃了晃。

"看见熟人啦？那过去打个招呼吧，何必这样望眼欲穿的。"

马石头回过神来，三下两下将嘴里的东西咽了下去。然而，他只是扫了林燕一眼就重新把目光移了过去，这时候另外一双目光也向他移了过来。是的，没有错，是袁小玲，他们的目光碰到一起的时候，她也认出他来了。但她只是轻轻一瞥就若无其事地将目光移开了，然后从容地摆出优雅的姿势，为对面的餐盘里添了一份菜。

几个月不见，袁小玲已经大变样了，无论是穿着还发式，都已经不是留在马石头脑海里的那种样子了。令马石头更加吃惊的，其实是她看见他时的那种处变不惊的姿态。

他收回目光，林燕突然说："你——认识费总？"

很显然，林燕说的费总，是指坐在袁小玲对面的那个男人。

马石头赶紧说："不，我刚刚是认错人了，我以为是钱老板呢！"

林燕又向那个方向看了一眼，说："费总是搞地产的，他已经成功开发了不下五个楼盘——赚得盆满钵满了。"

林燕一面吃着粥，一面接着说："你看他对面那个靓妹……他身边的女人，哪一个不是嫩的……有多少女孩子想傍他还轮不上呢……这一个，算是相当地幸运了。"

马石头一句话也说不出来了，他其实根本就是无话可说。他也不管林燕在说些什么，就自顾不暇地吃了起来。引得林燕一迭连声地说，你吃慢点呵，你吃慢点呵！

马石头心里涌动着一种说不出来的情愫，他希望它们能被他强烈的食欲给压下去。但他这样的企图，一开始就事与愿违了——他刚刚吃了几口，胃里就咕咕叫着返了上来。林燕看着他脖子一伸一伸的样子，突然抿起嘴啾啾地笑了起来。

这顿迟到的早茶，马石头并没有坚持多久就离开粥城了。林燕也不愿意在粥城无谓地耗掉这样多时间，离开的时候，她甚至暧昧地搂上了马石头的后腰。当他们驾车回到林燕住处的时候，两个年轻的身体很自然地进入了又一场摧枯拉朽的

人生嬉戏。在一场尽情的欢愉过后,林燕捧着马石头尖削的下巴,看了好一会儿说:

"我需要爱情——我现在需要强壮的爱情。"

马石头空茫的眼神从她白晰的身体上避开了。他说:

"你不是需要快乐吗?"

"没有爱情——如果没有爱情,怎么快乐呵?"

林燕的双手松开马石头的下巴,开始在他身体的其他地方游走。马石头的每一块肌肉,都让她心生依恋。

突然,马石头推开依在他胸前白嫩的林燕,从木然中翻身坐起,趿着拖鞋奔向浴室。

很快,一阵狂乱的呕吐声夹杂着哗哗的水声便从浴室里传了出来。林燕从床上起来,连睡衣也来不及穿好就光着脚跑过去,拍着浴室门大声喊:

"怎么啦石头?小马你怎么啦,要不要我帮忙呵!"

"滚开——"

马石头拍打着什么,吼了一声。

"你到底怎么了吗?"

"滚开——你给我滚开。"

门没有开,一件什么东西和声音一起,啪地咂在门上,又重重地落在湿淋淋的地上。林燕惊慌地收起双手抱在胸前,又把睡衣轻轻推上去,推过胸与脖项,用嘴咬住了。

呕吐声夹杂着水声,继续在浴室里弥漫。稍加停顿,马石头歇斯底里的呕吐声瞬间又变得澎湃起来,一浪高过一浪。

# 第十六章

## 五十三

　　金屯在成为一片废墟之后，在那个绵延不绝的雨季里一连散发了三个月的臭气。无论厚街人采用怎样的方式，都无法躲避它对他们肺腑的侵袭，因此没有人不认为那是金屯亡灵对厚街人的报复。被攻克的金屯村寨经过一番洗劫之后，变成了一片火海。当豆大的雨点洒在那片余火未尽的废墟上的时候，已经是三天之后的事情了。

　　天一直阴着，雨一直下着。那批狼狈不堪的金屯逃亡者躲在一处高山上，看着冲天而起的大火，无奈地朝那个辛苦经营起来的、已经变为一片火海的村寨的方向跪下来，磕了几个响头便钻进山林不见了。溃不成军的他们除了逃命，已经没有能力为死者收尸了，但复仇的火焰也在他们内心同时点燃了。

　　怀着仇恨离去，当然意味着选择怎样的方式重新回来。

　　事实上，欧阳家族聪明的祖先早就知道这种仇恨的结局——另一场更为激烈的争斗和杀戮，但他们普遍认为那肯定是几十年甚至百年之后的事情了，没有一个村庄能够复兴得比他们厚街更快。因此，厚街人并不避讳眼前逍遥自在的日子。因为那时候远方风雨飘摇的皇权已经极不稳固了，百里之外的官府三天两头被举事者攻破,虽然也常常有短暂收复的时候,但衙门里的官人根本顾及不了偏远山乡的事情——即使这争斗给一座村庄带来了毁灭性的灾难。

那时候,往来于厚街圩市的商贾茶客日渐增多,连一些外地商家和狮子洋上的渔者也闻风绕道而来,他们把大大小小的船只停泊在东江岸边,有的则直接驾着小船,一直到了欧阳家族先祖当年上岸的那个地方,才停靠上岸。那里已经是一个十分著名的码头了,因为到了这个码头,距离厚街的确已经不远了。一些为避兵乱南下的游民,更是把这里看作一个暂时寄居的逍遥快活的天堂。

女儿香茶楼的铺面,在这一时期不得不又扩大了一倍,即使如此,也仍然满足不了骤增的食客的嫖宿需求。那时候,一部分精明的厚街人已经从繁重的草编劳作中解放出来了,他们把银两从埋在地下的坛子里搬出来,投资了这项一本万利的事业,因此像模像样的茶楼,在厚街圩市上短时间内又开张了好几家。

女儿香茶楼更名,就是厚街茶居生意最好的那些年头。

那些年里,十娘以自己潜藏的皇家高贵血统,将那些人老珠黄已经不能卖笑侍寝的妇女,养在了屋后的一片竹园里。并在女儿香茶居门口摆了一口大锅,每天分早晚两次向过往流民和僧侣放送舍饭。在一个雨后初霁的日子,十娘请她儿子的老师来茶楼吃饭,这个须发皆白的老先生听说并目睹了一个妇道人家的义举之后,甚为感叹。他在茶楼里酒足饭饱之后,用小叶清茶漱了漱口,捻着一撮稀稀拉拉的长胡子,发出了一声由衷的感叹:"想不到一个妇道人家,竟然如此之宽厚仁义也。"话说白了,就是老先生心里的确没有想到一个靠做皮肉生意起家的妇人,在不声不响中竟然将这种义举维系了多年。

听老先生这么说,已经徐娘半老的十娘微启朱唇,轻轻一笑解释说:

"做人做事,理应宽厚为怀呢,开设嫖馆自然亦不能例外,先生以为然否?"

老先生竟一时语塞,结结巴巴地吩咐拿来笔墨,挪去方桌上的碗盘,铺开纸张,蘸墨立定,运气悬腕,写下了两个斗大的黑字——秉义。

十娘的儿子当时已经是个翩翩少年了,跟随先生读书已经多年,看到"秉义"二字安落到纸上的时候,他突然不再为母亲从事的职业感到难以启齿的羞辱。他马上在先生面前跪倒,像谢恩一样咚——咚——咚——连磕了三个实实在在的响头。

于是,大名鼎鼎的女儿香茶楼在十娘儿子的主持下,在一个张灯结彩的早晨,正式更名为秉义茶居。渐渐地,秉义茶居的经营十娘也不怎么去过问了,她竟然躲在屋后那片竹园里,与那些年老色衰的妓女们研究起了绣花缝纫的诸种技艺,以此来打发她们枯燥无味的晚年生活。她们用木榔头把无用的金子和银子敲打成能够散发出太阳和月亮光芒的金属薄片,然后夹在柔软的纸片里,切成丝,制成线,用她们的双手和一些木制提花工具,将它们和真丝细密地纺织在一起。不久她们就制出了这世上从来没有出现过的锦缎,那些花纹图案,如同天上堆积的云彩。

当第一套锦袍制作出来的时候,它的华丽让所有见到它的人都惊呆了。连一些颇有见识的人都啧啧称奇,嚷嚷说这分明是皇家的服饰。于是,一些人开始怀疑起这些已经青春不再的女人来,她们怎么会拥有只有在传说中才听说过的织锦手艺呢?他们从十娘的身上找到了证据,因为她中等的身躯虽然不可遏止地肥胖了,但仍然掩盖不住内在的华贵气质。想到十娘,人们又很自然地沿着她的血脉,想到了那个曾经一夜之间变成皇太后的妖冶寡妇王氏。他们相信,十娘的织锦手艺,肯定是从她母亲的耳濡目染中得到的启发。但当一个经常出海的商人提出要高价收购她那件成品锦袍,将它当作礼物献给盘踞在南沙大岛上的一个女海盗的时候,十娘用她已经塌陷的双腮抽动着嘴唇说:

"这是一件老衣,只有一个将死的或者已经死了的人才可以穿上它。"

直到那时候,人们才在一片惊诧声中意识到,十娘在日夜不停地为自己赶织着世界上最为昂贵的随葬的礼服,但锦袍的华丽所引起的震动,还是像涟漪一样以厚街为圆心迅速扩散开去。

那时候,秉义茶居已经在岭山之南很有了一些名声,除供应早午晚三市茶点外,还包办各种筵席,推出的各色点心和礼饼,更是让所有食客赞不绝口。除厚街外,邻近乡村和往来水面上的客家,大凡婚嫁喜庆,亲友应酬,都在秉义茶居来摆酒席。它的大宝号秉义也渐渐成了岭南一带地方的口头禅,无论大人小孩,都能顺口念出:

> 秉义,秉义,
> 鲍参鱼翅,
> 又抵食,又好商议。

那时候的秉义茶居,已经从以嫖宿为主转向餐饮了,因为那时候厚街圩市的夜来香、红绣楼、绵塘屋等等这样大大小小的嫖馆,已经开张了十多家。十娘知书达理的儿子业已成年,作为一个正经的商人,他已经不屑于这些勾当了。但为了满足一些食客吃饱喝足之后的消遣,他还是在秉义茶居的上等间里,保留了几个姿色出众又懂得音律的女子。

到他人近中年的时候,他在茶楼大堂,悬挂了一副对联:

> 世道本循环,作恶作奸,到底开花无结果;
> 天心昭正义,为忠为孝,终须月缺有圆时。

十娘之子在家业蓬蓬勃勃的日子里,以此来警示自己,也警示千万花天酒地的厚街人以及过往来客。秉义茶居门口的那口大铁锅,一直没有停过火。

渐渐的,"厚街秉义"在岭南一带便成了乐善好施的代名词。

## 五十四

王春麦的生活,因为这种探秘般的掘进而找到了支点。

关于厚街的往事说到这里,就不得不说说南宋垂暮之年的那些乱事儿了。因为在厚街的历史中,的确有那么一些日子,与一个垂暮王朝的中枢是那样地密切过。

那时候,南迁后的皇城临安已经被忽必烈的蒙古兵攻破了,那个人过中年的谢太后为保住性命,领着儿子恭宗向来势凶猛的元军投降了。年轻一点的杨太后淑妃在谢太后投降的迹象初露端倪之时,便带着益王和广王及部分不愿受辱的大臣趁乱南下,希望能够在那里寻找一块福地积聚元气,尔后重整山河。南宋亡国的迹象已经不可逆转,但有一个消息却传到了声色犬马的厚街——宋臣张世杰陆秀夫等等一干人又在福州拥立益王为帝,年号景炎,并再次发出了天下勤王的号召。这时候,沉浸在亡国情结中的厚街人才猛然发现——事实上还没有亡国呵!他们便重新开始在一片迷蒙中期待。

历史的天空就在这时候划开了一道口子,一个人出现了,这种乱世注定了一些人将名垂青史。

江西人文天祥很快临危前来,领命北上,在江西湖北一带募兵数万,从北面拒敌抗元。数月之间竟然收复了不少失地,赵宋的天下在南方飘摇了许多时日之后,似乎又有了东山再起的迹象了。但没过多少日子,元朝大军又追到了福州,宋臣张世杰率领数十万军民又从海上一路南下,历经三月,才将赵宋王朝的行宫建在了距离厚街不远的新会崖门。

那是一片好不热闹的景象:一座荒山,一片野海,瞬间齐聚了数十万军民,各地的勤王义军纷纷运送军粮屯积物资,造船的声音和练兵的号子日夜不停地在山野水面上回响着。当那些南下的宋民来厚街用白花花的银子采购大量物资时,有一个人的眼睛突然发亮了。他让他们在自家的酒楼里吃最好的菜,喝上等的米酒,尔后却慷慨地分文不取。到了夜深人静的时候,他就跟着他们上了一条小船走了。

这个人,就是十娘的儿子。

在几乎所有厚街人都不知道的情况下,欧阳先生将厚街村寨献给了那个刚刚改年号为祥兴的新皇帝,他也因此理所当然地当上了这个短命皇帝身边的重臣。厚街村寨也因此成了一座名符其实的皇城。围绕着厚街村寨,很快建起了连绵不绝的三片军屋,厚街圩市上那三间打铁的茅草棚,被扩大成了人手众多的朝廷兵器工坊,一些有造船手艺的人被组织起来,在码头上日夜不停地打造船舶。这一切,都被十娘的儿子——秉义茶居的大掌柜——风流倜傥的欧阳先生——小皇帝的重臣组织得井井有条。那时候,那个南下的杨太后和年少的新皇帝已经从简陋的崖山行宫被迎进了厚街,住在了几个欧阳家族大户人家腾出的深宅大院里。圩市中心的秉义茶居,已经在不知不觉中成了这个流亡小朝廷的军机要地。十娘的儿子被封了一个无人明白的官号,统管整个厚街地区。

那时候,以厚街欧阳家族的青壮年男子为主组成的厚街义军,已经加入了岭南义军首领熊飞和叶永青的队伍,他们与县尉张吉元在东莞集结了万余人的勤王抗元队伍,昼夜操练,枕戈待旦。乱世出英豪,真正的男人没有一个不渴望这样能够建功立业的日子。

那时候的厚街,的确那样紧张而有序的热闹过。作为后方,它是平静的。远方战争的阴影渐渐向这里笼罩过来的时候,人们依然像期待一场暴雨一样,内心只有惊奇而没有恐惧。

很多年前,北方的草原上出现了一个庞大帝国,它的兴起与一个名叫成吉思汗的可汗有关。这个草原汉子在草原上忍辱负重了若干年后,带领自己的马匹和部众统一了游牧于蒙古高原上的多个部落,并将他们收归于自己的金帐之下。然后,他马不停蹄地率领更加庞大的铁骑,用十数年时间东征西伐,荡平了整个欧亚大陆,建立了一种以草原为中心的大一统的新秩序。统一了广大北方的许多年之后,他的子孙将这个以草原游牧部族为统治阶级的时代,改名为元朝,尔后突然挥师南下,平定中原之后,又向富庶的江南进发。一条大江根本不可能阻挡曾经无数次跃马天山饮马黄河的蒙古雄师,羸弱的南宋小朝廷的确被吓坏了。

那时候,那个名叫赵构的愿意做儿皇帝的男人,已经死了许多年了。这个一心求和的男人做过一件很有名的坏事——他将为他们赵家收复江山的岳飞在风波亭害死了。当元军渡江而来的时候,他的子孙们果然还坐在皇帝的宝座上。面对元军咄咄逼人的气势,小皇帝在临安的金銮殿上被吓尿了裤子。娃娃毕竟是娃娃,即使当了皇帝坐在金銮殿里,所想的事儿也不过是今天应该与宫里的那些漂亮姐姐们玩什么游戏。是先脱掉这个姐姐的裙子呢,还是先把那个姐姐的绣花鞋扔到水里去。大臣们上蹿下跳的慌乱对他的惊扰以及皇太后母亲的忧虑对他的感染,都只是一时半刻的事情,一个孩子的脑袋里根本装不下若大的江山社稷。只要一退朝,这些在大臣们眼里看上去比天还大的事情,立刻就变得与他无关了。还不等文武百官们散尽,他们的小皇帝就急不可待地与那些穿红挂绿的姐姐妹妹们玩起了捉迷藏的游戏。

他的母亲王太后虽然内心气愤,但也拿他没有办法。龙生龙,凤生凤,老鼠生儿会打洞。赵家的子孙,自从被辽国逼迫南下开始,早已经一代不如一代了。作为一个老赵家的女人,她的感受是最深的,她用身体和内心验查着他们。现在,蒙古人又提着弯刀打来了,是战是和,在她心里成了一个问题,也在群臣心中成了一个问题。这时候,很多人又一次想起了老杨家那一门能征善战的男人和女人,更多的人则想起了背刺"精忠报国"的岳飞和他的儿子岳云。国难思良将,南迁后的赵宋江山,用谁来抵挡来势凶猛的虎狼之师呀?

忧心忡忡的太后看着与宫女们追来逐去的小皇帝,除了叹息,便是摇头。接下来,便是一边叹气一边摇头。摇累了,她就坐在了一把宫女为她搬来的椅子上。后宫的园子里是风平浪静的,花香四溢,池鱼戏水,百鸟啁啾,不一会儿,疲惫不堪的她就睡着了。就是在这半梦半醒之间,太后和许多即将亡国的大臣一样,不可避免地想到了南唐那个工于诗词的李后主,也想到了他们李唐王朝最后的命运……

对于南移的大宋,亡国看来几乎已经是没有办法的事情了,她只能放手最后一搏。一觉醒来之后,汗水把胸衣完全弄湿了。但她已经没有心情和时间去换它了——不能再拖了,否则一切都太晚了。她即刻将左右丞相召入后宫,替年幼的皇帝颁布号令:传令四海,天下勤王。

于是,一个产生英雄的时代悄悄来临了。

应该说当时的厚街人等待的就是这样一个机会,他们一直以来就是一些重视机遇的人,为了寻找那些蕴含着机会的缝隙,他们时刻都在准备着。

南宋小朝廷在失去笙歌之后,巨大的皇宫变得空旷起来,沉重的恐惧像阴霾一样笼罩着都城临安。群臣们眼看好日子已经到头了,便走得走,降的降,逃的逃,隐的隐,各自为各自的命运选择了方向。

天下勤王的号令传下去之后,响应者寥寥无几。但那时候,被京官们挤到家乡赣州做知州的南宋状元文天祥听到消息之后,连想都没有多想就日夜兼程赶来了。他匆匆被拜为右丞相的第一件事情,就是前去来势汹汹的元军大营议和。

已经兵临城下的元军根本不吃这一套,元军中有不少都是南宋的降将,他们知道汉人用兵之道中有一条叫缓兵之计。因此,他们这里一边和文丞相谈着,那边对都城的进攻一点也没有松懈。军心涣散的临安城,没怎么费力就破了。

都城已破,还谈什么议和?连皇帝带他妈一块端了,没有来得及跑的一些皇室连同宦官宫女,也在一片惊慌中做了俘虏。但泱泱南宋,有血性的人毕竟还是有的,被扣在元军营中的南宋文丞相听到都城已破的消息,万念俱灰,一心求死,不愿苟活。但元朝人却希望文天祥能重新站出来,为他们的蒙元王朝收拾被战火践踏过的旧山河。

于是,刚直的文丞相被囚在了元军营中。元军期望能够让这个南宋腰杆挺得最硬的男人在目睹了宋军一败再败之后,向强大的元朝跪倒。但他们一次又一次的劝解和利诱,都在文丞相的一抹轻笑中宣告失败了。他们仍不死心,元军从水路挥师南下,文相也一直被关押在他们的兵船上,在大海上与风浪同行。

元军在镇江逗留期间,求死不成的文丞相终于逮了个机会,经过一番巧妙的化妆之后,以一叶扁舟冒险从大队元军的船舰之间逃脱了。历经艰险来到小城南海之滨,与南宋的重臣张世杰、陆秀夫汇合,并会见了他们拥立的新皇帝端宗。至于那个流亡的皇帝端宗,是不是那时候一直就住在结实的厚街村寨里,这已经差不多是一个谜了。因为关于这一点,一直以来就没有人从任何一部史书和皇家留下的典藏中找到过证据。但厚街的确住过一个年幼的小皇帝却是真实的传说,它一直流淌在厚街数百年的记忆里。南宗的历史到了后来,因为悲壮的确显得有些残缺不全了,但和其他任何一个即将走向灭亡的王朝一样,最后总是能从一些英雄身上找到整个王朝的脉息。

是的,英雄是为推动和改变历史而出现的。

听说文丞相又回来了,一些游离在南国的南宋守将又纷纷聚拢在了文天祥身边。那一年的夏秋之间,文天祥挥师北上,接连收复了江西的许多州县,但孤军作战本身就是一种冒险,它的枝头挂着的往往只有一棵果子,那棵果子的名字叫失败。赣南大败之后的文天祥只身南退,又与那里的义军组织在一起,继续抗击南下的元军。那时候的莞州大地已经不再是安然的大后方了,战事一天天向那里靠近。而厚街这样一个坚固的村寨,在即将到来的摧枯拉朽改朝换代的战事面前,也只能是一棵风中的莞草,一只石头堆中的鸡蛋。因此当这年春天,文天祥在一个叫五坡岭的地方被叛军出卖被俘后,一伙手持弯刀的元军在几个坐探带领下向厚街杀过来的时候,那里早已人去屋空了。

欧阳家族的先民们没有在那座石头围起的村寨里等死,也没有跟随那个南宋王朝最后的子遗们退守在崖山一带的海上——他们隐没在了树木茂盛的山岭里。他们在山顶上同样看到了一场接连燃烧了三天的似曾相识的大火——金屯的逃亡者借用战争威力,对仇家厚街实施了最有力的报复。但那场来势凶猛的报复也仅仅只是一次报复而已,那时候手持弯刀的人忙着获取更大更多的财富,至于那些边缘人的陈年的旧账,因为没有多少油水,一把火扔过去之后,也就在他们脑海里消失了。好在那些金屯的复仇者已经不再年轻,有生之年能在厚街放一把火,他们也已经心满意足了。

崖山一战,南宋的那点家底儿彻底完蛋了。浩浩荡荡的元军船队吼着粗犷的号子,过零丁洋狮子洋,扬帆北上。那些日子里,对于文天祥的劝降工作,一刻也没有停止。目睹着洋面上的十万浮尸,文天祥感慨万千,然而他的内心却又铁一样坚定。就是在那个风雨飘摇的日子,这个南宋最后一个男人为后世留下了那首大义凛然的千古绝唱:

辛苦遭逢起一经，
干戈寥落四周星。
山河破碎风飘絮，
身世浮沉雨打萍。
惶恐滩头说惶恐，
零丁洋里叹零丁。
人生自古谁无死，
留取丹心照汗青。

当三年后倔强的文相在元大都被害的时候，厚街的秩序已经在一场大火之后恢复过来了。那时候的厚街的确如同经过了一次洗礼，欧阳家族的族众又聚居在一起，一切都在那片残垣断壁中重新开始了。

荒凉的厚街圩市上最先开张的是秉义茶居，它是在一天清晨突然张罗起来的。那个经历了许多风雨的少掌柜欧阳先生，在一个深夜领导着五六条和自己一样的精壮汉子驾一条小船溯江而上，在那个熟悉的小港口上了岸。据说，那时候他们已经的洋面上漂流许多天了，元军的清剿已接近尾声。秉义茶居的这一次开张，一只炮仗也没有燃放，只是在太阳出来的时候，门口支起了一个简易的茶摊。过了一些时日，那里又开始出售腌制的南海咸鱼，又过了一些日子，当难民开始增多的时候，那口发放舍饭的大铁锅，也重新支起来了。

据说，厚街和整个欧阳家族不再被官府和朝廷追究，免于一次次规模不一的清剿，是因为朝廷有人得到了一件价值连城比云彩还要耀眼的锦袍。得到它的是一位拥有战功的要人。当然，这样的东西他是不敢私自拥有的——他把它献给了他的上司——元朝的皇帝。同时献上的，还有一份详细的锦袍制作工艺流程解析……

一切就这样悄悄地过去了。

关于厚街那时候的日子，已经只能是这样一个模糊的景象了。这不能责怪任何人——包括欧阳嘉禾，包括整个欧阳家族和整个厚街人，当然也包括后来的后来者王春麦。对于一片土地来说，它收藏了一切，但要翻开它，让它完全复原，那是连上帝也做不到的事情了。

王春麦用自己稚嫩的讲述，一次又一次使欧阳嘉禾老人的神情从亢奋走向衰微，又从衰微走向亢奋。厚街的历史的确和欧阳嘉禾的身体一样古老了，但它又的确正如欧阳雪欧阳冰他们一样年轻着。那些简陋的圩市和水田消失了，但那些内外一样华丽的大厦却让它们以另外一种方式站了起来。

就这样,王春麦从遥远的厚街走来,认识了另一个陌生的厚街。现在她发现,自己对这个厚街反而更加熟悉和热爱了,而对那个厚街,她则保持着一种逃离后的规避和身不由己的漠然。

一切仿佛又这样开始了。

## 五十五

这一天,欧阳嘉禾老人看上去精神抖擞,阿香伺候他穿上了丝绸长衫和宽裤。李阿姨一早就张罗着吃完了漫长的早茶,只是今天老人把吃饭速度明显放快了。刚刚用餐巾抹完嘴,欧阳嘉禾就朝楼上的王春麦喊:"阿麦,把阿冰给我叫过来,还有阿雪,统统……给我叫到这里来。"

王春麦在楼上和往常一样应付着答应了一声,并没有即刻去拨电话。她知道欧阳嘉禾老人的这一对儿女,在厚街是什么样的人,没有什么要紧的事,她是不会打电话给他们的。这是他们已经叮嘱过她好几次的事情,她才不愿意在这样的小事上动辄得咎,况且她已经为厚街这片土地的过去感到入迷了,她甚至觉得不应该有人打搅她。它眼下的热闹,是摆在眼前的,是可以看得见甚至摸得着的,它近百年来的不太远的过去,也是能够几乎可以被书籍和实物复原的。而对于它的更加久远的过去,她——王春麦作为一个后来人,已经隐约摸清了它的脉络。就像一个人一直不了解自己的身体一样,当她行走在厚街的大街小巷时,她就像认识自己的身体一样对它的过去充满了兴趣。她没有想到这个华丽厚街,竟然需要她这样一个来自另外一个厚街的外乡人重新认识。

"阿麦,阿麦——"

欧阳嘉禾老人一面缓慢地上楼梯,一面用自己的声音叫着王春麦的名字。

"叫呵,你快叫他们过来呀!"

王春麦从房间里出来,迎着老人快步下了楼梯,扶老人上了二楼的平台,又将他搀坐在那张老旧的竹榻上。

"阿爷,有什么事你对我讲好了,我去做,我能做好的。"王春麦说。

"你去做?"老人看了王春麦一眼,然后把脸转向窗外。太阳的红光扑了他一脸,他握住王春麦的手说:"你做不了的。"

"你说嘛,什么事呀? 阿爷。"

在王春麦的眼里,欧阳嘉禾老人的确已经和小孩子一样任性了,有时候还会为一些不相干的事情无理取闹,甚至胡搅蛮缠。但只要你慢慢地说,或者用一些软话去哄一哄,他的心情总是会很快好起来的。

"你不知道呵,阿雪阿冰可是大忙人呵,有什么事,你就吩咐我好了。我做不了不是还有阿香吗,不是还有李阿姨她们吗?"

"……"

欧阳嘉禾老人颓然地叹了一口气,把长着稀疏白发的脑袋使劲摇了摇,脸上衰老的神情突然变得沮丧起来。他用两只青筋暴突的瘦手捧着王春麦的左手,用力地揉搓着,想从那温和的柔软中寻找到一种迷惑的安慰,捕捉到一丝能够激发出身体活力的因子。对于老人这样举动,王春麦通常是不会拒绝的,就连老人有时候执拗地要求她躺在他身边的时候,她也在经历了几次惊悚的唐突之后,再也没有拒绝过。因为老人坚信——爷爷和孙女是完全可以躺在一张床上睡睡午觉的。尽管他在她熟睡的时候已经悄悄摸遍了她的身体,他依然固执地认为,那依然只是一个阿爷对孙女的爱抚。然而,朦胧中这样的过错,在王春麦本人看来又是可以原谅的。这样的谅解,使老人对她的依恋悄悄鼓胀了。

"厚街曾经是一座皇城。"

嘉禾老人自言自语似的说。

"是的,阿爷。"

"在我们厚街,曾经住过皇帝!"

"是的,一个年纪很小的皇帝。"

"欧阳家族的族长……曾经是……相爷。"

"是的……很早以前的那个单耳族长。"

"当大海的门被打开的时候,好时代就到来了。"

"——?"

"我的阿冰们——他们——把石头从海上运进来,然后把它们变成了钱。"

"——?"

"没有哪个时代是这样的呵,孩子,没有哪个时代的哪个人,真的有过点石成金的本事。可是现在厚街,到处是能够点石成金的人——男人,女人。"欧阳嘉禾老人木然的神情里,透出一丝少有的宽慰,厚街——我终于知道这是一块什么样的土地了。它的八百年,是结束呢,还是开始!"

"是开始,刚刚开始呢,阿爷。"

"可是,阿爷老了,阿麦,我要像你这样年纪应该多好呵!"

"阿爷,你其实一点也不老,你想呵,你要是老,怎么能记得住这么多的事情呢!"

"你年纪轻轻,不是一样知道了我们厚街这么多的事情吗,甚至比我更清楚。"

"我只是把你讲的事情用一条线串了起来,这条线就是时间。"

"可是,我已经老得连这些事情都串不起来了,几十年都没有完全串起来过。而他们——我们欧阳家族的后人——以及现在的厚街人,已经对这些没有任何兴趣了。我不知道这里失去了土地,失去了村庄,失去了农舍之后,在这些高楼大厦毗邻的新天地里,一百年后将是怎样一个厚街。"

　　欧阳嘉禾混沌的目光逃开清晨明媚阳光的沐浴,盯在了那一排摆放整齐的古色古香的花盆上。他已经记不起,自己是从什么时候开始注视它们的。他的目光不是停留在那些名贵的植物上面的,他的目光从某一个清晨开始,就会穿过那些散发着各种芳香的植物茎叶,落在那一点供它们扎根生长的泥土上。那座和欧阳家族一起生长起来的山丘连同先祖们的骨殖,已经在一夜之间不知去向。他的确已经没有他的任何一位先祖那样幸运了,因为他曾经设想过的黄土覆身的愿望,将在最后时刻到来的时候落空——因为今天的厚街已经找不到一块真正的——他愿意躺下去的土地了。

　　于是他说:"我们成了住在笼子里的人。"

　　王春麦想了想,安慰老人说:

　　"你们厚街人住在了高楼里,虽然离开了土地,但是离天却近了呵!"

　　"走得快,住得高,总不是什么好事情。"

　　"阿爷,你还是不要想那么多了吧!关于厚街,咱们还有好多话题没有开始呢!"

　　"阿麦,你是不是觉得,欧阳家族应该有一个梦想,一个一直以来就没有实现过的梦想?"

　　"阿爷,我没有找到这方面的记载呵!"

　　"梦想是不会记载到族谱和书本里的,它是躲在古老的族谱后面,一代一代口授心传,因为它本来就不是一个人的梦想。"

　　"……什么梦想?"

　　"阿冰——阿雪——马上把他们叫过来……"

　　"阿爷——"

　　王春麦有点不高兴地摇了摇欧阳嘉禾老人的瘦胳膊。

　　欧阳嘉禾老人看着眼前这个被他唤作阿麦的女孩儿,摸着她光滑的手臂慢慢说:

　　"阿麦,阿爷已经老了,但是——作为最先享受到大海带来财富的一代欧阳家族的族长,我想……我是不是应该拥有一次……与一个正直的国王共进午餐的机会?"

　　王春麦说:

　　"但是,阿爷,我们做什么事情,总得有个理由吧?而且总得有个相对充分一些的理由吧?你说是不是?"

　　欧阳嘉禾老人忽然直了直身子,异常坚定地接着说:

"理由是有的，这个理由——从那个妖冶的女人王氏来到我们欧阳家族新的聚居地厚街的那一天起——就有了——也就是说，它已经存在几百年了。"

"有八百年那么久了吗？"

"当然，比八百年要短一些——它几乎是和那个女人王氏一起来到厚街的。"

"我没有看到过这方面的记载。"

"这个理由——它几乎是一个梦想！"

"——？"

"你不明白了，是吧！"

"阿爷，看上去你是真的老了。"

"在完成最后一个梦想之前，我事实上还不算太老。"

"……"

"我要和一个国王共进午餐。"

## 五十六

在东莞的厚街，王春麦和马石头的见面是偶然呢还是必然？事实上这已经不那么重要了。因为这一面，他们始终是要见的。

但在王春麦看来，这既不是过去的夙愿，也不是今后的期许。

那一天，欧阳雪来接老人出去，据她在电话里说，这一天是老阿爸的多少岁大寿，又好像说是一个什么重要庆典，还说是老阿爸作为欧阳家族族长的一次重要外事活动。总之那天车队中最重要的一辆车，是马石头开的。

王春麦没有想到为她和欧阳嘉禾打开车门的，竟然会是马石头。那时候，欧阳嘉禾两只枯瘦的手正老藤一样缠绕着她。他们的目光碰到一起的时候，她听到马石头用家乡话轻轻叫了一声她的名字。这一声之后，马石头脸上的那种惊悚就骤然消失了。

她没有想到，在接下来的时间里，他们双双表现得竟然是那样坦然，甚至有点儿像是陌路人。

老人对她的依恋，在那一刻已经被王春麦放大了。

那是一段不到二十分钟的车程，王春麦却觉得比她来到厚街的时间还要长。

她知道，这是一种结束的开始。

# 尾 声

　　欧阳嘉禾老人躺在那张庄严的竹榻上，他神情凝重地对他神通广大的儿子说：

　　"我要和国王共进午餐。"

　　那时候，谁也不知道这样一个愿望一直在这个家族的记忆里流传了很久。那些日子，欧阳嘉禾老人——他觉得应当是完成这个夙愿的时候了。当他的儿子捕捉到老人这个衰老的心迹之后，拍了拍硕大的肚皮说：

　　"阿爸，这事，我马上去安排。"

　　时隔不久，在东莞大地上最高的地方——厚街观音山上的一家最负盛名的超星级酒店里吃过一顿丝毫勾不起食欲的盛宴之后，志得意满的儿子这样对欧阳嘉禾老人说：

　　"阿爸，你已经和国王陛下用过饭了。"

　　直到那时候，欧阳嘉禾老人还不知道那个满头白发一脸赘肉的糟老头子，就是一个不足十万人口的太平洋岛国的国王。据说，他是在收到了一笔丰厚的礼金之后，才离开自己简陋的王宫，辗转来到厚街的。他的出访既没有保镖，也没有警卫，更没有外交官，他只带了一个年过半百的管家。据说，他的第十六位王妃，是想娶一位中国姑娘。但最后的结果是，没有一位中国姑娘愿意去那个小岛上体验海啸和飓风的魅力。在他失望地辗转多日回到自己的王宫之后,一家权威的东方大报披露了这个国王以私人身份访华的消息。这样的事情,当然会波及到东莞,波及到厚街,但无一例外都被很快——摆平了。

那时候,欧阳嘉禾的内心才感到前所未有的失望,他觉得这样下去,他最终会在另一个世界里、在他的先祖们面前抬不起头来。因为他既没有看到国王头上的金冠,也没有看到国王身上的华服,甚至连起码的出行仪仗也没有。

他的失望比夙愿未完成之前,更加催促他的身体走向衰老的结局。

当有一天他的保健医生忧心忡忡地对他儿子说老人家的心脏已经将要不行的了时候,他儿子听了,只肯定地说了一个字:

"换。"

重新换一个年轻的心脏,的确已经不是不可能的事情了。

后来的事情就变得扑朔迷离了,先是一则报角消息引发的。说是不久前在厚街著名的半山酒店里,已经老态龙钟的欧阳家族的族长,在一个大洋岛国国王的见证下,秘密地举行了第十六次婚礼,新娘是一位年方二十的厚街地方史研究专家。

不久之后,又有好事者将这则消息重新整理加工后,发在了本地一家都市报的娱乐版上,而且赫然地登出了大幅彩色照片。照片上,一位体态妩媚的年轻女子,挽着年逾古稀能做她爷爷的丈夫的衰老臂膀,像田野上一条茂盛的青藤缠着一株死去的玉米杆儿。而据这位年轻的厚街地方史专家的权威分析——那个岛国国王,就是数百年前那个黎明亲率远征军从厚街出发,开始他伟大复国计划的落难皇子的后裔。说起来,那个大洋中的小小岛国,与古老的厚街和古老的欧阳家族,还有着千丝万缕割不断的联系。

紧接着,这样一对夫妇的照片几乎被所有主流以外的媒体反复转载过三次以上,而且又有更多新的发现被追踪者抖了出来。电视台甚至为那个年轻漂亮的厚街地方史专家做了一档"戏说厚街"之类的节目,没出一个月,竟然火了起来。

一时间,来自另一个厚街的清丽女孩王春麦,似乎一夜之间成了庞大厚街最有学问的人。

这期间,欧阳嘉禾老人的身体继续衰老着,而一起起莫名其妙的命案也在警方的严密注视下接二连三地不断发生着。先是著名的半山酒店的一个豪间里,一个体态丰满的少妇面带笑容死在宽阔的床上,经多方鉴定证明,她是在幸福中悄悄死去的。这使这桩命案是他杀还是自杀、或是某种情况下的猝死,一时难有定论。接着是在喜不登酒店里,情况与前者差不多,只是死者稍稍瘦一些,她死后脸上的表情里全是满足。高乐高酒店里死去的是一个又白又胖的女人,她的生意在香港,但她每周都要来厚街度假。当第六位死者的面容呈现在警方面前的时候,有个年轻的警员在勘查现场时找到了六个少妇命案发生现场的一个共同点——浴室的开关,案发后一律是停留在取冷水这一方向的。但这并不能证明什么,这个警员当然因为这个没有价值的线索而受到了长官的呵斥和同事们的嘲笑。

那时已近年关,一场看不见的强大风暴从海上扑来,袭击了东莞,也袭击了厚街。大批失业的民工像被大潮卷出底海的沙子一样,正走在回家的路上。

与他们的落魄相比,游走在南方明朗天色中的马石头,看上去更像一个体面人。那时候,古老的大海在他眼前汹涌而来,所有尘土凝为露珠,倦鸟西归,阳光飞溅,紫气如虹,一切仿佛都将在结束中开始。

2007年8月5日—11月8日　一稿于玉门汇元

2008年10月20日凌晨　二稿于上海西岑山深支路100号

2009年3月18日凌晨　三稿于玉门汇元

2009年10月26日　改定于玉门汇元